Elizabeth George

Vergiss nie, dass ich dich liebe

Elizabeth George

Vergiss nie, dass ich dich liebe

Erzählungen

Deutsch von
Mechtild Sandberg-Ciletti

Blanvalet

Die amerikanische Originalausgabe erschien 2002 unter dem Titel
»I, Richard« bei Bantam Books,
Random House, Inc., New York.

Umwelthinweis:
Dieses Buch und der Schutzumschlag wurden auf
chlorfrei gebleichtem Papier gedruckt.
Die Einschrumpffolie (zum Schutz vor Verschmutzung) ist aus
umweltschonender und recyclingfähiger PE-Folie.

Der Blanvalet Verlag
ist ein Unternehmen der Verlagsgruppe Random House

1. Auflage

Satz: Uhl + Massopust, Aalen
Druck und Bindung: GGP Media, Pößneck
Printed in Germany
ISBN 3-7645-0148-0
www.blanvalet-verlag.de

Für Rob und Glenda

Inhalt

Vorbemerkung zu *Schnappschuss*

Ursprünglich schrieb ich diese Geschichte für die Zeitschrift *Sisters in Crime* (Band II), nachdem ich im Rahmen eines Studienprogramms, das von der UCLA (Universität von Kalifornien in Los Angeles) angeboten wurde, an zwei Sommerkursen der Universität Cambridge teilgenommen hatte. Der erste Kurs, 1988, behandelte das Thema *Die Landhäuser Großbritanniens* und lieferte mir die Anregung für eine Geschichte, der ich den Titel *The Evidence Exposed* gab. Der zweite Kurs, 1989, befasste sich mit Shakespeare, und sein etwas wunderlicher Ansatz, Shakespeare als verkappten Marxisten zu sehen, floss – anachronistisch wie er ist – in einen meiner Romane ein, der in Cambridge angesiedelt ist und den Titel *Denn bitter ist der Tod* trägt.

Mit *The Evidence Exposed* wagte ich mich zum ersten Mal an eine Kriminalkurzgeschichte. Es war dies zudem meine erste Geschichte seit etwa zwanzig Jahren, ein lobenswerter Versuch, mit dem ich jedoch nie richtig zufrieden war. Ich hatte, wie mir schon bald nach der Veröffentlichung klar wurde, den Falschen sterben lassen, und von da an stand für mich fest, dass ich die Geschichte bei Gelegenheit umschreiben würde.

Aber immer kam das Leben dazwischen – Romanverpflichtungen nahmen mich in Anspruch, Recherchen, Seminare, die ich zu leiten hatte. Gelegentlich wurde ich sogar gebeten, andere Geschichten zu schreiben, und wenn der Vorschlag sich mit einer Idee vertrug, von der ich glaubte, dass sie auf weniger als sechshundert Seiten zu erzählen sei, versuchte ich mich gern von neuem an dieser anspruchsvollen literarischen Form.

Irgendwann schließlich wollte mein schwedischer Verleger einen »schmalen Band« meiner Geschichten herausbringen, von denen es zu diesem Zeitpunkt ganze drei gab. Ich war einverstanden. Mein englischer Verlag entdeckte das Buch, und man schlug mir vor, es auch in Englisch zu veröffentlichen. Mein deutscher und mein französischer Verlag wollten es ebenfalls herausbringen. Und es dauerte nicht lang, da trat mein amerikanischer Verlag mit dem gleichen Vorschlag an mich heran. Spätestens da wurde mir klar, dass es an der Zeit war, *The Evidence Exposed* umzuschreiben und der kleinen Sammlung zwei neue Geschichten hinzuzufügen, die mir als Ideen schon eine Weile im Kopf herumgingen.

Ich setzte mich also daran, *The Evidence Exposed* zu bearbeiten und umzuschreiben, und hier haben Sie das Ergebnis – die neue Version jener älteren und weit schwerfälligeren Geschichte.

Ich bin recht zufrieden mit ihr. Sie hat einen anderen Blickwinkel und ein anderes Opfer. Und Abinger Manor hat einen neuen Herrn. Die übrigen Charaktere sind unverändert geblieben.

Schnappschuss

Jeder, der damals in Cambridge an dem Seminar über die Geschichte der britischen Architektur teilnahm, hätte in der Rückschau auf den Fall Abinger Manor gesagt, dass Sam Cleary unter den gegebenen Umständen am ehesten als Kandidat für einen Mordanschlag vorstellbar war. Daraus folgt natürlich ganz von selbst die Frage, warum irgendjemand das Verlangen haben sollte, einen harmlosen amerikanischen Botanikprofessor umzubringen, dessen einziges Verbrechen darin bestand, dass er mit seiner Frau nach Cambridge gekommen war, um an einem Sommerkurs der Universität am St. Stephen's College teilzunehmen. Aber genau das ist der springende Punkt: Er war mit seiner Frau da. Der gute alte Sam – ein rüstiger Siebziger, der immer daherkam wie aus dem Ei gepellt und einen Hang zu Querbindern und Tweedjacketts hatte, obwohl es der heißeste englische Sommer seit Jahrzehnten war – vergaß gern, dass seine ihm angetraute Frances mitgekommen war. Und wenn Sam das vergaß, begannen unweigerlich seine Blicke zu wandern, um die holde Weiblichkeit im näheren und weiteren Umfeld zu inspizieren. Das schien dem alten Herrn zur zweiten Natur geworden zu sein.

Wäre es bei solcher Inspektion geblieben, so hätte

Frances Cleary das vielleicht verzeihen können. Sie konnte schließlich nicht erwarten, dass ihr Mann mit Scheuklappen durch Cambridge marschierte, und Cambridge hat im Sommer eine bemerkenswerte Auswahl an hübschen Frauen zu bieten! Als er aber anfing, abends endlos im Pub herumzusitzen, um Polly Simpson, eine Kommilitonin, mit Anekdoten aus sämtlichen Abschnitten seines Lebens zu unterhalten, von der Kindheit, die er auf einer Farm in Vermont verbracht hatte, bis zu den Jahren in Vietnam, wo er seinen Berichten zufolge seine ganze Einheit im Alleingang vor dem Untergang gerettet hatte – also, das war denn doch zu viel für Frances. Nicht nur hätte Polly mit Leichtigkeit Sams Enkelin sein können, sie war obendrein noch – man verzeihe den Ausdruck! – zum Sterben schön und so blond und wohlgebaut, wie Frances in ihren besten Jahren nicht.

Als daher Sam Cleary und Polly Simpson sich am Vorabend des fraglichen Tages wieder einmal bis zwei Uhr morgens im College-Pub herumtrieben, lachend und gackernd wie die Kinder – und mehr als ein Kind war Polly mit ihren dreiundzwanzig Jahren ja tatsächlich nicht –, die Köpfe zusammensteckten und sich wie zwei Leute verhielten, die etwas ganz Bestimmtes im Sinn hatten, war Frances endlich der Geduldsfaden gerissen, und sie hatte ihrem Mann gründlich die Meinung gesagt. Er war allerdings nicht der Einzige, der sie zu hören bekam.

Noreen Tucker wusste am folgenden Morgen beim Frühstück delikate Einzelheiten der nächtlichen Auseinandersetzung zu berichten, nachdem Frances' akustisch rasch anschwellendes Missvergnügen sie nachts um zwei Uhr dreiundzwanzig geweckt und bis Punkt vier

Uhr siebenunddreißig wach gehalten hatte. Zu diesem Zeitpunkt kündete schließlich das Knallen einer zornig zugeschlagenen Tür von Sams Entschluss, sich den Anklagen seiner Frau, dass er ein herzloser, hinterhältiger und treuloser Patron sei, nicht weiter auszusetzen.

Jeder andere unfreiwillige Lauscher hätte seine durch Zufall erworbene Kenntnis von diesem Ehekrach wahrscheinlich für sich behalten. Aber Noreen Tucker war eine Frau, die das Rampenlicht suchte. Und da sie in den dreißig Jahren ihrer Karriere als Autorin von romantischen Liebesromanen in dieser Hinsicht überhaupt nicht auf ihre Kosten gekommen war, pflegte sie sich die Aufmerksamkeit ihrer Umwelt zu holen, wie und wo sie konnte.

So auch am Morgen des fraglichen Tages, als nach und nach die anderen Teilnehmer des Seminars über die Geschichte der Britischen Architektur im riesigen Speisesaal des St. Stephen's College zum Frühstück eintrudelten. Im Laura-Ashley-Kleid und mit einem breitkrempigen Strohhut auf dem Kopf, weil sie sich einbildete, jugendliche Kleidung machte jung, gab Noreen die pikanten Details der nächtlichen Auseinandersetzung des Ehepaars Cleary zum Besten, wobei sie sich mit Blicken nach links und nach rechts weit über den Tisch beugte, um sowohl die Bedeutung als auch die Vertraulichkeit der von ihr dargebotenen Informationen zu unterstreichen.

»Ich wollte meinen Ohren nicht trauen«, sagte sie am Schluss ihres Berichts, völlig außer Atem. »Ich meine, wisst ihr jemanden, der dezenter wirkt als Frances Cleary? Ich hätte nie gedacht, dass sie solche Ausdrücke überhaupt kennt! Ehrlich, ich war entsetzt über das, was ich da zu hören bekam. Und peinlich war das Ganze! Ihr habt keine Ahnung! Ich wusste nicht, ob ich an die Wand klopfen soll, um sie zum Schweigen zu bringen, oder ob ich besser Hilfe hole. Wobei ich mir allerdings nicht vorstellen kann, dass der Nachtportier große Lust gehabt hätte, sich einzumischen, wenn ich so weit gegangen wäre, ihn zu holen. Und vor allem – wenn ich mich da hätte reinziehen lassen, hätte Ralph vielleicht geglaubt, er müsste mir beistehen, und wäre womöglich zwischen die Fronten geraten. So einem Risiko konnte ich ihn auf keinen Fall aussetzen, das versteht ihr doch, nicht? Am Ende wäre Sam noch handgreiflich geworden, und Ralph ist weiß Gott nicht in der Verfassung, sich mit irgendjemandem zu prügeln. Nicht wahr, Liebling?«

Liebling Ralph, Noreens Schatten und ständiger Begleiter, sah aus wie ein Fettkloß in einer Safarijacke. Keiner aus der Seminargruppe hatte es geschafft, in den elf Tagen seines Aufenthalts in Cambridge mehr als zehn Worte aus ihm herauszubekommen, und einige aus dem Kreis der Studenten, die andere Kurse am St. Stephen's College belegt hatten, schworen, er wäre stumm.

Liebling Ralph war nicht in der Verfassung, sich mit jemandem zu prügeln, weil er an Hypoglykämie litt, eine Tatsache, über die sich Noreen des Langen und Breiten ausließ, sobald sie zunächst ihre Analyse der Beziehung der Eheleute Cleary und danach von Sams Interesse an anderen Frauen im Allgemeinen und Polly Simpson im Besonderen abgeschlossen hatte. Liebling Ralph erklärte jedem, der es hören wollte, er sei durch dieses Leiden, das plötzliche Absinken des Blutzuckerspiegels unter den Normalwert, zu einem Märtyrerleben verdammt. Seine ganze Familie sei von diesem Fluch betroffen, den armen Ralph jedoch habe es am schlimmsten von allen erwischt. Einmal war er, Noreens Worten zufolge, sogar mitten auf dem Freeway am Steuer ihres Wagens ohnmächtig geworden. Nur dank Noreens Geistesgegenwart und beherztem Eingreifen war ein Desaster vermieden worden.

»Ich hab das Lenkrad so blitzartig gepackt, als wär ich zur Rettungsfahrerin oder so was ausgebildet«, vertraute Noreen ihren Zuhörern an. »Es ist schon erstaunlich, wozu der Mensch fähig ist, wenn die Katastrophe droht, nicht wahr?« Ihrer Art entsprechend, wartete sie nicht auf eine Antwort, sondern wandte sich sogleich ihrem Mann zu und fragte: »Du hast doch dein Studentenfutter für den heutigen Ausflug bei dir, Ralphie, mein Liebling? Nicht dass du uns mitten im Rittersaal von Abinger Manor umkippst!«

»Oben im Zimmer«, nuschelte Ralph in seine Cornflakes.

»Lass sie nur nicht dort oben liegen«, ermahnte ihn Noreen. »Du weißt doch, wie's dir gehen kann.«

»Es geht ihm wie dem typischen Pantoffelhelden, Noreen«, bemerkte Cleve Houghton, zu ihnen an den Tisch tretend. »Ralph braucht Bewegung, nicht diesen Krempel, mit dem du ihn voll stopfst.«

»Du musst gerade reden«, versetzte Noreen mit einem viel sagenden Blick auf seinen Teller, der mit Bergen von Rührei, Bratwürstchen, gegrillten Tomaten und Champignons beladen war. »Wer im Glashaus sitzt, mein Lieber … Für deine Arterien ist das bestimmt nicht gut.«

»Ich bin heute Morgen schon zwölf Kilometer gelaufen«, entgegnete Cleve. »Bis nach Grantchester, und ganz ohne zu keuchen. Meine Arterien sind in bester Verfassung, danke. Ihr anderen solltet es auch mal mit Laufen probieren. Es ist wirklich der gesündeste Sport, den es gibt.« Er warf den Kopf in den Nacken, dass sein Haar flog – eine dunkle Mähne, auf die jeder Mann von fünfzig Jahren hätte stolz sein können –, und gewahrte Polly Simpson, die gerade den Speisesaal betrat. »Der zweitgesündeste«, korrigierte er sich und lächelte Polly mit halb verschleiertem Blick träge zu.

Noreen kicherte affektiert. »Du meine Güte, Cleve. Ein bisschen Zurückhaltung. So viel ich weiß, ist sie schon vergeben. Auch wenn ich jemanden kenne, der ihr das nicht verzeiht.« Noreen nutzte ihre eigene Bemerkung, um auf das Thema zurückzukommen, das sie bereits vor Cleves Erscheinen abgehandelt hatte. Diesmal jedoch gab sie noch ein paar zusätzliche Überlegungen des Inhalts zum Besten, dass Polly Simpson die geborene Unruhestifterin sei und sie – Noreen – vom ersten Tag gewusst habe, dass »die Kleine« Zwietracht in dieser oder jener Form unter ihnen säen werde. Es liege ja auf der Hand: Wenn Polly nicht gerade damit beschäftigt sei, sich bei der Dozentin einzuschleimen, indem sie sämtliche Dias, die diese langweilige Person ihren Studenten zumutete, mit Bewunderungsrufen kommentierte – zweifellos um eine bessere Abschlussnote herauszuschlagen –, mache sie sich garantiert an irgendeinen Mann heran. Mochte sie selbst noch so nachdrücklich behaupten, diese Annäherungsversuche wären rein freundschaftlicher Natur, jeder könne sehen, wie aufreizend sie seien.

»Es würde mich wirklich interessieren, was sie im Schilde führt«, sagte Noreen zu denen, die an dieser Stelle noch bereit waren, ihr zuzuhören. «Abend für Abend glucken die beiden zusammen, sie und Sam Cleary. Was tun sie die ganze Zeit? *Mir* kann keiner erzählen, dass die sich über Blumen unterhalten. Die machen Pläne für die Zeit danach. Gemeinsame Pläne, wohlgemerkt.«

Zu Kommentaren blieb keine Zeit, da schnellen Schritts Polly Simpson nahte, in den Händen ein Tablett mit einem frugalen Frühstück, das aus einer Banane und einer Tasse Kaffee bestand. Sie trug wie immer ihren Fotoapparat um den Hals, und nachdem sie ihr Tablett abgestellt hatte, ging sie zum Ende des Tischs und nahm die Gruppe beim Frühstück ins Visier. Noch am Nachmittag der ersten Sitzung hatte Polly sich zur offiziellen Chronistin des Sommerseminars erklärt und ihre Aufgabe seither absolut ernst genommen. »Glaubt es mir nur, ihr werdet das als Andenken noch zu schätzen wissen«, pflegte sie zu sagen, wann immer sie jemanden aufs Korn nahm. »Ich verspreche es euch. Es ist noch nie vorgekommen, dass jemand meine Fotos nicht gemocht hat.«

»Lieber Gott, Polly, doch nicht jetzt«, beschwerte sich Cleve, als die junge Frau am anderen Ende des Frühstückstischs ihren Apparat einstellte, aber er brachte seine Beschwerde in nachsichtig gutmütigem Ton vor, und keinem der Anwesenden entging, dass er sich mit einer Hand kurz die volle Mähne zauste, um ihr den lässigen Touch zu geben, der ihn wieder wie dreißig wirken lassen würde.

»Wir sind noch nicht vollzählig, Polly«, bemerkte Noreen, »und du möchtest doch bestimmt den ganzen Kurs auf dem Bild haben, nicht wahr?«

Polly sah sich um. Dann lächelte sie. »Na bitte, da kommen Emily und Howard«, stellte sie fest. »Jetzt haben wir fast alle beisammen.«

»Bis auf die Wichtigsten«, entgegnete Noreen, die einfach nicht locker lassen wollte, als die beiden anderen Seminarteilnehmer sich zu ihnen gesellten. »Willst du nicht auf Sam und Frances warten?«

»Ach nein, es brauchen ja nicht unbedingt alle auf dem Bild zu sein«, erklärte Polly, als bemerkte sie die Spitze in Noreens Frage nicht.

»Trotzdem …«, murmelte Noreen und fragte Emily Guy und Howard Breen – ein Pärchen aus San Francisco, das sich gleich am ersten Tag in Cambridge gesucht und gefunden hatte –, ob sie im L-Flügel, wo sie alle ihre Zimmer hatten, nicht vielleicht Sam oder Frances begegnet seien. »Die beiden haben ja letzte Nacht kaum ein Auge zugetan«, fügte sie mit einem bedeutungsvollen Blick in Pollys Richtung hinzu. »Vielleicht haben sie verschlafen.«

»So wie Howard heute Morgen in der Dusche gejodelt hat, ganz sicher nicht«, erwiderte Emily. »Ich hab ihn zwei Stockwerke höher gehört.«

»Tja, bei mir beginnt kein Tag ohne eine Huldigung an Barbra«, erklärte Howard.

Noreen unterband den drohenden Themawechsel, der ihr gar nicht in den Kram passte, mit der Bemerkung: »Ach was! Und ich dachte, bei Kerlen deiner Couleur wäre Bette Midler die große Nummer.«

Betretenes Schweigen breitete sich rund um den Frühstückstisch aus. Polly, der der Mund offen geblieben war, senkte ihren Fotoapparat. Emily Guy krauste die Stirn wie die Unschuld vom Lande und tat so, als verstünde sie Noreens Anspielung nicht. Cleve Houghton prustete verhalten, ohne einen Moment die Pose des Vollblutmanns aufzugeben. Und Ralph Tucker löffelte ungerührt seine Cornflakes weiter.

Howard selbst brach schließlich das Schweigen. »Bette Midler?«, sagte er. »Nein! Die gute Bette mag ich nur, wenn ich meine Netzstrümpfe und die hohen Hacken trage, Noreen. Und damit kann ich mich nicht unter die Dusche stellen. Wasser ist ganz schlecht für Lackleder.«

Polly kicherte, Emily lächelte und Cleve starrte Howard volle zehn Sekunden lang an, bevor er beifällig wieherte. »Na, das möchte ich wirklich mal sehen – dich in Netzstrümpfen und hohen Hacken!«

»Alles zu seiner Zeit«, entgegnete Howard. »Erst muss ich frühstücken.«

Auch Noreen Tucker hätte sich also durchaus als Ziel eines mörderischen Anschlags angeboten, nicht wahr? Sie stocherte mit Vorliebe in Wespennestern herum und wusste kaum etwas Befriedigenderes, als die Brut so richtig in Rage zu bringen. Dabei war ihr aber nicht klar, was sie tat. Sie hatte, ungeachtet der Nebenwirkungen ihrer Sticheleien, nur ein Ziel im Auge: Bei jedem Gespräch das Thema zu bestimmen, weil sie dann den Lauf des Gesprächs dirigieren und so stets die Nase vorn haben konnte. Die Nase vorn haben hieß, im Mittelpunkt stehen. Und wenigstens hier in Cambridge im Mittelpunkt zu stehen, das entschädigte ein wenig dafür, dass sie nirgends sonst dieses Glück genoss.

Das Problem war Victoria Wilder-Scott, die Dozentin, eine konfuse Person, die mit Vorliebe in Khakiblusen und karierten Baumwollröcken herumlief und bei den Seminardiskussionen unweigerlich und sicher nicht absichtlich so saß, dass ihr jeder bis Gott weiß wohin unter den Rock sehen konnte. Victoria ging es einzig darum, ihnen die Köpfe mit Detailwissen über britische Architektur vollzustopfen. Der Klatsch, der bei den Sommerkursen anfiel, interessierte sie nicht im Geringsten.

Sie und Noreen waren einander von Anfang an nicht sympathisch gewesen und fochten seit dem ersten Tag einen höflichen aber erbitterten Kampf um die Vorherrschaft im Klassenzimmer aus. Noreen versuchte beharrlich, sie mit penetranten und im Allgemeinen absurden Fragen über das Privatleben der Architekten, mit deren Werken sie sich befassten, auf Nebengleise zu locken: Ob Christopher Wren die barocken Formen, die er seinen Bauten gegeben hatte, auch bei Frauen bevorzugt habe. Ob sich hinter Adams streng klassizistischer Bauweise vielleicht eine unbezwingbar sinnliche Natur verberge. Doch Victoria Wilder-Scott pflegte Noreen nur mit leerem Blick anzustarren, wie jemand, der auf eine Übersetzung wartet, und die Fragen dann mit einem »Ja, hm …« wegzufegen wie eine lästige Mücke.

Vom ersten Unterrichtstag an war es ihr ein Anliegen gewesen, die Teilnehmer ihres Seminars über die Geschichte der britischen Architektur auf den Besuch von

Abinger Manor vorzubereiten. Das alte Herrenhaus im Herzen des ländlichen Buckinghamshire vereinte in sich alle in Großbritannien bekannten architektonischen Stilrichtungen und war zugleich eine Fundgrube an kulturellen Schätzen, die vom kostbaren Rokokosilber bis zu Gemälden von der Hand englischer, flämischer und italienischer Meister reichten. Victoria zeigte ihrer Gruppe eine endlose Folge von Dias – gewölbte Decken, verzierte Giebel, Marmorsäulen mit vergoldeten Kapitellen, kunstvoll gemeißelte Wasserspeier und gezähnte Gesimse – und wenn die Gehirne ihrer Schüler mit architektonischen Details gesättigt waren, speiste sie sie zum Nachtisch mit Dias von Porzellan, Silber, Skulpturen, Gobelins und Möbeln. Dieser Landsitz, Abinger Manor, erklärte sie ihnen, sei das Kronjuwel englischer Herrenhäuser. Es war erst seit kurzem der Öffentlichkeit zugänglich gemacht worden, und wer es besichtigen wollte und nicht das Glück hatte, in einem einschlägigen Sommerseminar an der Universität Cambridge eingeschrieben zu sein, musste mit einer Wartezeit von mindestens zwölf Monaten rechnen, immer vorausgesetzt, er war gewillt, sich tagelang ans Telefon zu hängen, um überhaupt zur Anmeldung durchzukommen.

»Internet-Buchungen und ähnlichen Unsinn gibt es in Abinger Manor nicht«, teilte Victoria Scott-Wilder ihnen mit. »Hier hält man an den alten Sitten fest.« Die selbstverständlich die einzig richtigen waren.

Dieses Denkmal vergangener Zeiten – ganz zu schweigen von Sitte und Anstand – würden sie nun also in wenigen Stunden nach einer ziemlich langen Fahrt über Land zu sehen bekommen.

Es war vereinbart, dass man sich an diesem Morgen beim Queen's Gate treffen würde, an der Mündung der Garett Hostel Lane, an deren Ende der gemietete Kleinbus wartete. Hier, wo die versammelten Exkursionsteilnehmer ihre Lunchpakete in Empfang nahmen und mit den üblichen säuerlichen Kommentaren über Anstaltsverpflegung begutachteten, stießen endlich Sam Cleary und seine Frau Frances zur Gruppe, er sichtlich gedämpft, sie mit einem Gesicht wie drei Tage Regenwetter.

Wenn man aus der Art der Kleidung auf den Ausgang ihrer nächtlichen Auseinandersetzung schließen konnte, so war Sam eindeutig als Sieger daraus hervorgegangen: Tipptopp sah er wieder einmal aus in einem feschen Sportsakko mit Querbinder, der raffiniert auf die waldgrünen Töne seiner Tweedhose abgestimmt war. Frances dagegen, schlabberiges Hemd und schlabberige Hose, beides um Nummern zu groß, sah aus wie ein Flüchtling der Kulturrevolution.

Polly schien bestrebt, den Bruch, den sie möglicherweise zwischen Sam und Frances verursacht hatte, zu kitten. Immerhin war sie beinahe fünfzig Jahre jünger als Sam und hatte zu Hause in Chicago einen Freund. Sie hatte sich von den Aufmerksamkeiten eines älteren Mannes – eines echt alten Mannes, wie sie es formuliert hätte – vielleicht geschmeichelt gefühlt, aber das hieß noch lange nicht, dass sie auch nur daran gedacht hätte, die Flamme von Sams Interesse zu einem Feuer der Leidenschaft zu schüren. Er sah zwar wirklich sehr gut aus mit dem vollen weißen Haar und der gesunden Röte auf den Wangen, aber er war nun einmal alt, darum kam man nicht herum, und nicht zu vergleichen mit Pollys David, auch wenn David bislang unglücklicherweise beinahe krankhaft auf das Studium der Brüllaffen fixiert war.

Polly rief also den Clearys ein munteres Guten Morgen zu und winkte ihnen mit ihrem Fotoapparat. Sie hatte für die Exkursion ein Riesenteleobjektiv aufgeschraubt, das ihren Zwecken im Moment sehr dienlich war. Es erlaubte ihr, Sam und seine Frau zu fotografieren und dabei sicheren Abstand zu halten. »Bleibt mal einen Moment dort bei der Blumenrabatte stehen«, sagte sie. »Die Farben sehen ganz toll aus zu deinem Haar, Frances.«

Frances' Haar war grau. Nicht schneeweiß, wie sich das bei manchen Frauen so gut machte, sondern schlachtschiffgrau. Von beneidenswerter Fülle zwar, aber so fade und stumpf in der Farbe, dass sie selbst in ihren besten Momenten alt und griesgrämig wirkte. Und da dies nicht unbedingt einer ihrer besseren Momente war, sah sie entsprechend aus.

»Unglaublich, wie Schlafmangel sich auswirken kann, nicht wahr?«, bemerkte Noreen Tucker viel sagend, als die Clearys sich der Gruppe näherten, nachdem sie sich bereitwillig – zumindest was Sam betraf – von Polly hatten fotografieren lassen. »Ralph, Liebling, du hast doch dein Studentenfutter nicht vergessen? Krisen in den heiligen Hallen von Abinger Manor können wir heute Morgen nicht gebrauchen.«

Ralph wies mit abwärts gedrehtem Daumen zu seinem Bauch hinunter, eine Antwort, die leicht zu interpretieren war: Der Plastikbeutel mit dem Studentenfutter quoll aus seiner Safarijacke hervor wie der Schwanz eines jungen Beuteltiers.

»Sobald du merkst, dass du zittrig wirst, schiebst du dir auf der Stelle eine Hand voll in den Mund«, instruierte ihn Noreen, »und wartest nicht erst auf irgendjemandes Erlaubnis, ist das klar?«

»Alles klar, alles klar.« Ralph schlurfte zu den wartenden Lunchpaketen hinüber und bückte sich keuchend, um zwei aus dem Korb zu nehmen.

»Der Mann kann von Glück sagen, wenn er die Sechzig schafft«, sagte Cleve Houghton zu Howard Breen. »Was tun Sie eigentlich für Ihre Gesundheit?«

»Ich dusche nur mit Freunden«, antwortete Howard.

Victoria Wilder-Scott gesellte sich zu ihnen. In Khaki und Karo, die Brille ins Haar geschoben, ein dickes Ringbuch an die Hühnerbrust gedrückt, kam sie ihnen entgegen. Mit zusammengekniffenen Augen musterte sie ihre Kursteilnehmer, offensichtlich perplex darüber, dass sie sie nur verschwommen erkennen konnte. Einen Augenblick später wurde ihr klar, weshalb.

»Ach so, die Brille«, sagte sie und zog diese auf ihre Nase herunter, während sie geschäftig zu sprechen fortfuhr. »Sie haben alle die Broschüren gelesen? Und das zweite Kapitel von *Great Houses of the British Isles*? – Gut, dann haben wir also alle eine klare Vorstellung davon, was uns an Sehenswürdigkeiten in Abinger Manor erwartet? Die großartige Sammlung von Meißner Porzellan, die zum Teil in Ihrem Lehrbuch abgebildet ist. Die edelste in ganz England. Die Gemälde von Gainsborough, Le Brun, Turner, Constable und Reynolds. Diesen wunderschönen Whistler. Und den Holbein. Das Rokoko-Silber. Einige außergewöhnliche Möbelstücke. Die italienischen Skulpturen. Die prächtigen historischen Trachten und Kostüme. Die Gartenanlagen sind übrigens eine Pracht, mit Sissinghurst vergleichbar. Und der Park ... Tja, wir haben leider nicht die Zeit, alles zu besichtigen, aber wir werden unser Bestes tun, nicht wahr? Sie haben alle Ihre Hefte dabei? Und Ihre Fotoapparate?«

»Polly nimmt ihren mit«, warf Noreen ein. »Da brauchen wir keinen anderen.«

Victoria warf einen Eulenblick auf die Seminarchronistin. Sie hatte von Beginn an kein Geheimnis daraus gemacht, dass Pollys Eifer ihr gefiel, und wünschte nur, unter ihren Schülern gäbe es mehr, die sich mit solchem Enthusiasmus in die Cambridge-Erfahrung stürzten. In Victorias Augen war genau das der Haken an den Sommerseminaren: Sie wurden im Allgemeinen von betuchten Amerikanern gebucht, deren Vorstellung davon, Neues zu lernen, sich darauf beschränkte, in der Bequemlichkeit des Wohnzimmersofas hockend Fernsehdokumentarfilme zu konsumieren.

»Tja, hm«, sagte Victoria und strahlte Polly an. »Haben Sie unseren bevorstehenden Abmarsch bereits dokumentiert?«

»Los, geht mal alle rüber zum Tor, Herrschaften«, rief Polly statt einer Antwort. »Schießen wir noch ein schönes Gruppenbild, bevor wir abfahren.«

»Stellen Sie sich zu den anderen«, sagte Victoria. «Ich knipse.«

»Nein, nicht mit diesem Apparat«, wehrte Polly ab. »Der hat einen Belichtungsmesser, mit dem höchstens ein kleiner Einstein umgehen kann. Kein Mensch kommt damit zurecht. Er hat meinem Opa gehört.«

»Und lebt Ihr Großvater noch?«, fragte Noreen scheinheilig. »Dann müsste er jetzt – wie alt ist er, Polly? Doch bestimmt schon uralt. Um die Siebzig?«

»Gut geschätzt«, sagte Polly. »Er ist zweiundsiebzig.«

»Der reinste Methusalem!«

»Ja, aber er ist nicht tot zu kriegen und hat massenhaft –« Polly brach ab. Ihr Blick flog zu Sam, dann zu Frances, und Noreen sagte liebenswürdig: »Massenhaft *was*?«

»Witz und Weisheit, zweifellos«, warf Emily Guy ein. Wie Victoria Wilder-Scott bewunderte sie Polly Simpsons Energie und Enthusiasmus und beneidete sie darum – ohne sich aber von diesem Gefühl beherrschen zu lassen –, dass ihr Leben sich gerade erst zu entfalten begann, indes ihr eigenes sich immer enger zusammenzog. Emily Guy war nach Cambridge gereist, um eine unglückliche Liebesbeziehung zu einem verheirateten Mann zu vergessen, an die sie die letzten sieben Jahre ihres Lebens verschwendet hatte. Sie reagierte daher verständlicherweise ausgesprochen negativ, wenn sie bei anderen Frauen einen Hang wahrzunehmen glaubte, sich auf aussichtslose Dreiecksgeschichten einzulassen. Wie Noreen hatte sie Polly bei ihren abendlichen Gesprächen mit Sam Cleary beobachtet. Aber anders als Noreen, hatte sie dahinter nicht mehr gesehen als die Freundlichkeit einer jungen Frau einem alten Mann gegenüber, der unverkennbar in sie vernarrt war. Polly Simpson war für Frances Clearys Eifersucht nicht verantwortlich zu machen, hatte Emily Guy gleich beim ersten Mal entschieden, als sie beobachtet hatte, wie Frances über den Tisch hinweg Polly mit unwilliger Miene musterte.

Polly jedoch schien weiterhin bestrebt, Frances zu besänftigen, und achtete auf der Fahrt nach Abinger Manor darauf, Sam Cleary möglichst aus dem Weg zu gehen. In Begleitung von Cleve Houghton schlenderte sie zu dem wartenden Kleinbus, nahm in derselben Sitzreihe Platz wie er, jedoch auf der anderen Seite des Gangs, und verwickelte ihn sogleich in ein ernsthaftes Gespräch, das sie während der ganzen Fahrt aufrechterhielt.

Noreen Tucker, die, wie wir bereits erfahren haben, gern zündelte, entging das natürlich nicht. »Mit Pipikram wird unsere gute Polly sich garantiert nicht zufrieden geben«, bemerkte sie mit gesenkter Stimme zu ihrem wortkargen Ehemann, während sie durch das ausgedörrte hochsommerliche Land fuhren. »Die will mindestens Gold, darauf kannst du dich verlassen.«

Da Ralph keine Antwort gab – es war nie so einfach zu erkennen, ob er wach war oder nur so tat –, sah sie sich nach einem aufnahmebereiteren Zuhörer um und schnappte sich Howard Breen, der, nur durch den Gang von ihr getrennt, neben ihr saß und in einer der Broschüren über die Kostbarkeiten von Abinger Manor blätterte, die an alle Seminarteilnehmer verteilt worden waren.

»Wenn es um Geld geht, spielt das Alter keine Rolle, stimmt's, Howard?«, sagte sie zu ihm.

Howard hob den Kopf. »Geld? Wofür denn?«, fragte er.

»Geld für Plunder, für Reisen, um ein flotteres Leben zu führen. Er ist Arzt. Geschieden. Schwimmt im Geld. Und sie hat die Dias, die Victoria uns gezeigt hat, vom ersten Tag an mit den Augen verschlungen, oder ist dir das nicht aufgefallen? Ich wette, die würde liebend gern so eine kleine Antiquität als Souvenir mit nach Chicago nehmen. Und Cleve Houghton ist doch genau der Richtige, ihr so was zu spendieren, wo Frances ihren Sam jetzt wieder fest an der Kandare hat.«

Howard senkte die Broschüre und sah seine Platznachbarin – Emily Guy – Rat suchend an, um sich Noreens Bemerkungen von ihr erläutern zu lassen. »Sie spricht von Polly und Cleve Houghton«, sagte Emily und fügte leise hinzu: »Mit einem kleinen Rückblick auf Polly und Sam.«

»Bei solchen Frauen geht es doch einzig und allein ums Geld«, behauptete Noreen. »Glaub mir, wenn du ein paar Kröten hättest, wär sie genauso hinter dir her, Howard, ganz egal, wo deine sexuellen Präferenzen liegen, wenn ich das mal so sagen darf. Sei froh, dass du ihr entronnen bist.«

Howard sah kurz zu Polly hinüber, die Cleve Houghton gerade mit lebhaften Gesten irgendetwas auseinandersetzte. »Was? Entronnen? Ich will aber gar nicht entrinnen. Ich kann jederzeit den Kurs wechseln. Hey, wenn Vollmond ist und der Wind aus Osten bläst, bin ich für alles zu haben. Wenn ich ehrlich bin, Noreen, törnst du mich schon seit ein paar Tagen ganz schön an.«

Noreen geriet etwas aus dem Konzept. »Ich denke nicht –«

»Ja, das ist mir schon aufgefallen.« Howard grinste.

Noreen fand es gar nicht witzig, wenn man sich auf ihre Kosten lustig machte, aber sie war nicht die Frau, die darauf mit einem Frontalangriff antwortete. Auch jetzt lächelte sie bloß und sagte: »Tja, wenn du solche Gelüste hast, Howard, kann ich dir leider nicht dienen. Du weißt ja, ich bin schon vergeben. Aber ich bin sicher, Emily wird dir nur zu gern entgegenkommen. Ja, ich möchte beinahe wetten, dass sie genau darauf gehofft hat. Männliches Interesse kann eine Frau in solch einen Gefühlsüberschwang versetzen, dass – nun, dass sie *alles* für möglich hält, nicht wahr? Sogar, dass aus einem Homo für immer ein Hetero wird. Ich kann mir vorstellen, dass dir das sehr recht wäre, Emily. Ich meine, letzten Endes braucht doch jede Frau einen Mann.«

Emily wurde heiß, obwohl sie wusste, dass Noreen Tucker keine Ahnung von ihrem vergangenen Leben haben konnte, von ihren törichten Hoffnungen in eine Liebesaffäre, die sie in dem armseligen Bemühen, sie zu etwas Besonderem hochzustilisieren, als schicksalhafte Begegnung zweier füreinander bestimmter Menschen gesehen hatte, während sie in Wirklichkeit nicht mehr gewesen war als eine Folge heimlicher Treffen in anonymen Hotelbetten, nach denen sie sich noch einsamer gefühlt hatte als vorher.

Wie einigen anderen an diesem Tag zog ihr der Gedanke durch den Sinn, dass es ein Dienst an der Menschheit wäre, Noreen Tucker von der Erde zu fegen.

Vorn im Bus hatte sich Victoria Wilder-Scott fast die ganze Fahrt hindurch am Mikrofon über die Schönheiten von Abinger Manor ausgelassen. Sie schien zum Abschluss ihrer Erläuterungen zu kommen, als man von der

Hauptstraße in eine von dicht belaubten Hecken gesäumte Auffahrt einbog.

»Die Familie hat also dem Haus Stuart bis zum Ende unerschütterlich die Treue gehalten. Im Nordturm werden wir gleich eine Geheimkammer sehen, in der in Zeiten religiöser Verfolgung katholische Priester versteckt wurden. Dort hielt sich auch Karl I. vor seiner Flucht auf den Kontinent verborgen. Und in der Galerie können Sie versuchen, die perfekt kaschierte Geheimtür zu finden, durch die König Karl in jener schicksalhaften Nacht seine Flucht antrat. Zum Dank für die unverbrüchliche Treue der Familie zu ihm wurde ihrem Oberhaupt der Titel eines Grafen verliehen. Ein erblicher Titel, natürlich. Der heutige Graf kommt zwar nur an den Wochenenden hierher, aber seine Mutter – die, nebenbei gesagt, eine Tochter des Grafen Asherton ist – lebt hier auf dem Landsitz, und es würde mich nicht wundern, wenn wir ihr persönlich begegneten. Sie ist dafür bekannt, dass sie sich gern unter die Besucher mischt. Sie ist eine Exzentrikerin, wie das bei Menschen dieses Standes ja relativ häufig vorkommt.«

Als der Bus die letzte Kurve umrundete und die Seminarteilnehmer ihren ersten Blick auf Abinger Manor warfen, erhob sich beifälliges Gemurmel unter ihnen. Alles, was sie sonst beschäftigte, war einen Moment vergessen. Hochzufrieden über diese Reaktion ihrer Schützlinge, drehte sich Victoria Wilder-Scott auf ihrem Sitzplatz um. »Na«, sagte sie, »habe ich zu viel versprochen?«

Jenseits eines Burggrabens, auf dessen Wasser Seerosen schwammen, standen, das Portal des Hauses flankierend, zwei mit Zinnen gekrönte Türme. Sie erhoben sich über fünf Stockwerke, und zu ihren beiden Seiten blickten hohe, kunstvoll verzierte Kamine auf gestufte Treppengiebel. Erkerfenster, dem imposanten Bau erst später angefügt, schwebten über dem Graben und boten den Hausbewohnern einen Blick auf den großen Park mit seinen Gartenanlagen, auf der einen Seite von einer hohen Eibenhecke geschützt, auf der anderen von einer Backsteinmauer, vor der eine Blumenrabatte mit Lavendel, Astern und Nelken leuchtete. Hier vertraten sich die Seminarteilnehmer, denen bis zum Beginn des Rundgangs durch das Haus noch eine Viertelstunde Zeit blieb, nach der Fahrt erst einmal die Füße.

Sie waren an diesem Morgen nicht die einzigen Besucher von Abinger Manor. Kurz nach ihnen hielt auf dem Parkplatz ein großer Reisebus und spie eine Schar deutscher Touristen aus, die, Polly Simpsons Beispiel folgend, sogleich begannen, die eindrucksvolle Fassade des Herrenhauses zu fotografieren. Zu gleicher Zeit trafen zwei Familien im Range Rover ein, die nichts Eiligeres zu tun hatten, als sich in den Irrgarten zu stürzen, wo sie sich prompt verliefen und dann mit lautem Geschrei versuchten, wieder auf den richtigen Weg zu finden. Und etwas später rollte beinahe lautlos ein silberner Bentley auf den Parkplatz und hielt neben den anderen Fahrzeugen an.

Die Insassen des Bentley waren Thomas Lynley und seine zukünftige Frau, Lady Helen Clyde. Diese beiden führte ein rein persönliches Interesse nach Abinger Manor – die bereits erwähnte, gräfliche Witwe, die Herrin von Abinger Manor, war Lynleys formidable Tante

Augusta, die ihren Neffen herzitiert hatte, um ihm vorzuführen, dass man sein Heim sehr wohl zur öffentlichen Besichtigung freigeben konnte, ohne dass dies katastrophale Folgen hatte. Sie wünschte, dass er das gleiche mit seinem Landsitz in Cornwall täte, hatte ihn aber bisher noch nicht von der Zweckmäßigkeit des Vorschlags überzeugen können.

»Wir sind nicht alle die Herzogin von Devonshire«, pflegte Lynley ihr milde vorzuhalten.

»Was eine hergelaufene Mitford kann«, pflegte sie zu entgegnen, »das kann ich schon lange.«

Aber Thomas Lynley und seine Braut dachten nicht daran, Tante Augusta aufzusuchen, wie man das in Anbetracht der verwandtschaftlichen Beziehung hätte erwarten können. Vielmehr gesellten sie sich zu den anderen Besuchern im Park und bewunderten mit ihnen, was da trotz der sommerlichen Dürre noch grünte und blühte.

Die anderen konnten natürlich nicht wissen, dass dieser Thomas Lynley, der, den Arm um die Schultern seiner zukünftigen Frau gelegt, ruhig und unauffällig durch den Park schlenderte, ein Mitglied der Familie war, die hier lebte, wenn auch nur noch in einem Seitenflügel des stattlichen alten Hauses. Und ebenso wenig konnten sie wissen – was im Hinblick auf die kommenden Ereignisse von einer gewissen Bedeutung war –, dass er Kriminalbeamter bei New Scotland Yard war. Nein, sie sahen nur, was die Leute im Allgemeinen zu sehen pflegten, wenn ihr Blick auf Thomas Lynley und Helen Clyde fiel: gediegene Zurückhaltung in Auftreten und Garderobe; das höfliche und respektvolle Verhalten, das von guter Erziehung zeugt; und eine Liebe, die wie Freundschaft aussah, weil sie sich aus Freundschaft entwickelt hatte.

Mit anderen Worten, die beiden waren unter den Besuchern von Abinger Manor an diesem Tag völlig fehl am Platz.

Als mit dem Läuten einer Glocke der Beginn des Rundgangs angekündigt wurde, versammelte sich die Gruppe an der Haustür, wo sie von einer resoluten jungen Frau Mitte Zwanzig, mit Pickeln am Kinn und zu stark geschminkten Augen, begrüßt wurde. Sie führte ihre Schäfchen ins Haus, sperrte hinter ihnen ab für den Fall, dass jemand vorhaben sollte, mit irgendeinem kostbaren Stück das Weite zu suchen, und begann ihren Vortrag in einem Englisch, das nahe legte, dass sie auf das Gespräch mit Ausländern gut vorbereitet war. Einfache Wörter, einfache Sätze, langsam und deutlich.

Sie befänden sich hier, erklärte sie, im ursprünglichen Durchgang vom Haus zur Küche, wie er für die Herrenhäuser aus der Tudorzeit typisch sei. Die Mauer links sei die originale Zwischenwand, deren Reliefarbeiten sie auf der anderen Seite bewundern könnten. Wenn sie jetzt bitte zusammenbleiben und die abgesperrten Bereiche nicht betreten würden … Fotografieren bitte nur ohne Blitz!

Anfangs ging alles glatt. Die Gruppe lauschte den Ausführungen in ehrfürchtigem Schweigen, fotografiert wurde gehorsam ohne Verwendung von Blitzlicht. Fragen stellte einzig Victoria Wilder-Scott, und wenn die Antworten der Führerin nicht bis ins letzte Detail korrekt waren, so merkte das keiner.

So gelangte man schließlich in den Festsaal, einen

prachtvollen großen Raum, der in jeder Hinsicht hielt, was Victoria Wilder-Scott ihren Schützlingen versprochen hatte. Im Einklang mit den Hinweisen der Führerin auf seine besonderen Merkmale, vermerkte man pflichtschuldig das gewaltige Gewölbe der Decke, die Empore über dem Eingang und ihr kunstvoll geschmiedetes Gitterwerk, die Gobelins, die Porträts, die offenen Kamine und die Teppiche. Fotoapparate wurden gezückt. Beifälliges Gemurmel erhob sich allenthalben. Irgendwo im Raum schlug eine Uhr mit zartem Wohlklang die halbe Stunde.

Da störte plötzlich grimmiges Knurren den geübten Vortrag der Führerin. Jemand kicherte, und ein paar Leute, die sich umwandten, sahen, wie Polly Simpson beide Hände auf ihren Magen drückte. »Entschuldigung« sagte sie. »Das kommt davon, wenn man zum Frühstück nur eine Banane isst.«

Diese Bemerkung machte dem normalerweise so lethargischen Ralph Tucker gewissermaßen Feuer unter dem Hintern. Während die Gruppe ihre Aufmerksamkeit wieder der Führerin zuwandte, schlurfte er zu Polly hinüber und bot ihr galant den Brotbeutel unter der Safarijacke dar.

»Kleiner Energiestoß«, sagte er. »Gut für den Blutzuckerspiegel.«

Mit einem dankbaren Lächeln steckte sie die Hand in den Beutel und nahm sich etwas von dem Studentenfutter. Er folgte ihrem Beispiel. Sie mussten ihren Imbiss natürlich in aller Verstohlenheit verspeisen und taten es wie zwei ungezogene Schulkinder mit dem dazu gehörigen, mühsam unterdrückten Gelächter, während die

Führerin sie aus dem Festsaal in den Gang hinauslotste. Dort ging es eine Treppe hinauf in einen schmalen, korridorähnlichen Raum.

»Diese Galerie«, erklärte die Führerin, als sie sich alle hinter einer Samtkordel versammelt hatten, die den Raum der ganzen Länge nach durchzog, »gehört zu den berühmtesten in England. Hier befindet sich nicht nur die bedeutendste Sammlung von Rokoko-Silber im ganzen Land – einen Teil davon sehen Sie links vom offenen Kamin auf diesem Halbmondtisch, einem Sheraton-Möbel, nebenbei gesagt –, sondern auch Gemälde von Le Brun, Gainsborough, Reynolds, Holbein, Whistler, Turner, van Dyck und einer Anzahl weniger bedeutender Künstler. In der Vitrine am Ende dieses Raums sind ein Hut, Handschuhe und Strümpfe aufbewahrt, die von Elisabeth I. getragen wurden. Und hier haben wir eine der besonderen Attraktionen des Hauses.« Sie trat links neben den Sheraton-Tisch und stieß mit leichter Hand gegen die getäfelte Wand. Lautlos öffnete sich eine Tür, die bis zu diesem Moment nicht zu erkennen gewesen war.

Mehrere der deutschen Touristen applaudierten anerkennend.

Die Führerin sagte: »Das ist eine Gibb-Tür. Raffiniert, nicht? Hier konnten die Bediensteten zu jeder Zeit kommen und gehen, ohne in den Gesellschaftsräumen des Hauses gesehen zu werden.«

Man reckte die Hälse, man knipste, man brummelte Beifälliges.

Und da passierte es.

Die Führerin sagte gerade: »Achten Sie bitte besonders auf –«, als ihr sozusagen die Ereignisse in die Parade fuhren.

»Schatz! Nor! Schatz!«, röchelte jemand, und jemand anders schrie: »O mein Gott!«, und eine dritte Person rief erschrocken: »Vorsicht! Vorsicht! Ralph kippt um!«

Und genau das geschah. Ralph Tucker stieß einen unartikulierten Schrei aus und stürzte krachend auf einen der kostbaren Atlasholztische, die zur Einrichtung von Abinger Manor gehörten. Er riss ein pompöses Blumenarrangement mit sich, zertrümmerte eine Porzellanschale mit einer Duftmischung aus getrockneten Blüten und Kräutern, die sich über den ganzen Perserteppich verteilten, und warf den Tisch um. Die Samtkordel sprang aus den Haken der Messingpfosten, die in Abständen längs im Raum aufgestellt waren, als Ralph zu Boden schlug und reglos liegen blieb.

»Ralphie! Schatz!«, kreischte Noreen Tucker und drängte sich wie eine Rasende zu ihrem Mann durch. Sie packte ihn bei der Schulter und schüttelte ihn, während die Menschen ringsum mit kopfloser Aufregung reagierten. Die einen drängten vorwärts, die anderen wichen zurück. Jemand begann zu beten, jemand anderer fluchte laut. Drei Frauen aus der deutsche Gruppe ließen sich auf die Sofas fallen, die jetzt, ohne Absperrung, zugänglich waren. Ein Mann verlangte mit lauter Stimme nach Wasser, während ein anderer frische Luft forderte.

Es waren zweiunddreißig Menschen im Raum, aber es war keiner da, der das Kommando übernommen hätte. Die Führerin – die sich zwar in den Kunstschätzen von Abinger Manor auskannte, aber nicht in erster Hilfe – stand da wie angewurzelt, als hätte der Schlag, der den still auf dem Boden liegenden Ralph Tucker getroffen hatte, auch sie getroffen.

Stimmen schallten aus allen Richtungen.

»Ist er –?«

»Um Gottes willen. Er kann doch nicht –«

»Ralph! Mein Ralphie!«

»Er ist ohnmächtig geworden, nicht wahr?«

»Ruf doch jemand einen Krankenwagen, Herrgott noch mal!«, sagte Cleve, dem es gelungen war, sich durch das Gedränge zu boxen, und der nun, nach einem Blick auf Ralph Tuckers Gesicht, neben dem Leblosen niederkniete und mit Wiederbelebungsversuchen begann. »Na los!«, brüllte er die Führerin an, die endlich aus der Trance erwachte, durch die Geheimtür stürzte und die Treppe hinaufrannte.

»Ralphie! Ralphie!«, klagte Noreen Tucker in den höchsten Tönen, als Cleve einen Moment Pause machte, um Ralphs Puls zu suchen, und dann mit seinen Bemühungen fortfuhr.

»Kann er nicht etwas unternehmen?«, rief eine der Deutschen, während ein anderer sagte: »Schauen Sie sich nur die Gesichtsfarbe an.«

Das war der Moment, als Thomas Lynley eingriff. Nachdem er sein Jackett abgelegt und Helen Clyde gereicht hatte, schob er sich durch das Gewühl der Leute, hockte sich rittlings auf den Elefantenleib Ralph Tuckers und übernahm die Herzmassage, während Cleve Houghton nach oben rückte und mit der Mund-zu-Mund-Beatmung weitermachte.

»Sie müssen ihn retten! Bitte!«, jammerte Noreen. »Tun Sie doch etwas! Helfen Sie ihm!«

Victoria Wilder-Scott trat an ihre Seite. »Sie sind ja schon dabei, ihm zu helfen«, sagte sie beschwichtigend. »Kommen Sie, gehen wir da hinüber …«

»Nein! Ich lasse meinen Ralphie nicht allein. Er brauchte nur etwas zu essen.«

»Ist ihm was im Hals stecken geblieben?«

»Haben Sie es mit dem Heimlich-Griff versucht?«

Die Führerin stürzte wieder in die Galerie. »Ich habe angerufen –«, begann sie und brach ab. Wie alle anderen sah sie, dass der unglücklich Gestürzte, um den die beiden Männer sich immer noch bemühten, bereits tot war.

Thomas Lynley übernahm nun das Kommando. Er zog seinen Dienstausweis heraus und sagte, ihn der Führerin unter die Nase haltend, mit gedämpfter Stimme: »Thomas Lynley, New Scotland Yard. Schicken Sie jemanden zu meiner Tante – Lady Fabringham –, um sie von dem Unglück zu unterrichten. Aber sorgen Sie, um Gottes willen, dafür, dass sie nicht hier erscheint. In Ordnung?« Er kannte Augustas fatalen Hang, sich in Dinge einzumischen, die sie nichts angingen, und wollte unter allen Umständen vermeiden, dass sie in dieser Situation mit eigenmächtigen Befehlen unnötige Verwirrung stiftete. Ein Rettungswagen war schließlich bereits unterwegs, und man konnte im Moment nicht mehr tun, als diesen armen Burschen in ein Krankenhaus zu bringen, wo man den amtlichen Totenschein ausstellen würde. Um den Raum für das Eintreffen des Notarzts freizumachen, schlug Lynley vor, die anderen sollten ihren Rundgang fortsetzen.

Keiner hatte jetzt noch große Lust, weitere Kostbarkeiten von Abinger Manor zu besichtigen, dennoch schlurfte die ganze Gesellschaft mit Ausnahme der weinenden Noreen Tucker gehorsam im Gänsemarsch aus der Galerie hinaus. Aber noch ehe alle weg waren, beugte sich Lynley zu dem Toten auf dem Boden hinunter und öffnete die im Tod geballte Faust.

»Herzversagen«, bemerkte Cleve Houghton. »Ich habe so was schon häufiger erlebt.«

Lynley nickte zwar, aber er sagte nichts. Er war damit beschäftigt, die Reste von Studentenfutter zu prüfen, die aus Ralph Tuckers Hand zu Boden fielen. Als er den Kopf hob, sah er nicht Cleve an, sondern blickte der Gruppe nach. Er tat dies ernst und nachdenklich, denn dem auf dem Land groß gewordenen Thomas Lynley war klar, das Ralph Tucker ermordet worden war.

Indes Noreen Tucker schluchzend in einen Chippendale-Sessel von unschätzbarem Wert sank und Helen Clyde zu ihr ging, um sie zu trösten, fiel hinter der Touristengruppe die Tür zu, und schon wenige Augenblicke später standen alle im Salon und wurden aufgefordert, den Raum und insbesondere seine reich verzierte Stuckdecke zu bewundern. Dies, eröffnete die nunmehr sehr gedämpfte Führerin der Gruppe, sei der König-Eduard-Salon, der seinen Namen von dem Standbild Eduards IV. habe, das über dem Kaminsims stand. Es sei ein Standbild in Dreiviertelgröße, erklärte sie, nicht in Lebensgröße; Eduard IV. war im Gegensatz zu den meisten Männern seiner Zeit gut über einen Meter achtzig groß gewesen. Und als er am 26. Februar 1460 in London eingezogen sei...

Es war ihnen unbegreiflich, wie die junge Frau es fertig brachte, einfach weiterzumachen. Es hatte etwas Unanständiges, im Angesicht des Todes von Ralph Tucker Kronleuchter, seidene Tapeten, antike Möbel, chinesische Vasen und einen französischen Kaminaufsatz zu bewundern. Dabei spielte es keine Rolle, dass der Mann keinem von ihnen persönlich etwas bedeutete. Er war tot, und aus Respekt vor seinem Hinscheiden hätte der Rundgang von Rechts wegen abgeblasen werden müssen.

Kein Wunder also, dass alle unruhig und bedrückt waren. Die Stimmung war gespannt, die Ruhe wurde nur mühsam bewahrt. Als dann endlich im Winterspeisesaal Cleve Houghton mit der Nachricht zu ihnen stieß, dass Ralph Tucker abtransportiert worden war, teilte er den Versammelten gleich auch noch mit, dass Thomas Lynley die zuständige Polizeidienststelle alarmiert hatte.

»Polizei?«, fragte Emily Guy entsetzt.

Das Wort machte schnell die Runde in der Gruppe. Die Seminarteilnehmer begannen einander mit Zweifel und Argwohn zu mustern.

Alle wussten, dass es nur das Studentenfutter gewesen sein konnte. Und alle hatten sie die gleiche Schwierigkeit: Nicht einer von ihnen wusste eine Antwort auf die bohrende Frage, warum, in Gottes Namen, irgendjemand das Verlangen verspürt haben sollte, Ralph Tucker zu ermorden. Noreen Tucker, ja. Die Frau hatte vom ersten Tag an ihre Nase in Dinge gesteckt, die sie absolut nichts angingen, und sie würde bei einem Beliebtheitswettbewerb unter ihnen bestimmt an letzter Stelle enden. Oder auch Sam Cleary, der nach Meinung seiner Frances einmal zu oft nach anderen Frauen geschielt hatte. Oder sogar Frances, die Sam bei seinen Bemühungen, bei Polly Simpson mehr zu erreichen, im Weg gewesen war. Aber Ralph? Nein, das ergab überhaupt keinen Sinn.

So wanderten also die Gedanken aller in die gleiche Richtung, und als sie bei Polly Simpson anlangten, erinnerten sich mehrere Personen eines erschreckenden, aber bedeutsamen Details: Auch Polly hatte von Ralph Tuckers Studentenfutter gegessen, und das, wohlgemerkt, nicht zum ersten Mal. Hatte sie nicht auch bei ihrer allerersten gemeinsamen Exkursion zugegriffen, als Ralph in einer Anwandlung von Aufgeschlossenheit, die sich nicht wiederholte, nach einem langen Tag von Hausbesichtigungen in Norfolk auf der Heimfahrt nach Cambridge großzügig sein Studentenfutter herumgereicht hatte, um die Gruppe für den entgangenen Nachmittagstee zu entschädigen? O ja, sie hatte zugegriffen. Als Einzige. Es war also möglich, dass der Anschlag ihr gegolten hatte und Ralph Tucker lediglich ein Unglücksrabe war, der auch hatte dran glauben müssen.

Das veranlasste mehr als einen aus der Gruppe, Polly mit Besorgnis zu beobachten, um beim geringsten Anzeichen dafür, dass auch sie unter der Wirkung dessen, was Ralph dahingerafft hatte, zusammenzubrechen drohte, eingreifen zu können. Jemand meinte sogar diskret, sie sollte doch eine Toilette aufsuchen und auf jeden Fall versuchen, sich zu übergeben. Aber Polly, die nicht zu verstehen schien, was hinter diesem Vorschlag steckte, schnitt nur eine Grimasse und fuhr fort, ihre Fotos zu schießen, wenn auch merklich gedämpft in ihrer Lebensfreude.

Tod durch Studentenfutter – da stellten sich diejenigen, die das in Erwägung zogen, natürlich die Frage nach dem Gift. Und das wiederum veranlasste sie zu fragen, wie man sich in Cambridge Gift beschaffen sollte. Man konnte nicht einfach in die nächste Apotheke gehen und sagen, geben Sie mir etwas, das schnell und schmerzlos wirkt und keine Spuren hinterlässt. Es war daher anzunehmen, dass das Gift von zu Hause mitgebracht worden war. Und diese Überlegung führte die Leute dazu, ernsthafter über Noreen Tucker und die Frage nachzudenken, ob sie ihren Ralphie tatsächlich so hingebungsvoll liebte, wie es den Anschein gehabt hatte.

Die Gruppe befand sich in der Bibliothek, als Thomas Lynley in Begleitung seiner Verlobten wieder zu ihr stieß und die Anwesenden der Reihe nach mit nachdenklichem Blick musterte; wie übrigens auch Helen Clyde das tat, die ins Bild gesetzt worden war, während der arme Ralph in den Krankenwagen verladen wurde. Die beiden – Thomas Lynley und Helen Clyde – trennten sich, als sie hereinkamen, und gesellten sich verschiedenen Leuten der Gruppe zu. Beide schenkten den Ausführungen der Führerin nicht die geringste Beachtung, sondern richteten ihre gesammelte Aufmerksamkeit auf die Besucher von Abinger Manor.

Begleitet vom hallenden Klang ihrer Schritte, der schallenden Stimme der Führerin und dem gelegentlichen Klicken von Fotoapparaten, zogen sie alle gemeinsam weiter von der Bibliothek in die Kapelle. Lynley ging zwischen den Leuten herum, sprach jedoch mit niemandem außer seiner Braut, mit der er an der Tür einige kurze Worte wechselte, bevor er sich wieder von ihr trennte.

Nach der Kapelle besichtigte man die Rüstkammer. Von dort aus ging es in das Billardzimmer, weiter ins Musikzimmer, und dann zwei Treppen hinunter in die Küchenräume. Die Speisekammer war in einen Souvenirladen umfunktioniert worden, der Deutsche wie Amerikaner gleichermaßen anlockte. Doch ehe die Gruppe auseinander laufen konnten, ergriff Lynley das Wort.

»Ich wäre Ihnen dankbar, wenn Sie noch einen Moment hier, in der Küche, zusammenbleiben würden«, sagte er. »Seien Sie so freundlich und haben Sie etwas Geduld.«

Von den Deutschen kamen milde Proteste. Die Amerikaner sagten nichts.

»Es tut mir Leid«, fuhr Lynley fort, »aber wir haben ein Problem in Bezug auf Mr. Tuckers Tod.«

»Ein Problem?«, wiederholte Sam Cleary fragend, und andere riefen: »Wieso? Was ist denn los?« und »Was wollen Sie von uns?«

»Es war Herzversagen«, behauptete Cleve Houghton bestimmt. »Ich habe genügend ähnliche Fälle erlebt und kann Ihnen mit Sicherheit sagen –«

»Ich ebenfalls«, ertönte eine Stimme mit starkem Akzent. Sie gehörte einem Mitglied der deutschen Touristengruppe, einem älteren Mann, der offensichtlich gar nicht erfreut darüber war, dass der Rundgang schon wieder unterbrochen werden sollte. »Ich bin Arzt. Auch ich kenne diese Fälle von plötzlichem Herztod. Ich kenne mich da zur Genüge aus.«

Da musste man sich natürlich fragen, warum der Mann im Moment der Krise keinen Finger gerührt hatte, aber niemand sagte etwas. Lynley streckte seinen Arm aus und öffnete seine Hand. Auf ihr lag vielleicht ein halbes Dutzend schwarzbrauner Körner. »Es sieht aus wie Herzversagen«, erklärte er. »So wirken Alkaloide. Sie paralysieren innerhalb von Minuten das Herz. Das hier sind übrigens Eibensamen.«

»Eibensamen?«, fragte jemand. »Was haben Eiben –«

»Ach, die stammen sicher aus der Schale mit der Kräutermischung, die Mr. Tucker umgestoßen hat, als er stürzte«, warf Victoria Wilder-Scott ein.

Lynley schüttelte den Kopf. »Sie waren unter die Nüsse in seiner Hand gemischt«, sagte er. »Und in dem Beutel, den er unter seiner Jacke trug, war noch eine ganze Menge davon. Es tut mir Leid, es sagen zu müssen, aber Ralph Tucker wurde ermordet.«

Sie hatten also Recht gehabt mit ihren Befürchtungen. Und während einige von ihnen noch bei der Frage verweilten, warum ausgerechnet Ralph Tucker ermordet worden war, flogen die Blicke der anderen zu der einzigen Person in der Küche, die ganz ohne Zweifel wusste, was man mit ein paar Eibenkörnern anrichten konnte.

Die Deutschen protestierten derweilen aus vollem Hals. Anführer war der Arzt. »Wir haben mit dieser Sache nichts zu schaffen«, erklärte er. »Der Mann war uns völlig fremd. Sie haben kein Recht, uns hier festzuhalten. Wir werden jetzt gehen.«

»Selbstverständlich«, erwiderte Lynley »Das sollen Sie auch. Sobald die Sache mit dem Silber geklärt ist.«

»Wovon, um alles in der Welt, reden Sie?«

»Es sieht ganz so aus, als hätte einer von Ihnen die allgemeine Aufregung in der Galerie genutzt, um von dem Tisch neben dem offenen Kamin zwei Teile des silbernen Rokokoservice' zu entwenden. Es handelt sich um zwei Milchkännchen, klein, reich verziert und eindeutig verschwunden. Es ist natürlich richtig, dass ich hier nicht zuständig bin, aber diese kleine Geschichte mit dem verschwundenen Silber würde ich gern selbst aufklären, bevor die Kollegen eintreffen und mit ihren Untersuchungen über Mr. Tuckers Tod beginnen.« Er konnte sich lebhaft vorstellen, was seine Tante Augusta zu der Angelegenheit zu sagen haben würde, wenn er sie *nicht* regelte.

»Was wollen Sie denn tun?«, erkundigte sich Frances Cleary ängstlich.

»Haben Sie vielleicht die Absicht, uns hier festzuhalten, bis einer von uns ein Geständnis ablegt?«, fragte der deutsche Arzt in spöttischem Ton. »Sie sind nicht dazu berechtigt, uns zu durchsuchen.«

»Das ist richtig«, bestätigte Lynley wie zuvor. »Es sei denn, Sie erklären sich mit einer Durchsuchung einverstanden.«

Daraufhin folgte Schweigen. Füßescharren. Räuspern. Hitziges Geflüster in Deutsch. Papierrascheln, als jemand ein Heft aufblätterte.

Cleve Houghton meldete sich als Erster zu Wort. Er ließ seinen Blick über die Gruppe schweifen und sagte: »Also, ich hab nichts dagegen.«

»Aber die Damen …«, bemerkte Victoria Wilder-Scott mit einer gewissen Zimperlichkeit.

Lynley wies mit einem Kopfnicken zu seiner Begleiterin, die vor einer Glasvitrine mit Kupfertöpfen am Rand der Gruppe stand. »Das ist Lady Helen Clyde«, sagte er. »Sie wird die Durchsuchung bei den Damen vornehmen.«

Und dann begann das Unternehmen: Die Herren wurden in die Spülküche gebeten, die Damen in den Vorbereitungsraum auf der anderen Seite des Korridors.

Sowohl Thomas Lynley als auch Helen Clyde leisteten gründliche Arbeit. Lynley war ganz dienstliche Sachlichkeit. Helen ging etwas zartfühlender zu Werke. Beide baten sie jeden ihrer Gruppe, sich zu entkleiden und danach wieder anzukleiden. Beide durchsuchten Kleidertaschen, Handtaschen, Rucksäcke und Leinenbeutel. Lynley absolvierte das Programm mit grimmigem Schweigen, das einschüchtern sollte. Helen plauderte mit den Frauen, um ihnen die Angst und Befangenheit zu nehmen.

Beide fanden nichts, obwohl sogar Victoria Wilder-Scott und die Führerin durchsucht wurden.

Lynley bat die Versammelten, im Teesalon zu warten, und ging selbst zur Treppe am hinteren Ende der Küchenräume.

»Wohin will er denn jetzt?«, fragte Polly Simpson, mit beiden Händen ihren Fotoapparat an die Brust drückend.

»Er muss in den anderen Räumen des Hauses nach dem Silber suchen«, meinte Emily Guy.

»Aber das kann ja ewig dauern«, jammerte Frances Cleary.

»Na und? Wir müssen doch sowieso warten, bis die hiesige Polizei kommt.«

»Alles Quatsch«, erklärte Cleve Houghton. »Es war schlichtes Herzversagen, und ich bin überzeugt, es fehlt überhaupt kein Silber. Wahrscheinlich wird es gerade irgendwo geputzt.«

Dies jedoch war nicht der Fall, wie Lynley feststellte, als er seiner Tante väterlicherseits berichtete, was er lieber nicht berichtet hätte. Augusta zeigte angemessenes Entsetzen und Bedauern, als sie hörte, dass in ihrem Haus ein offenbar harmloser Tourist von einer Minute auf die andere sein Leben hatte lassen müssen. Doch als sie erfuhr, dass »so ein hinterhältiger kleiner Gauner« die Frechheit besessen hatte, eine ihrer Kostbarkeiten in seinen Besitz zu bringen, gebärdete sie sich wie die Rachegöttin persönlich. Volle fünf Minuten lang ließ sie sich darüber aus, was sie mit diesem Verbrecher zu tun gedachte, und nur indem Lynley seiner Tante versicherte, dass die zuständigen Behörden – vertreten durch ihn selbst – nichts unversucht lassen würden, um den Dieb zu schnappen, konnte er sie davon abhalten, sich die Touristen gleich selbst vorzuknöpfen. Er ließ sie schließlich in Gesellschaft ihrer drei Corgis zurück und begab sich auf den Rückweg zur Gruppe.

Sie war nicht mehr in den Küchenräumen, sondern draußen im Hof. Lynley konnte sie von den Fenstern des privaten Flügels aus sehen, den seine Tante bewohnte. Er beobachtete sie einen Moment und vermerkte, dass kulturelle Stereotypen offenbar selbst in Momenten der Krise galten. Die Deutschen standen mit ernsten Mienen in kleinen Grüppchen beieinander, Vertraute unter sich:

Männer mit ihren Ehefrauen; Ehepaare mit ihren Kindern; Familien mit Verwandten. Studenten mit ihren Landsleuten. Über die Grenzen dieser bereits bestehenden Gruppen wagten sie sich nicht hinaus und verharrten zumeist starr und schweigend beieinander. Die Amerikaner andererseits suchten nicht nur untereinander Kontakt, sondern auch zu den englischen Familien, die den Rundgang mitgemacht hatten. Sie unterhielten sich miteinander, die einen ernst und bedrückt, die anderen recht lebhaft. Und eine Frau aus ihrem Kreis fotografierte sogar.

Polly Simpson war Lynley schon früher aufgefallen, in einer Art Gedächtnisreflex auf eine Liebesbeziehung, die ihn einmal mit einer jungen Fotografin verbunden hatte. Die Beziehung lag noch nicht so weit zurück, dass er nicht – wie damals – Polly Simpsons Ausrüstung zur Kenntnis genommen hätte. Es ist schon interessant, dachte er, während er sie beobachtete, welch unerwartete Dinge wir durch die Verbundenheit mit einem anderen Menschen erfahren und lernen können. Nicht nur über uns selbst und den anderen, sondern über Lebensbereiche, die uns sonst vielleicht für immer verschlossen geblieben wären. Den Blick auf die unten im Hof stehende Polly gerichtet, gelang es Lynley, sich seine frühere Freundin in gleicher Situation vorzustellen, mit vergleichbarem Enthusiasmus für Licht, Form und Komposition und ohne weiteres fähig, eben Geschehenes zu vergessen und sich völlig auf die Arbeit zu konzentrieren, die ihr im Moment am Herzen lag.

Das ist eben die unverwüstliche Kraft der Jugend, dachte er (etwas schwülstig, da er ja selbst noch keine vierzig war) und gönnte sich – ein Mann, der seit fünfzehn Jahren sein berufliches Leben der Verbrecherjagd gewidmet hatte – einen Moment wehmütiger Beobachtung Polly Simpsons bei der Arbeit mit ihrem Fotoapparat. Dann begab er sich auf den Weg in den Hof, um sich der Gruppe wieder anzuschließen.

Erst als er unten durch die Küche ging, erkannte er die Bedeutsamkeit dessen, was er gerade im Hof beobachtet hatte. Und auch nur deshalb, weil ihm plötzlich einfiel, wie seine frühere Freundin, für die er oft wie ein braver Packesel ihre gesamte Fotoausrüstung herumgeschleppt hatte, immer – mehr zu sich selbst als zu ihm – gesagt hatte: »Für die Aufnahme brauche ich das achtundzwanzig Millimeter«, und dann das Objektiv ausgewechselt hatte, während er geduldig dabei stand.

Ihm wurde auf einmal klar, dass er während des ganzen Rundgangs und vorher schon – als er und Helen mit der Besuchergruppe zusammen den Park von Abinger Manor durchstreift hatten – etwas beobachtet hatte, ohne die Beobachtung zu registrieren. Und das passiert ja so leicht, dachte er, wenn man sich keine Gedanken über die Logik dessen macht, was man vor Augen hat.

Er eilte rasch durch die Speisekammer und trat in den Hof hinaus. So sicher war er sich seiner Sache, dass er den Deutschen und den beiden englischen Familien die Abfahrt gestattete und schweigend wartete, bis sie den Hof verlassen hatten, ehe er zu Polly Simpson trat und ihr ohne lange Umstände den Riemen mit dem Fotoapparat von der Schulter zog.

»Hey!«, rief sie protestierend. »Das ist meiner. Was denken Sie sich –«

Sie brach ab, als er den ersten der Filmbehälter öffnete, die am Riemen des Apparats befestigt waren. Er war leer. Genau wie die anderen.

»Mir ist aufgefallen«, sagte er, »dass Sie seit unserer Ankunft unaufhörlich fotografiert haben. Was würden Sie sagen, wie viele Aufnahmen haben Sie gemacht?«

»Keine Ahnung«, antwortete sie. »Ich zähl nicht mit. Ich fotografiere einfach, bis mir der Film ausgeht.«

»Aber Sie haben keinen zusätzlichen Film mitgenommen, nicht wahr?«

»Ich dachte nicht, dass ich einen brauchen würde.«

»Nein? Das ist merkwürdig. Sie haben angefangen zu fotografieren, sobald sie in den Park kamen. Und Sie haben seitdem keine Pause gemacht, außer vermutlich während der Ereignisse in der Galerie. Oder haben Sie die auch fotografiert?«

Emily Guy schnappte erschrocken nach Luft. Sam Cleary sagte aufgebracht: »Moment mal –«, aber da packte seine Frau ihn am Arm, und er hielt den Mund.

»Was soll das alles?«, fragte Victoria Wilder-Scott. «Wir wissen doch alle, dass Polly ständig fotografiert.«

»Ach ja? Mit diesem Objektiv?«, fragte Lynley.

»Es ist ein Makro-Zoom«, erklärte Polly und schrie, als Lynley energisch das Objektiv packte: »Hey! Lassen Sie das! Das Ding ist ein Vermögen wert.«

»Tatsächlich«, sagte Lynley und schraubte es ab. Dann kippte er mit einer kurzen Bewegung das Objektiv, und zwei silbern blitzende Gegenstände fielen in seine Hand.

Die Umstehenden rissen die Augen auf.

»Alles Attrappe«, stellte Cleve Houghton trocken fest.

Und alle im Hof starrten Polly Simpson an.

Die Stimmung war sehr gedrückt, als die Seminargruppe an diesem Abend nach Cambridge zurückkehrte. Sie war natürlich um drei Mitglieder geschrumpft. Ralph Tuckers sterbliche Hülle lag derzeit auf dem Seziertisch. Seine Witwe hatte aus der Situation das Beste gemacht und die gastliche Einladung der sehr bemühten Gräfin von Fabringham angenommen, die, vertraut mit der fatalen amerikanischen Neigung, beim geringsten Anlass vor Gericht zu ziehen, bestrebt war, ein Rencontre mit der amerikanischen Gerichtsbarkeit unter allen Umständen zu vermeiden. Und Polly Simpson war von der zuständigen Polizei in Gewahrsam genommen worden und stand nun wegen Mordes und versuchten Diebstahls unter Anklage.

Selbstverständlich spukte Polly Simpson allen ihren ehemaligen Kommilitonen unablässig im Kopf herum. Und selbstverständlich bewegten jeden von ihnen andere Gefühle in Bezug auf sie.

Sam Cleary, zum Beispiel, fühlte sich wie ein ausgemachter Narr, weil er nicht fähig gewesen war, zu erkennen, dass Pollys Interesse an ihm sich in Wahrheit einzig auf seine botanischen Fachkenntnisse beschränkt hatte. Gewiss, sie hatte bei jedem Wort und Anekdötchen förmlich an seinen Lippen gehangen, aber hatte sie nicht sehr geschickt das Gespräch immer wieder auf seine Arbeit gelenkt, bis sie bekommen hatte, was sie wollte: den Namen und die Beschreibung eines Gifts, das sie sich ganz leicht auf einem Spaziergang durch die Grünanlagen der Colleges in Cambridge beschaffen konnte.

Frances Cleary andererseits fühlte sich beruhigt. Der Preis war hoch, und Ralph Tucker hatte ihn bezahlt, aber sie wusste jetzt, dass ihr Mann nicht das Ziel der tödlichen Leidenschaft einer jungen Frau gewesen war, wie sie geglaubt hatte, und fühlte sich daher ihrer Ehe sicherer. So sicher, dass sie keine Einwände erhob, als Sam sich auf der Rückfahrt im Kleinbus neben Emily Guy setzte.

Emily Guy und Victoria Wilder-Scott waren enttäuscht und niedergeschlagen von den Ereignissen des Tages, jedoch aus unterschiedlichen Gründen. Victoria hatte soeben die erste wahrhaft begeisterte, amerikanische Sommerkursteilnehmerin seit Jahren verloren, während Emily Guy entdeckt hatte, dass eine hübsche junge Frau, die man so sehr dafür bewundert hatte, dass sie keine Schwäche für Männer hatte, dafür eine Schwäche für anderes besaß.

Und die Männer – Howard Breen und Cleve Houghton? Sie empfanden Polly Simpsons Verhaftung als einen Verlust. Cleve betrauerte den Verlust aller Hoffnungen darauf, sie trotz des Altersunterschieds von siebenundzwanzig Jahren, der zwischen ihnen bestand, irgendwie ins Bett zu kriegen. Howard Breen hingegen war froh, sie los zu sein – da nun der Weg zu Cleve Houghton frei war. Man konnte schließlich immer hoffen.

Und das war es letztendlich, was die Amerikaner in ihrem Seminar über die Geschichte der britischen Architektur in diesem Jahr in Cambridge lernten: Hoffen war erlaubt, auch wenn es manchmal, wie im Fall Polly Simpsons, vergeblich war.

Vorbemerkung zu
Die Überraschung seines Lebens

Auf die Idee zu dieser Geschichte hat mich ein Doppelmord gebracht, der Anfang der Neunzigerjahre des vergangenen Jahrhunderts meine Aufmerksamkeit erregte. Der Fall war damals in aller Munde, und obwohl der Angeklagte vom Gericht freigesprochen wurde, dachte ich viel über die Möglichkeit nach, dass er doch der Täter war, und überlegte mir, wie es zu der Tat gekommen sein könnte, wenn tatsächlich er sie begangen hatte. Ich kam zu folgendem Schluss:

Es gab bei diesem Verbrechen zwei Todesopfer – einen jungen Mann und eine nur wenig ältere Frau –, aber ich war überzeugt, dass die Frau – die Ehefrau des Täters – das Ziel des Anschlags gewesen war.

Der Ehemann war ein zwanghafter Mensch, der von seiner Frau getrennt lebte. Sein Leben war beherrscht von Gedanken an sie, insbesondere daran, wie sie ihn verlassen und damit gedemütigt hatte. Er war eine Lokalgröße. Sie war in seinen Augen ein Nichts. Trotzdem hatte sie es gewagt, ihm den Laufpass zu geben, und – das machte die Sache noch schlimmer – tat nicht einmal mehr so, als hielte sie eine Aussöhnung für möglich. Anfänglich hatte sie erklärt, sie wolle eine Weile Abstand, weil ihre Beziehung so explosiv sei. Damit war er einverstanden gewesen. Aber jetzt sprach sie von Scheidung, und er kam sich vor wie ein Idiot. Nicht nur, dass er wahrscheinlich seine Kinder verlieren würde – sie hatten zwei, einen Jungen und ein Mädchen –, sondern die Scheidung würde ihn auch eine Stange Geld kosten, und seine Frau verdiente nicht einen Penny von dem, was er besaß.

Solche Gedanken quälten ihn immer häufiger, bis ihm schließlich jede Stunde des Tages zur Tortur wurde. Nur wenn er schlief, war er frei von den Gedanken an seine Frau und ihre Pläne, ihm seine Kinder und sein Geld zu nehmen, um sich dann mit irgendeinem jungen Hengst zusammenzutun – und das alles auf *seine* Kosten. Aber selbst bei Nacht träumte der Mann von seiner treulosen Frau. Und die ständigen Gedanken bei Tag und die Träume bei Nacht peinigten ihn so mörderisch, dass er meinte, er würde umkommen, wenn er nicht irgendetwas gegen sie unternähme.

Er war überzeugt, er könnte sich diese Frau nur aus dem Kopf schlagen, indem er sie tötete. Verdient hatte sie sowieso nichts Besseres. Er hatte jahrelang beobachtet, wie sie die Männer anmachte. Wahrscheinlich hatte sie ihn bereits ein Dutzend Mal betrogen. Sie war eine lausige Ehefrau und eine lausige Mutter, und wenn er sie tötete, würde er damit nicht nur sich selbst, sondern auch seinen Kindern einen Gefallen tun.

Er begann also zu planen.

Er und seine Frau lebten zwar getrennt, aber sie wohnten nicht weit voneinander entfernt. Wenn er das Timing des Mordes auf die Sekunde genau plante, konnte er innerhalb von ungefähr fünfzehn Minuten alles erledigen – zu ihr hinüberlaufen, sie umlegen und wieder zurücklaufen in sein Haus. Vielleicht würde er es sogar in weniger Zeit schaffen. Aber ihm war klar, dass die Polizei über jede Sekunde der geschätzten Mordzeit von ihm Rechenschaft verlangen würde. Er beschloss daher, für sein Vorhaben einen Abend zu wählen, an dem er in einen anderen Teil des Landes fliegen musste. Und um es zeitlich noch knapper erscheinen zu lassen, wollte er einen Limousinendienst beauftragen, ihn abzuholen und zum Flughafen zu fahren. Wer, zum Teufel, sagte er sich, würde auf den Gedanken kommen, dass ein Killer knapp eine halbe Stunde vor Abholung durch einen Limousinendienst noch schnell seine Frau umlegen würde?

Schwierig war die Wahl der Waffe. Eine Schusswaffe konnte er aus offenkundigen Gründen nicht verwenden: In dieser dicht besiedelten Wohngegend würde der Lärm eines einzigen Schusses genügen, um die ganze Nachbarschaft auf die Straße zu treiben. Im Inneren des Hauses konnte er sie auch nicht erschießen, weil um diese Zeit die Kinder oben in ihren Betten liegen würden. Er konnte nicht riskieren, dass sie aufwachten und, wenn sie herunterkamen, ihren Vater mit rauchendem Colt vor der Leiche ihrer Mutter stehen sahen. Eine Möglichkeit war natürlich eine Drahtschlinge um den Hals, aber da würde es ihr unter Umständen gelingen, sich seiner zu erwehren. Das kam also auch nicht in Frage. Er brauchte etwas, das schnell war wie eine Pistole und geräuschlos wie eine Würgeschlinge – ein Messer schien ihm die einzige Lösung zu sein.

Am fraglichen Abend kleidete er sich ganz in Schwarz.

Um der Polizei keine Spuren zu hinterlassen, zog er Handschuhe an und setzte eine Wollmütze auf. Er war ein massiger Mann – groß, wuchtig, muskulös und kräftig –, und sie war klein und zierlich. Wenn alles nach Plan verlief, würde er in weniger als einer Minute mit ihr fertig und sie endlich für immer los sein.

Er ging zu ihrem Haus, das von der Straße ein Stück zurückgesetzt hinter einer Mauer stand. Er klopfte an die Haustür. Sie hatte einen Hund, aber der Hund kannte ihn, dürfte also keine Schwierigkeiten machen.

Überraschenderweise öffnete sie ihm auf sein Klopfen sofort die Tür, anstatt wie sonst erst zu fragen, wer da sei. Aber das war nicht von Bedeutung. Er bat sie, einen Moment vor die Tür zu kommen, damit sie miteinander sprechen könnten, ohne die Kinder zu wecken.

Ich muss in einer Stunde weg, sagte er. Ich wollte vorher mit dir reden. Es geht um …

Ja, worum ging es? Um seinen Entschluss, sich einer Scheidung nicht länger zu widersetzen? Um die Vermögensregelung, die sie wünschte? Um eines oder beide ihrer gemeinsamen Kinder?

Egal. Was er als Vorwand benutzte, wirkte. Sie kam vor die Tür, und er schlug so blitzschnell zu, dass sie gar nicht wusste, wie ihr geschah. Er riss sie herum, stieß ihr das Messer in den Hals und durchschnitt ihr die Kehle mit einer Kraft, die seiner rasenden Wut auf sie entsprang – weil sie ihm einfach nicht aus dem Kopf ging; weil sie ihm seine Kinder wegnehmen wollte; weil sie ihm alles nehmen wollte, was er hatte.

In Sekundenschnelle war es vorbei. Er ließ ihren blutigen Leichnam zu Boden sinken und wandte sich zum

Gehen – als sich die Gartenpforte öffnete und der junge Mann eintrat.

Er wollte nur eine harmlose kleine Besorgung erledigen: eine vergessene Sonnenbrille zurückbringen. Er war auf dem Heimweg von der Arbeit und natürlich überhaupt nicht auf das vorbereitet, was ihn erwartete – der Anblick eines Mannes mit einem blutigen Messer in der Hand und einer Frauenleiche zu seinen Füßen.

Als Erstes schnappte der junge Mann erschrocken nach Luft. Dann sagte er: »Was zum –«, aber weiter kam er nicht. Der Mörder stürzte sich mit seinem Messer auf ihn und begann, wild auf ihn einzustechen.

Es ging alles völlig geräuschlos. Es war nicht wie in einem Hollywood-Film, wo Männer, von Toneffekten und Musik begleitet, um ihr Leben kämpfen. Das hier war echt. Und bei einem echten Kampf herrscht nur Schweigen, höchstens von Stöhnen unterbrochen, das aber von der Straße her nicht zu hören ist.

Im Kampf verlor der Mörder die Wollmütze, die er auf dem Kopf trug, und er verlor einen seiner beiden Handschuhe. Er war blutbespritzt und schnitt sich mit dem Messer selbst in die Hand. Aber er siegte. Der junge Mann starb.

Nun aber hatte der Mörder ein Problem. Bei dem Kampf war kostbare Zeit verloren gegangen. Er konnte es sich nicht leisten, nach der Mütze und dem Handschuh zu suchen, die er verloren hatte. Er musste schleunigst nach Hause, seine Kleider in die Waschmaschine werfen und duschen, um beim Eintreffen der Limousine bereit zu sein.

In der Eile verlor er auch noch den zweiten Handschuh.

Das Messer bereitete ihm keine Schwierigkeiten. Er steckte es einfach in die Golftasche, die er auf die Reise mitnehmen wollte. Die Tasche würde am Flughafen vielleicht zusammen mit dem anderen Gepäck durchleuchtet werden, aber unter den Golfschlägern würde man das Messer wahrscheinlich gar nicht bemerken; und selbst wenn – es war kein Sprengkörper und würde daher nicht weiter beachtet werden.

Es war ein Kinderspiel, nach der Ankunft am Zielort das Messer verschwinden zu lassen. Er zog seinen Jogginganzug an und lief los, um eine morgendliche Runde zu drehen. Das Messer nahm er mit und warf es irgendwo unterwegs weg.

In wenigen Stunden schon würde man ihn vom Tod seiner Frau unterrichten. Aber er hatte ein Alibi, und selbst wenn dieses nicht standhalten sollte, hatte er Geld genug, um sich die Anwälte zu kaufen, die ihn aus dem Schlamassel, in das der Junge mit der Sonnenbrille ihn hineingeritten hatte, wieder heraushauen würden.

Die Beschäftigung mit diesem Verbrechen und der möglichen Schuld des Ehemanns regte mich zu der folgenden Kurzgeschichte an. Darin wird einem Ehemann der Verdacht, dass seine Frau ihn betrügt, allmählich zur fixen Idee – mit unerwarteten Folgen.

Die Überraschung seines Lebens

Bei der ersten Sitzung mit Thistle McCloud hatte Douglas Armstrong keinerlei Absicht, seine Frau zu ermorden. Tatsächlich kam ihm der Gedanke an Mord erst zwei Wochen nach Sitzung Nummer vier.

Douglas beobachtete Thistle genau, während diese sich auf seine Offenbarung aus einer anderen Dimension vorbereitete. Sie hielt seinen Trauring auf ihrer geöffneten linken Hand. Sie schloss die Finger um den Ring. Sie ließ ihre rechte Hand über der Faust der linken schweben. Sie summte fünf Töne, die verdächtige Ähnlichkeit mit dem Anfang von »I Love You Truly« hatten. Langsam rutschten ihre Augen weg, verdrehten sich aufwärts und verschwanden hinter den gelb getönten Lidern. Was blieb, war der verwirrende Anblick einer Frau um die dreißig mit einem Strohhut auf dem Kopf, in gestreifter Weste und weißem Hemd mit getüpfelter Krawatte, die aussah wie ein Mitglied eines humorigen Sängerquartetts, das verzweifelt seine Partner suchte.

Bei seiner ersten Begegnung mit Thistle McCloud hatte Douglas ihren Aufzug – an dem sich bei den folgenden Begegnungen nichts Bemerkenswertes änderte – für die raffinierte Kostümierung einer Scharlatanin gehalten, der es darauf ankam, alle Aufmerksamkeit ihrer

Klienten auf ihr äußeres Erscheinungsbild zu ziehen und so von den Manipulationen abzulenken, die sie anwenden würde, um in die Vergangenheit, die Gegenwart, die Zukunft und – vor allem – die Brieftasche ihrer Opfer einzudringen. Aber er hatte schnell erkannt, dass Thistles seltsame Aufmachung mit Ablenkungsmanövern überhaupt nichts zu tun hatte. Gleich bei der ersten Sitzung, als sie seine alte Rolex-Uhr in der Hand hielt und in leisem, hoch konzentriertem Ton vom verlorenen Sohn zu sprechen begann, von seinen ewigen Abschieden und Heimkünften, von den betagten Eltern, die ihn stets mit offenen Armen und offenen Herzen wieder aufnahmen, und von dem Bruder, der das alles mit einem starren falschen Lächeln und einem stummen Schrei – und ich? Gelte ich denn gar nichts? – beobachtete, hatte er das Gefühl, dass Thistle genau das war, was sie zu sein vorgab: ein Medium.

Das erste Mal hatte er ihre Ladenpraxis nur aufgesucht, weil er vor seiner jährlichen Prostata-Untersuchung vierzig Minuten Zeit hatte, die er irgendwie totschlagen musste. Ihm graute vor der Untersuchung und dem peinlichen Moment, da er auf die joviale, von einem gutmütigen Rippenstoß begleitete Frage seines Arztes, »Na, alles lebhaft und munter?«, mit der Wahrheit würde herausrücken müssen: dass nämlich in letzter Zeit das Newton'sche Gesetz von der Schwerkraft sich bei seinem liebsten Körperglied deutlich bemerkbar machte. Und da er sechs Wochen vor seinem fünfundfünfzigsten Geburtstag stand und alle Katastrophen seines Lebens sich jedes Mal in einem Alter ereignet hatten, das durch die Zahl fünf teilbar gewesen war, wollte er, wenn eine Chance bestand zu erfahren, was die Götter ihm und seiner Prostata für ein Schicksal zugedacht hatten, in der Lage sein, etwas zu unternehmen, um das Chaos abzuwenden.

All dies hatte ihn beschäftigt, als er im goldenen Dämmerlicht eines späten Dezembernachmittags den Pacific Coast Highway hinuntergefahren war. In einem hässlichen gewerblichen Teil der Straße – hauptsächlich Pizzerien und Läden, die Alphabettafeln für spiritistische Sitzungen verkauften – war ihm das kleine blaue Gebäude aufgefallen, an dem er vorher schon tausendmal vorübergekommen war. »Spiritistische Beratungen«, stand auf dem handgeschriebenen Schild im Fenster. Nach einem Vorwand zum Anhalten suchend, hatte er einen Blick auf seine Benzinuhr geworfen, und während er in der Tankstelle gegenüber dem kleinen blauen Gebäude seinen Mercedes mit bleifreiem Super vollpumpte, hatte er sich entschlossen. Was, zum Teufel, hatte er sich gedacht. Es gab schlimmere Arten, sich vierzig Minuten zu vertreiben.

So war es zu seiner ersten Sitzung bei Thistle McCloud gekommen, die seinen Vorstellungen von einer Wahrsagerin überhaupt nicht entsprach, da sie weder Kristallkugel noch Tarotkarten noch sonst was benutzte, sondern sich ganz einfach mit einem Schmuckstück von ihm begnügte. Bei den ersten drei Sitzungen hatte sie ihre Emanationen aus dem Jenseits stets über seine Rolex empfangen. Heute jedoch hatte sie die Uhr zur Seite gelegt, behauptet, diese habe ihre Kraft verloren, und hatte ihre nebelgrauen Augen auf seinen Trauring geheftet. Sie hatte ihn mit ihrem Finger berührt und gesagt: »Ich denke, ich werde den nehmen. Sofern Sie etwas wissen wollen, das von Ihrer Vergangenheit weiter entfernt und Ihrem Herzen näher ist.«

Er hatte ihr den Ring wegen dieser letzten Bemerkung gegeben: *von ihrer Vergangenheit weiter entfernt und Ihrem Herzen näher.* Sie verriet ihm, wie genau sie wusste, dass die ganze Angelegenheit mit dem verlorenen Sohn seiner Vergangenheit entstammt, während seine tiefste Sorge der Zukunft galt.

Den Ring also jetzt in ihrer geschlossenen Faust, die Augen gewissermaßen nach innen gekehrt, hörte Thistle auf zu summen, atmete sechsmal tief durch und öffnete die Augen. Sie betrachtete ihn mit einer Melancholie, bei der ihm ganz anders wurde.

»Was ist?«, fragte er.

»Sie müssen sich auf einen Schock gefasst machen«, sagte sie. »Es ist etwas Unerwartetes. Es kommt aus dem Nichts und wird Ihr Leben von Grund auf verändern. Bald schon. Ich fühle, dass es schon sehr bald so weit ist.«

O Gott, dachte er. Diese Eröffnung hatte ihm noch gefehlt, gerade jetzt, drei Wochen nachdem man ihm einen gleichgültigen Finger in den Hintern geschoben hatte, um die Ursache seines Schlappschwanzsyndroms festzustellen. Der Arzt hatte gesagt, Krebs sei es nicht, aber es gab ein halbes Dutzend anderer Möglichkeiten, die er nicht ausgeschlossen hatte. Douglas fragte sich, welche von ihnen Thistle soeben mit ihren medialen Antennen erspürt hatte.

Thistle öffnete ihre Hand, und sie blickten beide auf seinen Trauring, der leicht glänzend von ihrem Schweiß, auf ihrer Handfläche lag. »Es ist ein äußerer Schock«, erläuterte sie. »Der Ursprung des Umsturzes in Ihrem Leben liegt nicht im Inneren. Der Schock trifft Sie von außen und erschüttert Sie bis ins Innerste.«

»Sind Sie sicher?«, fragte Douglas.

»So sicher, wie ich in Anbetracht des Panzers, den Sie tragen, überhaupt sein kann.« Thistle reichte ihm den Ring zurück. Ihre kühlen Finger streiften sein Handgelenk. »Sie heißen gar nicht David, nicht wahr?«, sagte sie. »Ihr Name war nie David und wird nie David sein. Aber das ›D‹ stimmt, das fühle ich. Habe ich Recht?«

Er griff in seine Hüfttasche und zog seine Brieftasche heraus. Vorsichtig, damit sie seinen Führerschein nicht sehen konnte, entnahm er einen Fünfzig-Dollar-Schein. Er faltete ihn einmal und reichte ihn ihr.

»Donald«, sagte sie. »Nein. Das ist es auch nicht. Darrell vielleicht. Dennis. Ich habe das Gefühl, dass es zwei Silben sind.«

»Namen sind doch in Ihrem Metier nicht von Bedeutung«, meinte Douglas.

»Nein. Aber die Wahrheit ist immer von Bedeutung. Eines Tages, Nicht-David, werden Sie lernen müssen, Menschen die Wahrheit anzuvertrauen. Vertrauen ist der Schlüssel. Vertrauen ist das Wesentliche.«

»Vertrauen«, entgegnete er ihr, »führt dazu, dass man aufs Kreuz gelegt wird.«

Draußen ging er über den Küsten-Highway zu der engen Seitenstraße parallel zum Meer. Hier parkte er immer seinen Wagen, wenn er Thistle besuchte. Das persönliche Nummernschild, DRIL4IT, war ja ein deutlicher Hinweis auf den Eigentümer des Mercedes, und

Douglas hatte sich schon früh überlegt, dass es auf neue Investoren kaum ermutigend wirken würde, wenn sich herumsprechen sollte, dass der Präsident von South Coast Oil begonnen hatte, regelmäßig eine Wahrsagerin aufzusuchen. Riskante Kapitaleinlagen waren eine Sache. Sein Geld einem Mann anzuvertrauen, dem man vorwerfen konnte, mit parapsychologischen statt mit geologischen Mitteln nach Öl zu suchen, war eine ganz andere. Natürlich tat er nichts dergleichen. Das Geschäft kam in seinen Sitzungen bei Thistle nie aufs Tapet. Aber davon hätte man den Aufsichtsrat erst mal überzeugen müssen. Und alle anderen genauso.

Er entriegelte die Schließanlage des Wagens und stieg ein. Er fuhr nach Süden, in sein Büro. Bei South Coast Oil glaubten alle, er hätte die Mittagspause zusammen mit seiner Frau verbracht, bei einem romantischen Winterpicknick auf den Küstenfelsen in Corona del Mar. Ich stelle das Funktelefon für die nächste Stunde ab, hatte er seiner Sekretärin mitgeteilt. Versuchen Sie nicht, mich anzurufen. Stören Sie uns bitte nicht. Diese Zeit gehört Donna und mir. Sie hat es verdient. Und ich brauche es. Haben wir uns verstanden?

Die Erwähnung von Donnas Namen wirkte immer, wenn er sich South Coast Oil ein paar Stunden vom Leib halten wollte. Jeder in der Firma mochte sie. Ach was, einfach jeder mochte sie. Manchmal, dachte er plötzlich, wurde sie allzu gern gemocht. Besonders von Männern.

Sie müssen sich auf einen Schock gefasst machen.

O ja? Douglas ließ sich die Warnung im Hinblick auf seine Frau durch den Kopf gehen.

Wenn er Donna auf ihre Wirkung auf Männer hinwies, tat sie immer sehr überrascht. Sie pflegte dann zu sagen, die Männer würden in ihr nur eine Frau erkennen, die in einem Haus voller Brüder aufgewachsen war. Aber das, was er in den Augen der Männer sah, wenn sie seine Frau musterten, hatte mit brüderlicher Zuneigung überhaupt nichts zu tun. Es hatte mit Lust und Begierde und Vögeln zu tun.

Es ist ein äußerer Schock.

Aber welcher Art? Douglas dachte an das Schlimmste.

Wann immer auch Männer und Frauen miteinander zu tun hatten – am Ende ging es dabei stets ums Vögeln. Das wusste er nur zu gut. Nicht nur frustrierten ihn seine letzthin vergeblichen Bemühungen, ihn bei Donna hoch- und reinzukriegen, er begann auch langsam zu fürchten, dass ihre Geduld mit ihm zu Ende ging. Und wenn das erst mal geschehen war, würde sie anfangen, sich umzusehen. Das war nur natürlich. Und wenn sie erst mal anfing, anderweitig zu suchen, würde sie finden oder gefunden werden.

Der Schock trifft Sie von außen und erschüttert Sie bis ins Innerste.

Scheiße, dachte Douglas. Wenn jetzt, kurz vor seinem fünfundfünfzigsten Geburtstag – grausame Unglückszahl! – das Chaos auf Rädern daherkam, um sein Leben plattzuwalzen, dann würde, das wusste er, wahrscheinlich Donna am Steuer sitzen. Sie war fünfunddreißig, seit vier Jahren Ehefrau Nummer drei, und sie wirkte glücklich und zufrieden. Aber er hatte genug Erfahrung mit Frauen, um zu wissen, dass stille Wasser es nicht damit genug sein ließen, nur tief zu gründen. Sie verbargen Riffe, an denen ein Schiff in Sekunden zerschellen konnte, wenn der Bootsführer nicht ständig seine fünf Sinne beisammen hatte. Und die Liebe raubte einem die Besinnung. Die Liebe machte die Menschen ein bisschen verrückt.

Er war natürlich nicht verrückt. Er hatte seine fünf Sinne beisammen. Aber wenn man eine Frau liebte, die zwanzig Jahre jünger war als man selbst, eine Frau, deren Duft jedem männlichen Wesen im Umkreis von fünfzig Metern in die Nase stieg, eine Frau, deren körperliche Begierden man nicht befriedigen konnte... schon seit Wochen nicht mehr befriedigen konnte... eine solche Frau...

»Reiß dich zusammen«, fuhr Douglas sich selbst scharf an. »Diese Wahrsagerin ist doch nichts als Quatsch!« Dennoch dachte er an den kommenden Schock, den Umsturz in seinem Leben und seinen Ursprung: von außen sollte er kommen. Nicht seine Prostata kam in Frage, nicht sein Schwanz, kein inneres Organ. Wohl aber ein anderer Mensch. »Scheiße«, sagte er wieder.

Er lenkte den Wagen die Steigung hinauf, die zum Jamboree Boulevard führte, sechs betonierte Fahrspuren, die sich zwischen verkrüppelten Liquidambar-Bäumen durch eine der teuersten Gegenden von Orange County zogen. Sie brachten ihn zu dem bronzefarben glänzenden Glasturm, der seinen ganzen Stolz beherbergte: South Coast Oil.

Drinnen lavierte er sich durch ein unerwartetes Zusammentreffen mit zwei Ingenieuren der SCO, durch ein kurzes Gespräch mit einem Geologen, der ihm eine Generalstabskarte und einen Bericht der Umweltschutzbehörde unter die Nase hielt, und durch eine Kurzkonferenz, die ihm im Korridor vom Leiter der Buchhaltung aufgezwungen wurde. Seine Sekretärin drückte ihm einen Stapel Telefonzettel in die Hand, als er es endlich schaffte, in sein Büro zu gelangen. »War das Picknick nett?«, sagte sie. »Das Wetter ist ja wirklich fantastisch, nicht?« Und dann, als er nicht antwortete: »Alles in Ordnung, Mr. Armstrong?«

Er sagte: »Ja. Was? Bestens«, und sah die Zettel durch. Die Namen sagten ihm nichts, absolut gar nichts.

Er ging zum Fenster hinter seinem Schreibtisch und starrte durch die riesige Scheibe aus getöntem Glas. Unter ihm stieg donnernd ein Jet nach dem anderen vom Flughafen auf, so steil, als gälten weder Vernunft noch aerodynamische Gesetze, tatsächlich aber geschah es, um die hoch empfindlichen Gehörnerven der Millionäre zu schützen, die da unten in der Flugschneise ihre Häuser hatten. Douglas beobachtete die Maschinen, ohne sie wirklich zu sehen. Er wusste, er sollte jetzt die Anrufe erledigen, die auf ihn warteten, aber das Einzige, woran er denken konnte, waren Thistles Worte: *Ein äußerer Schock.*

Und was war äußerlicher als Donna?

Sie trug *Obsession.* Sie tupfte es hinter ihre Ohren und unter ihren Busen. Und wenn sie durch ein Zimmer ging, ließ sie ihren Duft zurück. Ihr dunkles Haar glänzte, wenn das Sonnenlicht es traf. Sie trug es schlicht und kurz geschnitten; links gescheitelt, fiel es weich zu ihren Ohren hinunter.

Sie hatte lange Beine. Ihr Schritt war ausgreifend und selbstsicher. Und wenn sie an seiner Seite ging, Arm in Arm mit ihm, den Kopf hoch erhoben, dann zog sie, das wusste er, aller Aufmerksamkeit auf sich. Und er wusste auch, dass alle ihre Freunde sie beneideten, wenn sie sie zusammen sahen. Und nicht nur Freunde, auch Fremde.

Er sah es in den Gesichtern der Leute, wenn er mit Donna an ihnen vorüberging. Im Ballett, im Theater, bei Konzerten, in Restaurants zogen Douglas Armstrong und seine Frau die Blicke auf sich. In den Mienen der Frauen konnte er den Wunsch erkennen, wieder jung zu sein wie Donna, wieder frisch und voller Leben, fruchtbar und zur Liebe bereit. In den Mienen der Männer erkannte er Begehren.

Es war immer ein Vergnügen gewesen zu sehen, wie andere auf den Anblick seiner Frau reagierten. Jetzt aber wurde ihm klar, wie gefährlich ihr Reiz in Wirklichkeit war und dass er seinen Frieden zu zerstören drohte.

Ein Schock, hatte Thistle gesagt. *Machen Sie sich auf einen Schock gefasst. Machen Sie sich auf einen Schock gefasst, der ihr Leben verändern wird.*

An diesem Abend hörte Douglas das Wasser laufen, als er das Haus betrat: Vierhundertachtzig Quadratmeter voller Natursteinböden, gewölbter Decken und Panoramafenster an einem Berghang, mit Blick auf den Ozean im Westen und die Lichter von Orange County im Osten. Das Haus hatte ihn ein Vermögen gekostet, aber das hatte ihn nicht gestört. Geld spielte keine Rolle. Er hatte das Haus für Donna gekauft. Aber wenn er schon zuvor Zweifel an seiner Frau gehabt hatte – hervorgerufen durch seine eigenen Versagensängste, verstärkt durch die Sitzung bei Thistle McCloud –, so begann er jetzt, als er das Wasser rauschen hörte, die Wahrheit zu erkennen. Donna war unter der Dusche.

Er beobachtete ihre Silhouette hinter den durchscheinenden Glasbausteinen, die die Wand der Duschkabine bildeten. Sie war dabei, sich das Haar zu waschen. Sie hatte ihn noch nicht bemerkt, und er betrachtete sie einen Moment, die erhobenen Brüste, die Hüften, die langen Beine. Im allgemeinen badete sie – nahm ausgedehnte Schaumbäder in der erhöhten ovalen Wanne und blickte auf die Lichter des Städtchens Irvine hinunter. Wenn sie jetzt duschte, so sprach das von einer ernsthaften und energischen Bemühung, sich zu reinigen. Und wenn sie sich das Haar wusch, so hieß das... Nun, es war sonnenklar, was es hieß. Gerüche setzten sich im Haar fest: Zigarettenrauch, genauso wie Knoblauchsoße, Fisch von einem Fischerboot oder Sperma und Sex. Diese letzten beiden Gerüche waren verräterisch. Natürlich musste sie sich da die Haare waschen.

Ihre abgelegten Kleider lagen auf dem Boden. Mit einem hastigen Blick zur Dusche kramte Douglas sie durch und fand die spitzenbesetzte Unterwäsche. Er kannte Frauen. Er kannte seine Frau. Wenn sie an diesem Nachmittag tatsächlich mit einem Mann zusammen gewesen war, würde ihr Höschen im Schritt steif sein von den inzwischen getrockneten Säften, die ihr Körper abgesondert hatte, und er würde daran den Geruch des Geschlechtsverkehrs wahrnehmen können. Das wäre der Beweis. Er hob das Höschen zu seinem Gesicht.

»Doug! Was tust du denn da?«

Mit heißen Wangen und schweißfeuchtem Hals ließ Douglas das Höschen fallen. Donna starrte ihn durch die Öffnung der Duschkabine an. Ihr Haar war eingeschäumt, und ein Streifen Schaum rann ihre linke Wange hinunter. Sie wischte ihn weg.

»Und was tust *du*?«, konterte er. Drei Ehen und zwei Scheidungen hatten ihn gelehrt, dass ein flinkes Offensivmanöver den Gegner im Allgemeinen aus dem Konzept brachte. Es klappte auch diesmal.

Sie zog sich unter den Wasserstrahl zurück – schlau von ihr, da konnte er ihr Gesicht nicht sehen – und sagte: »Das ist doch ziemlich offensichtlich. Ich nehme eine Dusche. Mein Gott, war das ein Tag!«

Er trat zur Öffnung der Duschkabine, um sie im Auge zu behalten. Es gab keine Tür, nur diese Öffnung in der Glaswand. Er konnte ihren Körper betrachten und nach den verräterischen Spuren leidenschaftlicher Zärtlichkeiten, wie sie sie mochte, suchen. Und sie würde es nicht einmal merken, weil sie den Kopf unter die Dusche hielt, um ihr Haar auszuspülen.

»Steve hat sich heute krank gemeldet«, sagte sie, »da musste ich im Zwinger alles selber machen.«

Sie züchtete schokoladenbraune Labradorhunde. So hatte er sie kennen gelernt, auf der Suche nach einem Hund für seinen jüngsten Sohn. Dank der Empfehlung eines Tierarztes hatte er ihr Zuchtunternehmen in Midway City entdeckt – knapp eine Quadratmeile voller Tierfuttergeschäfte, anderer Zuchtzwinger und heruntergekommener Nachkriegshäuser billigster Sorte. Ein ausgesprochen seltsamer Arbeitsplatz für eine junge Frau aus der teuren Ecke von Corona del Mar. Aber genau das mochte er an Donna. Sie war nicht der landläufige Typ, sie war kein Strandhäschen, sie war nicht die typische südkalifornische Biene. Zumindest hatte er das geglaubt.

»Das Schlimmste waren die Zwinger«, sagte sie. »Es hat mir nichts ausgemacht, die Hunde zu bürsten – das macht mir nie was aus –, aber ich hasse es, die Zwinger sauber zu machen. Ich habe von oben bis unten nach Hundekacke gestunken, als ich heimkam.« Sie drehte das Wasser aus und griff nach den Badetüchern. Eines wand sie um ihren Kopf, das andere um ihren Körper. Mit einem Lächeln trat sie aus der Kabine und sagte: »Komisch eigentlich, wie manche Gerüche sich am Körper und in den Haaren festsetzen und andere wieder gar nicht.«

Sie gab ihm einen Begrüßungskuss und hob ihre Kleider vom Boden auf. Sie warf sie in den Wäschekorb. Zweifellos dachte sie, aus den Augen, aus dem Sinn. Sie war nicht dumm.

»Das ist jetzt innerhalb von zwei Wochen das dritte Mal, dass Steve sich krank gemeldet hat.« Sie trocknete sich ab und ging dabei ins Schlafzimmer. Unbefangen, wie er das von ihr gewöhnt war, ließ sie das Badetuch fallen und begann, sich anzukleiden: hauchzarte Unterwäsche, schwarze Leggins, einen losen silbernen Pulli. »Wenn er so weitermacht, setze ich ihn an die Luft. Ich brauche jemanden, auf den ich mich verlassen kann. Wenn er nicht fähig ist, seinen Teil...« Sie hielt verwirrt inne und runzelte die Stirn. »Was ist los, Doug? Du siehst mich so komisch an? Ist was nicht in Ordnung?«

»Nein. Wieso?« Aber er dachte: Das an ihrem Hals sieht aus wie ein Knutschfleck. Und er ging zu ihr, damit er die Stelle besser sehen konnte. Er nahm ihr Gesicht in die Hände, um sie zu küssen, und drückte ihren Kopf leicht zur Seite. Der Schatten des Badetuchs, das um ihr Haar gewunden war, löste sich auf, und zurück blieb makellose Haut. Na, wenn schon, dachte er. Sie würde nicht so dumm sein, sich von irgendeinem hitzigen Kerl Knutschflecken verpassen zu lassen, ganz gleich, wie sehr er sie auf Touren gebracht hatte. So dumm war sie nicht. Nein, so dumm war seine Donna nicht.

Aber sie war auch nicht so clever wie ihr Ehemann.

Am nächsten Tag ging er abends um Viertel vor sechs in die Personalabteilung. Das war besser als die Gelben Seiten, da er wenigstens wusste, dass die Leute, die die neuen Angestellten für South Coast Oil überprüft hatten, kompetent und diskret waren. Keiner hatte sich je darüber beschwert, dass irgendein superschlauer Privatdetektiv in seinen Privatangelegenheiten herumgeschnüffelt habe.

Die Personalabteilung war leer und verlassen, wie Douglas gehofft hatte. Die Bildschirme auf den Schreibtischen waren auf die animierten Bilder geschaltet, die die Geräte schonen sollten: ein Schwarm schwimmender Fische, springende Bälle, zerberstende Blasen. Das Büro des Abteilungsleiters am hinteren Ende der Räumlichkeiten war dunkel und abgeschlossen, aber dieses Problem löste der Hauptschlüssel in der Hand des Firmenpräsidenten. Douglas ging hinein und machte Licht.

Er fand den Namen, den er suchte, auf einer der eselsohrigen Karten in der Kartei des Personalchefs, einem merkwürdigen Anachronismus in einem Büro des Computerzeitalters. *Cowley und Sohn, Diskrete Nachfor-*

schungen, stand da in verblasster Maschinenschrift. Darunter war eine Telefonnummer und eine Adresse auf der Balboa-Halbinsel angegeben.

Zwei Minuten lang starrte Douglas auf Telefonnummer und Adresse hinunter. War es besser zu wissen oder in seliger Unwissenheit zu leben?, fragte er sich in diesem schicksalhaften Moment. Aber er lebte ja nicht in seliger Unwissenheit. Mit der Seligkeit war es in dem Moment aus und vorbei gewesen, als er im Bett versagt hatte. Also war es besser zu wissen. Er musste es wissen. Wissen ist Macht. Macht war Kontrolle. Er brauchte beides.

Er griff zum Telefon.

Douglas ging zum Mittagessen stets außer Haus – es sei denn, es stand eine Besprechung mit seinen Geologen oder den Ingenieuren an –, daher zuckte niemand auch nur mit der Wimper, als er am folgenden Tag kurz vor Mittag die Firma verließ. Auf dem Jamboree Boulevard fuhr er wieder zum Küstenhighway, diesmal jedoch bog er nicht nach Norden ab, in Richtung Newport, wo Thistle ihre Vorhersagen machte, sondern überquerte den Highway und rollte den Hang hinunter, wo eine mäßig gewölbte Brücke einen ölglänzenden Teil des Hafens von Newport überspannte, der das Festland von einem amöbenförmigen Stück Land trennte. Das war Balboa Island.

Im Sommer wimmelte es auf der Insel von Touristen. Sie blockierten die Straßen mit ihren Autos und rasten mit ihren Fahrrädern auf dem Bürgersteig rund um die Insel um die Wette. Kein vernünftiger Einheimischer wagte sich in den Sommermonaten ohne triftigen Grund auf die Insel, es sei denn, er hatte dort seinen Wohnsitz. Im Winter jedoch war die Gegend praktisch menschenleer. Er brauchte keine fünf Minuten, um sich durch die schmalen Straßen zum Nordende der Insel zu schlängeln, wo die Fähre wartete, um Autos und Fußgänger in kurzer Fahrt zur Halbinsel hinüberzubringen.

Dort drehten sich wie zwei Gegenräder eines gigantischen Uhrwerks ein Karussell mit bunt gestreiftem Dach und ein Riesenrad, Marksteine des so genannten Rummelplatzes, der im Sommer der Polizei ein ewiger Dorn im Auge war. Heute jedoch trieben sich hier keine Banden Jugendlicher mit gezückten Farbsprühdosen herum. Die einzigen Besucher des Rummelplatzes waren ein Querschnittgelähmter im Rollstuhl und sein Begleiter auf dem Fahrrad.

Douglas kam an ihnen vorüber, als er von der Fähre herunterfuhr. Sie waren vertieft in ihr Gespräch. Riesenrad und Karussell existierten für sie nicht. Ebenso wenig Douglas und sein blauer Mercedes. Das war gut so. Er wollte nicht unbedingt bemerkt werden.

Er parkte direkt am Strand, auf einem Platz, wo fünfzehn Minuten fünfundzwanzig Cents kosteten. Er schob vier Vierteldollarmünzen ein. Er schloss den Wagen ab und ging Richtung Westen zur Main Street, eine von Bäumen beschatteten kleinen Straße von etwa sechzig Metern Länge, die bei einem pseudo-neuenglischen Restaurant mit Blick auf den Hafen von Newport anfing und am Balboa Pier endete. Weit ragte der Pier in den Pazifischen Ozean hinaus, der heute graugrün war und aufgewühlt von den Nachwehen eines alaskischen Wintersturms.

Er suchte Main Street Nummer 107-B und fand das Haus ohne Mühe. Es stand an der Ecke einer Seitengasse, ein einstöckiger Bau, in dessen Erdgeschoss sich ein museumsreifer Frisiersalon mit Namen JJ's befand – mit einem starken Hang zu Makramé, Topfpflanzen und Janis-Joplin-Postern –, während das obere Stockwerk in Büros aufgeteilt war, die über eine bautechnisch fragwürdige Treppe am Nordende des Gebäudes zu erreichen waren. 107-B war die erste Tür im ersten Stock – JJ's Frisiersalon schien 107 A zu sein –, aber als Douglas den angelaufenen Messingknauf unter dem gleichermaßen angelaufenen Messingschild mit der Aufschrift *Cowley und Sohn, Diskrete Nachforschungen* drehte, fand er die Tür verschlossen.

Stirnrunzelnd sah er auf seine Rolex. Sein Termin war um zwölf Uhr fünfzehn. Jetzt war es zwölf Uhr zehn. Wo also war Cowley? Und wo war sein Sohn?

Er kehrte zur Treppe zurück, entschlossen, sich auf den Weg zu seinem Wagen und seinem Funktelefon zu machen; entschlossen, Cowley aufzustöbern und ihn zur Schnecke zu machen für sein Versäumnis, den verabredeten Termin einzuhalten. Doch er war gerade erst drei Stufen hinuntergestiegen, als er einen Mann in Khaki kommen sah, der mit der Wonne eines Zwölfjährigen ein Orangeneisgetränk schlürfte. Sein schütteres graues Haar und das von der Sonne verwitterte Gesicht jedoch verrieten klar, dass er mindestens fünf Jahrzehnte älter war als zwölf. Und sein Hinkebein – in Kombination mit seiner Kleidung – ließ auf eine alte Kriegsverletzung schließen.

»Sind Sie Cowley?«, rief Douglas von der Treppe.

Der Mann schwenkte seinen Becher. »Sind Sie Armstrong?«, fragte er zurück.

»Ganz recht«, sagte Douglas. »Hören Sie mal, ich hab nicht viel Zeit.«

»Die hat keiner von uns«, erwiderte Cowley und hievte sich die Treppe hinauf. Er nickte freundlich, sog geräuschvoll an seinem Strohhalm und hüllte Douglas in Wolken eines Rasierwassers ein, das dieser seit gut zwanzig Jahren nicht mehr gerochen hatte. *Canoe.* Wahnsinn. Das Zeug wurde immer noch verkauft?

Cowley zog die Tür auf und bedeutete Douglas mit einer Kopfbewegung einzutreten. Das Büro bestand aus zwei Räumen: Der eine war ein spärlich möbliertes Wartezimmer, das sie durchquerten; der andere war offensichtlich Cowleys Reich. Das Prunkstück war ein olivgrüner Stahlschreibtisch. Aktenschränke und Regale derselben Serie zierten die Wände.

Der Privatdetektiv ging zu einem alten hölzernen Bürostuhl hinter dem Schreibtisch, aber er setzte sich nicht. Stattdessen öffnete er eine der Seitenschubladen und entnahm ihr, zur Überraschung Douglas', der eine Flasche Bourbon erwartet hatte, ein Fläschchen mit gelben Kapseln. Er schüttelte zwei auf seine offene Hand und spülte sie mit einem kräftigen Schluck Orangeneisgetränk hinunter. Dann erst ließ er sich auf seinen Stuhl fallen und umfasste die Armlehnen mit den Händen.

»Arthritis«, sagte er. »Sauschmerzen. Ich würge sie mit Nachtkerzenöl ab. Geben Sie mir einen Moment Zeit, ja? Wollen Sie auch welche?«

»Nein.« Douglas sah auf seine Uhr, um Cowley wissen zu lassen, dass seine Zeit kostbar war. Dann schlenderte er zu den Stahlregalen. Er erwartete Handbücher über Feuerwaffen zu sehen, Strafgesetzbücher, Texte zur Überwachungspraxis, Werke, die den zukünftigen Klienten davon überzeugten, dass er sich mit seinen Problemen an die richtige Adresse gewandt hatte. Doch er fand ausschließlich Lyrik, Band um Band, ordentlich aufgefädelt in alphabetischer Reihenfolge, von Matthew Arnold bis William Butler Yeats. Er wusste nicht, was er davon halten sollte.

Wo am Ende eines Bords noch Platz war, standen Fotografien. Sie steckten in billigen Rahmen, größtenteils Schnappschüsse, die lachende kleine Kinder zeigten, eine grauhaarige Frau vom Typ Oma, mehrere junge Erwachsene. Zwischen den Fotografien lag, in Plexiglas verschlossen, das Verwundetenabzeichen. Douglas nahm es in die Hand. Er hatte nie vorher eines gesehen, und es befriedigte ihn zu wissen, dass seine Vermutung über die Ursache von Cowleys Hinken richtig gewesen war.

»Sie waren an der Front«, sagte er.

»Mein Hintern, ja«, antwortete Cowley. Douglas sah ihn fragend an. »Ich hab's in den Hintern gekriegt. Schöner Scheiß passiert einem manchmal.« Er hob die Hände von den Armlehnen seines Stuhls und faltete sie über seinem Bauch, der genau wie der von Douglas ruhig etwas flacher hätte sein können. Tatsächlich waren die beiden Männer ganz ähnlich gebaut: untersetzt, zur Fülle neigend, zu groß, um klein genannt zu werden, zu klein, um groß genannt zu werden. »Also, was kann ich für Sie tun, Mr. Armstrong?«

»Meine Frau«, sagte Douglas.

»Ihre Frau?«

»Es ist möglich, dass sie …« Jetzt, da der Moment gekommen war, das Problem und seinen Ursprung in Worte zu fassen, war Douglas nicht mehr sicher, dass er dazu fähig wäre. Darum sagte er: »Wo ist der Sohn?«

»Was?«

»Auf Ihrem Schild steht doch Cowley und Sohn, aber es steht nur ein Schreibtisch hier. Wo ist der Sohn?«

Cowley griff nach seinem Orangeneisgetränk und sog kurz am Strohhalm. »Tot«, sagte er. »Ein Betrunkener hat ihn auf dem Ortega Highway totgefahren.«

»Das tut mir Leid.«

»Tja, wie ich schon sagte, Scheiße kommt vor. Was für ein Scheiß ist Ihnen denn passiert?«

Douglas legte das Verwundetenabzeichen wieder an seinen Platz. Sein Blick fiel auf die graue Großmama auf einem der Fotos, und er sagte: »Ist das Ihre Frau?«

»Seit vierzig Jahren. Sie heißt Maureen.«

»Ich bin bei meiner dritten. Wie haben Sie's vierzig Jahre lang mit einer Frau ausgehalten?«

»Sie hat Humor.« Cowley zog die mittlere Schreibtischschublade auf und nahm einen gelben Kanzleiblock und einen Bleistiftstummel heraus. Oben auf das erste Blatt schrieb er in großen Druckbuchstaben »Armstrong« und unterstrich es. Er sagte: »Um auf Ihre Frau zurückzukommen …«

»Ich glaube, sie geht fremd. Ich möchte wissen, ob ich Recht habe. Und ich möchte wissen, wer der Kerl ist.«

Cowley legte bedächtig seinen Bleistiftstummel nieder. Einen Moment lang betrachtete er Douglas. Draußen kreischte eine Möwe heiser von einem Hausdach herunter. »Wie kommen Sie darauf, dass sie Sie betrügt?«

»Muss ich Ihnen Beweise liefern, ehe Sie den Fall übernehmen? Ich dachte, dazu wären Sie da – mir die Beweise zu liefern.«

»Sie wären nicht hier, wenn Sie nicht gewisse Vermutungen hätten. Also, was für welche?«

Douglas überlegte. Auf keinen Fall würde er Cowley erzählen, wie er versucht hatte, an Donnas Unterwäsche zu schnüffeln. Er nahm sich deshalb einen Augenblick Zeit, um sich ihr Verhalten in den letzten Wochen zu vergegenwärtigen. Und als er das tat, sah er zusätzliche Indizien. Guter Gott. Wie, zum Teufel, hatte er das übersehen können? Sie hatte sich eine andere Frisur machen lassen; sie hatte neue Unterwäsche gekauft – diese schwarze Reizwäsche von Victoria's Secret; sie war zweimal, als er nach Hause gekommen war, am Telefon gewesen und hatte sofort aufgelegt, als er das Zimmer betreten hatte; mindestens zweimal war sie längere Zeit weg gewesen, ohne ihm eine ausreichende Erklärung für ihre Abwesenheit zu geben; sechs- oder siebenmal hatte sie Verabredungen gehabt, angeblich mit Freundinnen, wie sie behauptet hatte.

Cowley nickte nachdenklich, als Douglas seine Verdachtsmomente aufzählte. Dann sagte er: »Haben Sie ihr Grund gegeben, Sie zu betrügen?«

»Grund? Hey, was soll das? Bin ich hier vielleicht der Schuldige?«

»Frauen gehen im Allgemeinen nicht fremd, wenn ihnen nicht ihr Mann Anlass dazu gibt.« Cowley musterte ihn, die buschigen Augenbrauen zogen sich zusammen. In einem seiner Augen, das sah Douglas jetzt, begann sich ein Katarakt zu bilden. Du meine Güte, der Kerl war uralt, ein echtes Museumsstück.

»Es gibt keinen Grund«, erklärte Douglas. »Ich geh nicht fremd. Ich hab nicht mal Lust dazu.«

»Aber sie ist jung. Und ein Mann in Ihrem Alter …« Cowley zuckte die Achseln. »Bei uns alten Knackern läuft schon mal was schief. Und so junge Dinger haben nicht immer die Geduld, das zu verstehen.«

Douglas hätte Cowley gern darauf hingewiesen, dass dieser mindestens zehn Jahre älter war. Er wollte sich nicht mit »uns alten Knackern« in einen Topf werfen lassen. Aber der Privatdetektiv sah ihn so teilnahmsvoll an, dass Douglas, anstatt zu widersprechen, die Wahrheit erzählte.

Cowley griff nach seinem Orangeneisgetränk und leerte den Becher. Er warf ihn in den Papierkorb. »Frauen haben auch ihre Bedürfnisse«, sagte er und hob, während er fortfuhr, die Hand vom Hosenschlitz zu seiner Brust. »Ein kluger Mann verwechselt nicht das, was hier vorgeht …« – Hand auf dem Hosenschlitz – »mit dem, was hier vorgeht« – Hand auf dem Herzen.

»Vielleicht bin ich ja nicht klug. Wollen Sie mir jetzt helfen oder nicht?«

»Sind Sie sicher, dass Sie Hilfe wollen?«

»Ich will die Wahrheit wissen. Damit kann ich leben. Was ich nicht aushalten kann, ist Ungewissheit. Ich muss einfach wissen, womit ich es zu tun habe.«

Cowley machte ein Gesicht, als wolle er Douglas' Maß an Aufrichtigkeit ergründen. Schließlich schien er einen Entschluss zu fassen, der ihm selbst allerdings nicht zu gefallen schien, denn er schüttelte den Kopf, als er zu seinem Bleistiftstummel griff und sagte: »Gut, dann geben Sie mir ein paar Hintergrundinformationen. Wenn sie wirklich fremdgeht, wer kommt in Frage?«

Darüber hatte sich Douglas schon seine Gedanken gemacht. Da gab es Mike, den Mann für den Pool, der einmal in der Woche vorbeikam. Da gab es Steve, der mit Donna in ihrem Zwinger in Midway City zusammenarbeitete. Da gab es Jeff, ihren persönlichen Trainer im Fitness-Studio. Außerdem gab es einen Briefträger, den UPS-Fahrer und Donnas allzu jugendlichen Gynäkologen.

»Darf ich annehmen, dass Sie den Fall übernehmen?«, sagte Douglas zu Cowley. Er zog seine Brieftasche heraus und entnahm ihr ein Bündel Scheine. »Sie wollen doch sicher eine Vorauszahlung.«

»Ich brauche kein Bargeld, Mr. Armstrong.«

»Trotzdem ...« Trotzdem hatte Douglas nicht die Absicht, Spuren in Form eines Schecks zu hinterlassen. »Wie viel Zeit brauchen Sie?«

»Sagen wir, ein paar Tage. Wenn sie jemanden hat, wird er früher oder später auftauchen. Das ist immer so.« Cowley wirkte niedergeschlagen.

»Hat Ihre Frau Sie betrogen?«, erkundigte sich Douglas neugierig.

»Wenn sie's getan hat, dann hab ich's wahrscheinlich verdient.«

Das war Cowleys Einstellung. Douglas teilte sie nicht. Er hatte es nicht verdient, betrogen zu werden. Niemand verdiente das. Und wenn er herausbekam, wer der Kerl war, der mit seiner Frau ins Bett stieg… na, die konnten sich auf einen Vergeltungsschlag gefasst machen, der Attila, dem Hunnenkönig, zur Ehre gereicht hätte. O ja!

Er wurde in seinem Vorsatz bestärkt, als er am Abend im Schlafzimmer beim Begrüßungskuss mit Donna vom Telefon gestört wurde. Donna riss sich hastig von ihm los und lief zum Apparat. Sie sah Douglas mit einem Lächeln an – als wüsste sie, was ihre Hast ihm verriet – und schüttelte mit einer aufreizenden Bewegung ihr Haar zurück, als sie den Hörer abhob.

Douglas hörte sich ihren Teil des Gesprächs an, während er sich umzog. Er hörte die plötzliche Munterkeit in ihrer Stimme, als sie sagte: »Ja, ja. Hallo! – Nein – Doug ist gerade nach Hause gekommen, und wir haben uns über den Tag unterhalten…«

Jetzt wusste der Anrufer also, dass er im Zimmer war. Douglas konnte sich lebhaft vorstellen, was der Kerl sagte: *»Du kannst also nicht reden, hm?«*

Worauf Donna prompt antwortete: »Nein. Überhaupt nicht.«

»Soll ich später anrufen?«

»Ach, das wäre wirklich nett.«

»Es war schön heute mit dir. Ich ficke dich so gern.«

»Tatsächlich? Unglaublich. Das muss ich mal näher eruieren.«

»Ich möchte dich gern näher eruieren, Baby. Bist du heiß auf mich?«

»Und wie! Hör mal, wir reden später, ja? Ich muss jetzt Abendessen machen.«

»Hauptsache, du denkst an heute. Das war erste Sahne. Du *bist erste Sahne.«*

»Gut. Tschüs.« Sie legte auf und kam zu ihm. Sie legte ihren Arm um seine Taille. »Die hab ich abgewimmelt«, sagte sie. »Nancy Talbert. Du lieber Gott. Für die gibt es im Leben nichts Wichtigeres als einen Ausverkauf in der Schuhabteilung von Neiman Marcus. Herr, verschone mich.« Sie schmiegte sich an ihn. Er konnte ihr Gesicht nicht sehen, nur ihren Hinterkopf, den der Spiegel ihm zeigte.

»Nancy Talbert«, sagte er. »Ich glaube, die kenne ich gar nicht.«

»Aber natürlich, Schatz.« Sie drückte ihre Hüfte an ihn. Er fühlte die hoffnungsvolle, aber nutzlose Hitze in seinen Lenden. »Sie ist mit mir in der Gymnastik. Du hast sie letzten Monat nach dem Ballett kennen gelernt. Hmm. Das tut gut. Ich mag es, wenn du mich so hältst. Soll ich das Essen machen, oder wollen wir noch ein bisschen schmusen?«

Wieder sehr clever von ihr: Er würde nicht auf den Gedanken kommen, dass sie fremdging, wenn sie immer noch mit ihm ins Bett wollte. Obwohl er ihr nicht geben konnte, was sie wollte. Sie stand voll zu ihm, und dieser Moment war der Beweis. Glaubte sie jedenfalls.

»Schön wär's«, sagte er und gab ihr einen Klaps aufs Gesäß. »Aber lass uns erst essen. Und hinterher, am besten gleich auf dem Esstisch …« Er brachte ein, wie er hoffte, anzügliches Zwinkern zustande. »Warte nur, Kätzchen.«

Sie lachte und ließ ihn los, um in die Küche zu gehen. Er trottete zum Bett und setzte sich mit hängendem Kopf darauf nieder. Diese Scharade war eine Tortur. Er musste die Wahrheit wissen.

Zwei qualvolle Wochen lang hörte er nichts von Cowley und Sohn. In dieser Zeit durchlitt er drei weitere schamhafte Telefongespräche zwischen Donna und ihrem Liebhaber, vier weitere fadenscheinige Entschuldigungen zur Erklärung längerer Abwesenheit und zwei weitere Duschbäder zur Mittagszeit, die wiederum auf Steves Nichterscheinen im Zwinger geschoben wurden. Als Douglas endlich von Cowley hörte, war er nur noch ein Nervenbündel.

Cowley hatte Neuigkeiten. Er sagte, er würde berichten, sobald sie sich träfen. »Wie wär's zum Mittagessen?«, fragte er.

Kein Mittagessen, antwortete ihm Douglas. Er würde sowieso keinen Bissen hinunterbringen. Er sagte, er würde um Viertel vor eins zu Cowley ins Büro kommen.

»Dann treffen wir uns lieber am Pier«, meinte Cowley. »Ich hol mir bei Ruby's einen Hamburger, und hinterher können wir reden. Kennen Sie Ruby's? Am Ende vom Pier?«

Er kannte Ruby's. Es war ein Selbstbedienungsrestaurant aus den fünfziger Jahren am Ende des Balboa Piers, und dort fand er um Viertel vor eins wie abgemacht den alten Cowley, der gerade die Reste eines Hamburgers und einer Portion Fritten vertilgte. Neben seinem Erdbeer-Shake lag ein brauner Umschlag.

Cowley war wieder in Khaki, wie am Tag ihrer ersten Begegnung. Allerdings hatte er dem Ensemble diesmal einen Panamahut hinzugefügt. Er tippte mit dem Zeigefinger an die Hutkrempe, als Douglas sich ihm näherte.

Seine Backen waren prallvoll mit dem Burger und den Fritten.

Douglas schob sich Cowley gegenüber in die Nische und griff nach dem Umschlag. Cowley ließ schnell die Hand darauf fallen. »Noch nicht.«

»Ich muss es wissen.«

Cowley schob den Umschlag vom Tisch und legte ihn neben sich auf den Kunstledersitz. Er drehte den Strohhalm in seinem Milch-Shake hin und her und beobachtete Douglas mit durchdringendem Blick. In seinen Augen schien sich das Sonnenlicht von draußen zu spiegeln. »Bilder«, sagte er. »Das ist alles, was ich für Sie habe. Bilder sind nicht die Wahrheit. Haben Sie mich verstanden?«

»Okay. Bilder.«

»Ich weiß nie, was ich schieße. Ich beschatte einfach die Frau und knipse, was ich sehe. Was ich sehe, hat vielleicht überhaupt nichts zu bedeuten. Verstanden?«

»Zeigen Sie mir einfach die Bilder.«

»Draußen.«

Cowley warf einen Fünfer und drei Ein-Dollar-Scheine auf den Tisch, rief der Kellnerin »Bis später, Susie« zu und ging voraus. Er ging zum Geländer und blickte aufs Wasser hinaus. Ein Walbeobachtungsboot schaukelte ungefähr eine Viertel Meile von der Küste auf dem Wasser. Es war noch zu früh im Jahr, um Walherden auf ihrer Wanderung nach Alaska zu sehen, aber die Touristen an Bord des Bootes wussten das sicher nicht. Ihre Ferngläser blitzten im Licht.

Douglas stellte sich neben den Detektiv. Cowley sagte: »Zuerst mal müssen Sie wissen, dass sie sich überhaupt nicht wie eine Frau benimmt, die ein schlechtes Gewissen hat. Sie macht anscheinend einfach das, was für sie ganz natürlich ist. Sie hat sich mit ein paar Männern getroffen – ich will Ihnen nichts vormachen –, aber ich hab sie nicht dabei erwischt, dass sie irgendwas Verbotenes getan hat.«

»Geben Sie mir einfach die Bilder.«

Cowley warf ihm statt dessen einen scharfen Blick zu. Douglas wusste, dass seine Stimme ihn verriet. »Ich würde vorschlagen, wir überwachen sie noch mal zwei Wochen«, sagte Cowley. »Das, was ich hier hab, ist nicht viel.« Er öffnete den Umschlag. Er stand so, dass Douglas nur den Rücken der Aufnahmen sehen konnte. Er reichte sie Douglas in Serien hinüber.

Die erste Serie war in Midway City aufgenommen, nicht weit von Donnas Zwinger, vor dem Futtermittelgeschäft, bei dem sie das Futter für ihre Hunde zu kaufen pflegte. Sie zeigten sie, wie sie gerade Fünfzig-Pfund-Säcke in ihren Toyota-Lieferwagen verfrachtete. Ein Calvin-Klein-Typ in enger Jeans und T-Shirt half ihr dabei. Sie lachten beide, und auf einem der Fotos hatte Donna ihre Sonnenbrille hochgeschoben, um ihren Helfer genauer betrachten zu können.

Sie schien zu flirten, aber sie war eine junge, hübsche Frau, da war Flirten etwas ganz Normales. Diese Serie schien in Ordnung zu sein. Sie hätte bei dem Schwatz mit diesem Zuchthengst vielleicht nicht unbedingt so strahlend auszusehen brauchen, aber sie war Geschäftsfrau, und hier ging es ums Geschäft. Damit hatte Douglas kein Problem.

Die zweite Serie zeigte Donna im Fitness-Studio in

Newport, wo sie zweimal in der Woche mit einem persönlichen Trainer arbeitete. Ihr Trainer hatte einen dieser Körper, die wie gemeißelt wirken, und sein Haar sah aus, als ließe er es täglich von fachmännischer Hand pflegen und stylen. Auf den Fotos hatte Donna Trainingskleidung an – nichts, was Douglas nicht schon an ihr gesehen hatte –, aber zum ersten Mal fiel ihm auf, mit welcher Sorgfalt sie ihr Outfit zusammenstellte. Von den Leggins über die Stulpen bis hin zum Stirnband – alles brachte ihr Aussehen bestens zur Geltung. Der Trainer schien davon nicht unbeeindruckt zu sein, denn er kniete vor ihr, während sie ihre Übungen machte. Ihre Beine waren weit gespreizt, und es gab keinen Zweifel, worauf der Junge sich konzentrierte. Das sah schon ein bisschen ernster aus.

Er wollte Cowley gerade anweisen, in Zukunft den Trainer zu überwachen, als dieser sagte: »Kein Körperkontakt zwischen den beiden, außer dem, was man erwarten kann«, und ihm die dritte Serie Fotos mit der Bemerkung reichte: »Das sind die einzigen, die mir eine Spur fraglich ausschauen, aber vielleicht haben sie auch gar nichts zu bedeuten. Kennen Sie den Burschen?«

Douglas sah mit starrem Blick die Bilder durch und hörte immer nur: *Kennen Sie den Burschen, kennen Sie den Burschen?* Im Gegensatz zu den anderen Aufnahmen, die Donna und ihren jeweiligen Gefährten stets nur an einem Ort zeigten, war sie hier einmal an einem Tisch am Panoramafenster eines Restaurants direkt am Meer zu sehen, einmal auf der Balboa-Fähre, einmal beim Spaziergang am Hafen von Newport. Und auf jedem Bild war sie mit einem Mann zusammen, immer mit demselben Mann. Auf jedem Bild berührten sich die beiden. Es war nichts Extremes, weil sie sich ja in der Öffentlichkeit befanden. Aber es war die Art der Berührung, die alles verriet: ein Arm um ihre Schultern, ein Kuss auf die Wange, eine Umarmung, die sagte, *rück ruhig ran, Baby, ich bin kein Schlaffi wie er.*

Douglas fühlte sich in einen Strudel gerissen, aber er brachte dennoch ein ironisches Lächeln zustande und sagte: »Mann-o-Mann, jetzt komm ich mir wirklich wie ein kompletter Idiot vor.«

»Wie das?«, fragte Cowley.

»Der Mann da?« Douglas zeigte auf den sportlich wirkenden Mann auf dem Foto. »Das ist ihr Bruder.«

»Das gibt's doch nicht!«

»Doch. Er ist Leichtathletiktrainer in der Newport Harbor High School. Er heißt Michael. Er ist so ein freier, unkonventioneller Typ.« Douglas umklammerte das Geländer mit einer Hand und schüttelte den Kopf, als wäre er tief beschämt. »Ist das alles, was Sie haben?«

»Das ist alles. Ich kann sie ja noch eine Weile überwachen und sehen …«

»Nein. Vergessen Sie's. Mensch, komm ich mir blöd vor.« Douglas zerriss die Fotografien in kleine Fetzen, die er ins Wasser warf, wo sie flüchtig eine Decke bildeten, ehe sie von den Wellen schnell auseinander getrieben wurden.

»Was schulde ich Ihnen, Cowley?«, fragte er. »Wie viel muss dieser Oberesel dafür bezahlen, dass er der besten Ehefrau der Welt nicht getraut hat?«

Er lud Cowley ins Dillman's an der Ecke Main Street und Balboa Boulevard ein, und sie setzten sich zu den Einheimischen an den geschwungenen Tresen und kippten jeder zwei Bier. Douglas zeigte sich von seiner jovialsten Seite und spielte den beschämten Ehemann, dem mit einem Schlag klar geworden ist, was für ein verbohrter Idiot er gewesen war. Er ging alle Handlungen Donnas in den vergangenen Wochen noch einmal durch, um sie Cowley erneut zu interpretieren. Die unerklärten Abwesenheiten wurden damit begründet, dass sie zweifellos eine liebevolle Überraschung für ihn plante: den Kauf eines neuen Autos vielleicht; eine Europareise; die Renovierung seiner Jacht. Die geheimnistuerischen Telefongespräche wurden als Anrufe seiner Kinder ausgelegt, die bei der Überraschung mit von der Partie waren. Die neue Unterwäsche verwandelte sich in einen Beweis dafür, dass sie für ihn noch begehrenswerter sein wollte, ihm über seine vorübergehende Impotenz hinweghelfen wollte, indem sie sein Interesse an ihrem Körper neu entflammte. Er käme sich wirklich wie ein kompletter Idiot vor, sagte er wieder. Sollten sie nicht die verdammten Negative gemeinsam verbrennen?

Sie machten eine rituelle Handlung daraus und ließen die Negative der belastenden Bilder in der Gasse hinter JJ's Frisiersalon in Flammen aufgehen. Hinterher fuhr Douglas in einem Nebel der Benommenheit zur Newport Harbor High School und parkte gegenüber. Er wartete zwei Stunden. Endlich sah er seinen jüngsten Bruder vom Nachmittagstraining kommen. Er hatte einen Basketball unter dem Arm und eine Sporttasche in der Hand.

Michael, dachte er. Diesmal aus Griechenland heimgekehrt, aber immer noch der mit Freuden wiederaufgenommene verlorene Sohn. Vor Griechenland war es ein Jahr bei Greenpeace gewesen, auf der *Rainbow Warrior.* Davor war es eine Amazonas-Expedition gewesen. Und davor ein Marsch gegen die Apartheid in Süd-Afrika. Er hatte einen Lebenslauf, der jeden vorpubertären Jungen, der was erleben wollte, mit Neid erfüllen musste. Er war der Abenteurer, der Leichtsinnige, der Charmante. Er war ein Mann voll guter Vorsätze, an die er sich nie hielt. Wenn es galt, ein Versprechen einzulösen, war er aus den Augen, aus dem Sinn, außer Landes. Aber alles vergötterte den Hurensohn. Er war vierzig Jahre alt, der jüngste der Armstrong-Brüder, und er bekam immer genau das, was er sich in den Kopf gesetzt hatte.

Jetzt hatte er sich Donna in den Kopf gesetzt, der elende Bastard. Ohne Rücksicht darauf, dass sie die Frau seines Bruders war. Im Gegenteil, das machte die Eroberung umso amüsanter.

Douglas war speiübel. In seinen Eingeweiden rumorte es, als ob ein Haufen Murmeln in einem Eimer herumrollte. Der Schweiß brach ihm am ganzen Körper aus. So konnte er nicht in die Firma zurückfahren. Er griff zum Telefon und rief sein Büro an.

Er fühle sich nicht wohl, sagte er seiner Sekretärin. Anscheinend habe er beim Mittagessen irgendwas erwischt. Er fahre direkt nach Hause. Sie könne ihn dort erreichen, wenn es etwas Dringendes gäbe.

Daheim ging er von Zimmer zu Zimmer. Donna war nicht da – würde erst viel später heimkommen –, er hatte also mehr als genug Zeit, darüber nachzudenken, was er tun sollte. Sein Gedächtnis reproduzierte die Bilder, die Cowley von Michael und Donna aufgenommen hatte. Sein Verstand sagte ihm, wo die beiden gewesen waren, bevor diese Aufnahmen gemacht worden waren, und was sie dort getrieben hatten.

Er ging in sein Arbeitszimmer. Die Elfenbeinfigürchen seiner Sammlung asiatischer Erotika, die dort in der Glasvitrine zur Schau gestellt war, schienen ihn zu verhöhnen. Miniaturmenschen in allen möglichen sexuellen Stellungen, die sich mit Genuss der Lust hingaben. Es schien ihm, als überlagerten die Züge Donnas und Michaels die gelblichen Gesichter der Figürchen. Sie amüsierten sich auf seine Kosten. Sie nahmen sein Versagen als Freibrief für ihr Vergnügen. Schlapp machen gilt nicht, höhnte Michaels Stimme. Was ist los mit dir, großer Bruder? Kannst du deine Frau nicht halten?

Douglas fühlte sich vernichtet. Mit allem anderen, sagte er sich, hätte er fertig werden können, ganz gleich, was sie getan, mit wem sie ihn betrogen hätte. Aber dass es ausgerechnet Michael sein musste, der ihn sein Leben lang verfolgt hatte, der sich auf jedem Gebiet, auf dem Douglas vorher versagt hatte, hervorgetan hatte! Auf der High School im Sport und im Schülerbeirat. Auf dem College in der Welt der Studentenverbindungen. Als Erwachsener hatte er ihn ausgestochen, indem er sich ins Abenteuer gestürzt hatte, anstatt sich in die Tretmühle des Geschäftslebens pressen zu lassen. Und jetzt stach er ihn bei Donna aus, indem er ihr bewies, was ein richtiger Mann war.

Douglas konnte sie so klar zusammen sehen, wie er

die Figürchen in der Glasvitrine sehen konnte. Ihre Körper ineinander verschlungen, die Köpfe zurückgeworfen, die Hände miteinander verflochten, die Hüften aufeinander zudrängend. O Gott, dachte er. Die Bilder in seinem Kopf würden ihn wahnsinnig machen. Er hätte morden können.

Die Telefongesellschaft lieferte ihm den Beweis, den er noch brauchte. Er verlangte einen Ausdruck aller Anrufe, die von seinem Haus aus getätigt worden waren. Und als er ihn erhielt, sah er Michaels Nummer. Nicht ein- oder zweimal, sondern immer wieder. Alle Anrufe waren gemacht worden, wenn er – Douglas – nicht zu Hause gewesen war.

Es war schlau gewesen von Donna, die Abende zu nutzen, an denen Douglas, wie sie wusste, seinen ehrenamtlichen Dienst beim Telefonnotruf für Selbstmordgefährdete in Newport versah. Sie wusste genau, dass er niemals einen Mittwochabend versäumte, weil es ihm so wichtig war, sein soziales Engagement unter Beweis zu stellen. Sie wusste, dass er politisches Profil gewinnen wollte, um sich in den Gemeinderat wählen zu lassen, und der Einsatz beim Telefonnotdienst gehörte zu dem Bild, das er von sich erzeugen wollte: Douglas Armstrong, Ehemann, Vater, Unternehmer und Anteil nehmender Gesprächspartner der seelisch Notleidenden. Er brauchte etwas, das er zum Ausgleich seiner ökologischen Sünden in die Waagschale werfen konnte. Dank seinem Dienst beim Telefonnotruf konnte er sagen, man könne ihm zwar vorwerfen, ein paar lumpige Pelikane – ganz zu schweigen von ein paar miesen Ottern – mit Öl getränkt zu haben, aber niemals würde er einen Menschen, dessen Leben gefährdet war, einfach hängen lassen.

Donna wusste, dass er nie auch nur eine Sekunde seines Abenddienstes schwänzen würde, und hatte darum ihre Telefongespräche mit Michael auf diese Abende beschränkt. Er hatte es Schwarz auf Weiß: Jeder Anruf bei Michael war an einem Mittwochabend zwischen sechs und neun gemacht worden.

Na schön, wenn ihr der Mittwochabend so gut gefiel, dann würde er sie an einem Mittwochabend umbringen.

Er konnte ihre Nähe kaum noch ertragen, nachdem er den Beweis ihres Verrats in den Händen hatte. Sie merkte, dass etwas nicht stimmte, weil er kein Verlangen mehr zeigte, sie zu berühren. Ihre dreimal wöchentlich unternommenen Kopulationsversuche – so katastrophal sie jedes Mal verlaufen waren – gehörten nun der Vergangenheit an. Dennoch tat sie so, als stünde nichts und niemand zwischen ihnen, wackelte in ihrer Reizwäsche durchs Schlafzimmer, um ihn dazu zu verleiten, sich zum Narren zu machen, damit sie später mit seinem Bruder Michael darüber lachen konnte.

Ohne mich, Baby, dachte Douglas. Dir wird's noch Leid tun, dass du mich lächerlich gemacht hast.

Als sie sich schließlich im Bett an ihn kuschelte und murmelte: »Doug, was ist los? Hast du etwas auf dem Herzen? Ist alles okay?«, hätte er sie am liebsten weggestoßen. Nein, nichts war okay. Es würde nie wieder gut sein. Aber wenigstens würde er ein gewisses Maß an Selbstachtung retten können, indem er dem kleinen Luder gab, was es verdiente.

Sich einen Plan auszudenken war einfach, nachdem er sich gleich für den folgenden Mittwoch entschieden hatte.

Es bedurfte lediglich einer Fahrt zu *Radio Shack*. Er wählte den Laden der Kette, in dem am meisten los war, tief im *barrio* in Santa Ana, und stöberte absichtlich so lange herum, bis der jüngste Verkäufer mit dem pickeligsten Gesicht und dem schwächsten Verstand frei war, um ihn zu bedienen. Seinen Einkauf bezahlte er bar: eine Anrufweiterschaltung, genau das, was der ständig in der Gegend herumschwirrende Südkalifornier, der keinen eingehenden Anruf verpassen wollte, dringend brauchte. Ein Anrufbeantworter kam für diesen Typen nicht in Frage. Diese kleine Vorrichtung würde mittels eines simplen Computerchips einen Anruf von einer Nummer zu einer anderen umleiten. Douglas brauchte sie nur auf die Nummer zu programmieren, zu der eingehende Anrufe weitergeschaltet werden sollten, und schon hatte er für den Abend der Ermordung seiner Gattin ein Alibi. Wie einfach das alles war!

Schön dumm von Donna, ihn hintergehen zu wollen. Noch dümmer von ihr, sich die Mittwochabende dafür auszusuchen; genau das nämlich hatte ihn auf die Idee gebracht, wie er sie observieren konnte. Die ehrenamtlichen Mitarbeiter des Telefonnotrufs arbeiteten in Schichten. Im Allgemeinen waren immer zwei Leute da, jeweils einer für einen Anschluss. Aber die Reichen von Newport Beach kamen nicht oft auf Selbstmordgedanken, und wenn doch, marschierten sie eher zu Neiman Marcus und erstickten ihre Depression in einem Kaufrausch. Besonders in der Wochenmitte war Flaute bei den Tablettenschluckern und Pulsadernaufschlitzern, und darum war das Nottelefon mittwochs immer nur von einer Person pro Schicht besetzt.

Douglas nutzte die Tage vor dem Mittwoch, um einen Zeitplan mit militärischer Präzision auszuarbeiten. Um halb neun sollte Donnas letztes Stündchen schlagen. So blieb ihm die Zeit, sich aus der Telefonzentrale zu schleichen, nach Hause zu fahren, ihr das Lebenslicht auszublasen und rechtzeitig, bevor um neun seine Ablösung kam, wieder in der Zentrale zu sein. Das war zwar ziemlich knapp berechnet und ließ ihm nur einen Spielraum von fünf Minuten, aber anders ging es nicht, wenn er ein glaubhaftes Alibi haben wollte.

Es durfte natürlich weder Lärm noch Blutvergießen geben. Lärm würde die Nachbarn auf die Beine bringen. Blut würde ihn bei den heutigen Möglichkeiten der DNA-Analyse überführen, wenn er auch nur ein Tröpfchen davon auf seine Kleider brachte. Er wählte also seine Waffe mit Bedacht und war sich der Ironie seiner Wahl dabei wohl bewusst. Er würde den Satingürtel eines ihrer verführerischen Negligés von Victoria's Secret nehmen. Sie hatte ein halbes Dutzend davon. Eines würde er vor dem Mord entwenden, den Gürtel an sich nehmen, das Negligé in einen Müllcontainer werfen, und zwar bevor er sie umbrachte – dieser besondere Touch, das Beweismaterial vor dem Verbrechen verschwinden zu lassen, gefiel ihm, welchem Killer war so etwas je eingefallen? –, und dann am Mittwochabend mit dem Gürtel seine treulose Ehefrau erdrosseln.

Mit Hilfe der Anrufweiterschaltung würde er sich sein

Alibi sichern. Er würde das Gerät in die Notrufzentrale mitnehmen, ans Telefon anschließen und auf die Nummer seines Funktelefons programmieren. So würde es den Anschein haben, als wäre er an einem Ort gewesen, während seine Frau am anderen ermordet worden war. Er vergewisserte sich, dass Donna zu Hause sein würde, indem er das tat, was er jeden Mittwoch tat: Er rief sie aus dem Büro an, bevor er zu seinem abendlichen Dienst aufbrach.

»Ich fühl mich wie ausgekotzt«, teilte er ihr um zwanzig vor sechs mit.

»Ach, Doug, nein!«, rief sie. »Bist du krank oder nur deprimiert, weil …«

»Ich fühl mich miserabel«, unterbrach er sie. Das Letzte, was er sich jetzt anhören wollte, waren ihre geheuchelten Teilnahmsbekundungen. »Vielleicht war's das Mittagessen.«

»Was hast du denn gegessen?«

Nichts. Er hatte seit zwei Tagen nichts mehr gegessen. Aber er sagte »Krabben«, weil er sich vor ein paar Jahren einmal mit Krabben eine Lebensmittelvergiftung geholt hatte und dachte, sie würde sich vielleicht daran erinnern, wenn sie sich überhaupt noch an etwas erinnerte, das mit ihm zu tun hatte. »Ich werde versuchen, beim Notruf früher wegzukommen. Aber das geht nur, wenn ich jemanden finde, der meine Schicht übernimmt. Ich fahr jetzt rüber. Wenn ich einen Ersatz auftreibe, fahre ich bald nach Hause.«

Er merkte genau, wie sie versuchte, ihre Bestürzung zu verbergen, als sie antwortete: »Aber Doug … ich meine, was glaubst du, wann du da sein wirst?«

»Keine Ahnung. Spätestens um acht, hoffe ich. Was spielt das für eine Rolle?«

»Oh. Keine. Überhaupt keine. Ich habe nur gedacht, du würdest vielleicht gern essen...«

Worüber sie in Wirklichkeit nachdachte, war, dass sie ihre heiße Verabredung mit seinem kleinen Bruder würde absagen müssen. Douglas grinste bei der Erkenntnis, wie gekonnt er soeben ihr nettes kleines Kartenhaus zum Einsturz gebracht hatte.

»Unsinn, Donna, ich hab überhaupt keinen Hunger. Ich will nur ins Bett. Massierst du mir dann den Rücken? Du bist doch da? Oder gehst du weg?«

»Aber nein. Wohin sollte ich denn gehen? Doug, du hörst dich so merkwürdig an. Ist was nicht in Ordnung?«

Keine Spur, sagte er. Aber er sagte ihr nicht, wie prächtig alles in Ordnung war und wie prächtig es in Ordnung sein würde. Er hatte sie genau da, wo er sie haben wollte: Sie würde zu Hause sein, und sie würde allein sein. Sie würde vielleicht Michael anrufen, um ihm zu sagen, dass sein Bruder früher nach Hause käme, sie sich also nicht sehen könnten, aber selbst wenn sie das tat, würde Michaels Aussage nach ihrem Tod durch Douglas' ununterbrochene Anwesenheit in der Zentrale des Notrufs widerlegt werden.

Er musste nur dafür sorgen, dass er rechtzeitig in der Zentrale zurück war, um die Weiterschaltung abzumontieren. Er würde das Ding auf der Heimfahrt verschwinden lassen – nichts leichter, als es irgendwo in den Müll zu werfen, zum Beispiel hinter dem riesigen Kinokomplex, der auf seinem Weg vom Notrufbüro nach Harbour Heights, wo er wohnte, lag – und zur gewohnten Zeit, um zwanzig nach neun, zu Hause ankommen, um den Mord an seiner geliebten Frau zu »entdecken«.

Ach, es war alles so einfach. Und so viel sauberer, als sich von dieser kleinen Nutte scheiden zu lassen.

Es war bemerkenswert, wie ruhig er, in Anbetracht dieser Dinge, innerlich war. Er war noch einmal bei Thistle gewesen, und sie hatte seine Rolex, seinen Trauring und seine Manschettenknöpfe auf ihrer Hand gehalten, um ihm aus der Zukunft zu lesen. Sie hatte ihn mit den Worten begrüßt, dass er eine starke Aura habe und sie die pulsierende Kraft fühlen könne, die von ihm ausgehe. Und als sie über seinen Besitztümern die Augen geschlossen hatte, hatte sie gesagt: »Ich fühle, dass eine bedeutende Veränderung in Ihrem Leben eintreten wird, Nicht-David. Eine Ortsveränderung, vielleicht auch eine Klimaveränderung. Haben Sie vor, eine Reise zu unternehmen?«

Das wäre schon möglich, antwortete er ihr. Er sei schon seit Monaten nicht mehr auf Reisen gewesen. Ob sie einen Vorschlag zur Hand habe?

»Ich sehe Lichter«, erwiderte sie, ihren Eingebungen folgend. »Ich sehe Kameras. Ich sehe viele Gesichter. Sie sind umgeben von Ihren Lieben.«

Das musste natürlich Donnas Beerdigung sein. Die Presse würde darüber berichten. Er war schließlich wer. Man würde die Ermordung von Douglas Armstrongs Frau nicht einfach übergehen. Was Thistle anging, so würde sie erfahren, wer er wirklich war, wenn sie die Zeitung las oder im Fernsehen die Lokalnachrichten ansah. Aber das machte nichts, da er ja Donna nie erwähnt hatte und für die Zeit ihres Todes ein Alibi haben würde.

Um vier Minuten vor sechs kam er im Notrufbüro an. Er löste eine Psychologiestudentin namens Debbie ab, die es kaum erwarten konnte, abhauen zu können. Sie sagte: »Nur zwei Anrufe, Mr. Armstrong. Wenn Ihre Schicht genauso wird, kann ich nur hoffen, dass Sie sich was zu lesen mitgebracht haben.«

Er schwenkte seine Zeitschrift, *Money,* und nahm den Platz am Schreibtisch ein, den sie frei gemacht hatte. Nachdem sie gegangen war, wartete er zehn Minuten, dann lief er zu seinem Wagen hinaus und holte die Anrufweiterschaltung.

Das Notrufbüro war in der Hafengegend von Newport, einem Gewirr enger Einbahnstraßen im oberen Teil der Balboa-Halbinsel. Bei Tag lockten die Antiquitätengeschäfte, Schiffsausrüster und Second-Hand-Boutiquen in diesen Straßen sowohl Einheimische als auch Touristen an. Bei Nacht wurde das Viertel zur Geisterstadt, menschenleer bis auf die Beatniks neuer Generation, die drei Straßen vom Notrufbüro entfernt in einer Kneipe namens *Alta Café* herumhingen, wo anorektische Mädchen in schwarzen Gewändern Lyrik lasen und auf Gitarren klimperten.

Es war also niemand auf der Straße, der beobachtet hätte, wie Douglas die Anrufweiterschaltung aus seinem Mercedes holte. Und es war niemand auf der Straße, der beobachtet hätte, wie er um Viertel nach acht das kleine Kabuff des Notrufdienstes hinter dem Immobilienbüro verließ. Und sollte während seiner Heimfahrt ein Todessüchtiger sich beim Notruf melden, so würde dieser

Anruf zu seinem Funktelefon weitergeschaltet werden, und er konnte ihn erledigen. Der Plan war wirklich perfekt.

Auf der Fahrt durch die gewundene Straße, die zu seinem Haus führte, dankte Douglas Gott im Himmel, dass er sich als Wohnort eine Gegend ausgesucht hatte, deren Bewohner nichts höher schätzten als Ruhe und Ungestörtheit. Jedes Haus stand, wie das von Douglas, hinter Mauern und Toren, von Bäumen den Blicken Fremder entzogen. Es kam vielleicht einmal in zehn Tagen vor, dass er einem Nachbarn begegnete. Meistens – wie auch an diesem Abend – war nirgends ein Mensch zu sehen.

Aber selbst wenn jemand seinen Mercedes den Hügel hätte hinaufgleiten sehen – es war wirklich dunkel, und sein Wagen war nur eine unter vielen Luxuskarossen in diesem Viertel voller Rolls Royces, Bentleys, BMWs, Lexus, Range Rovers und anderen Mercedes. Außerdem hatte er bereits beschlossen, dass er einfach umkehren, zur Notdienstzentrale zurückfahren und auf einen anderen Mittwoch warten würde, wenn er jemanden sehen oder etwas Verdächtiges bemerken sollte.

Aber er bemerkte nichts Ungewöhnliches. Er sah keinen Menschen. Es waren vielleicht ein paar mehr Autos auf der Straße geparkt als sonst, aber sie waren leer. Er hatte den Abend für sich allein.

Am Beginn der Auffahrt zu seinem Haus schaltete er den Motor aus und ließ den Wagen den Weg entlangrollen. Drinnen war alles dunkel, und das sagte ihm, dass Donna sich im hinteren Teil des Hauses aufhielt, in ihrem gemeinsamen Schlafzimmer.

Er brauchte sie aber hier draußen. Das Haus war mit einer Alarmanlage ausgestattet, die jedem Banktresor Ehre gemacht hätte, deshalb musste der Mord draußen im Freien verübt werden; damit es so aussah, als hätte ein Spanner, der plötzlich durchgedreht war, oder ein Einbrecher oder ein Serienmörder sie herausgelockt. Er dachte an Ted Bundy, wie der seine Opfer gekascht hatte, indem er an ihren mütterlichen Instinkt zu helfen appelliert hatte. Er beschloss, die Bundy-Methode anzuwenden. Donna war ein echter Ausbund an Hilfsbereitschaft.

Lautlos stieg er aus dem Wagen und eilte zur Haustür. Er drückte mit dem Handrücken den Klingelknopf, um ja keine Abdrücke zu hinterlassen. Keine zehn Sekunden später meldete sich Donnas Stimme an der Sprechanlage.

»Ja?«

»Hallo, Schatz«, sagte er. »Ich habe beide Hände voll. Kannst du mich reinlassen?«

»Eine Sekunde«, sagte sie.

Er zog den Satingürtel aus der Tasche, während er wartete. Er stellte sich ihren Weg vom Schlafzimmer zur Haustür vor. Er schlang den Satin um seine Hände und zog ihn stramm an. Sobald sie die Tür öffnete, würde er blitzschnell handeln müssen. Er würde nur eine Chance haben, ihr den Strick um den Hals zu werfen. Sein Vorteil war die Überraschung.

Er hörte ihre Schritte auf dem Naturstein. Er umfasste den Satin fester und machte sich bereit. Er dachte an Michael. Er dachte an sie und Michael zusammen. Er dachte an seine asiatische Erotika. Er dachte an Verrat,

Versagen und Vertrauen. Sie hatte es nicht anders verdient. Sie hatten es beide nicht anders verdient. Er bedauerte nur, dass er nicht auch Michael gleich umbringen konnte.

Als die Tür sich öffnete, hörte er sie sagen: »Doug! Ich dachte, du wolltest ...«

Da packte er sie schon. Er sprang. Er warf ihr den Gürtel um den Hals. Er zerrte sie aus dem Haus. Er zog den Gürtel fester und fester. Sie war zu erschrocken, um sich zu wehren. Bis sie reflexartig die Hände zum Hals hob, um die Schlinge wegzuziehen, hatte sich der Gürtel schon so tief in ihre Haut eingepresst, dass ihre verzweifelten Finger den Stoff nicht mehr zu fassen bekamen.

Er spürte, wie sie erschlaffte. »O Jesus«, sagte er. »Ja. Ja!«

Und dann geschah es.

Im Haus gingen plötzlich die Lichter an. Eine Mariachi-Band begann zu spielen. Menschen riefen laut: »Überraschung! Überraschung! Überra ...«

Keuchend sah Douglas vom Leichnam seiner Frau auf, blickte in ein Blitzlichtgewitter und das Auge einer Videokamera. Das fröhliche Geschrei aus dem Inneren des Hauses wurde vom Kreischen einer Frau unterbrochen. Er ließ Donna zu Boden fallen und starrte fassungslos in den Vorsaal und das Wohnzimmer dahinter. Dort hatten sich mindestens zwei Dutzend Menschen unter einem Transparent mit der Aufschrift »Viel Glück zum Fünfundfünfzigsten, Dougie!« versammelt.

Er sah die entsetzten Gesichter seiner Brüder und ihrer Frauen und Kinder, seiner eigenen Kinder, seiner Eltern, einer seiner Verflossenen. Er sah seine Mitarbeiter und seine Sekretärin. Den Leiter der Polizei. Den Bürgermeister.

Er dachte, was ist das, Donna? Soll das ein Witz sein?

Und dann sah er Michael aus der Küche kommen, Michael mit einer Geburtstagstorte in den Händen, Michael, der sagte: »Ist die Überraschung gelungen, Donna? Der arme Doug. Hoffentlich hat sein Herz …« Er brach ab, als er seinen Bruder und Donna sah.

Scheiße, dachte Douglas. Was habe ich getan?

Tja, das war die Frage, deren Beantwortung ihn den Rest seines Lebens kosten würde.

Vorbemerkung zu

Ein guter Zaun reicht nicht immer

Häufig werde ich gefragt, wie ich auf die Einfälle zu meinen Geschichten komme. Ich gebe stets die gleiche Antwort: Solche Einfälle können jederzeit und überall entstehen. Ich lese vielleicht eine Agenturmeldung in der *Los Angeles Times* und erkenne darin den Kern für eine Geschichte; so war es, als ich *Auf Ehre und Gewissen* schrieb. Oder ich entdecke einen Bericht in einer britischen Zeitung und denke mir wie damals, als ich *Denn keiner ist ohne Schuld* schrieb, er könnte die Grundlage für einen Roman bilden. Oder ich möchte einen Roman vielleicht an einem ganz bestimmten Ort ansiedeln; dann entwerfe ich eine Handlung, die dorthin passt, so wie ich das bei meinem Roman *Denn bitter ist der Tod* tat. Mir fällt vielleicht auf der Straße oder in der Untergrundbahn jemand auf, ich bekomme ein Gespräch zwischen zwei anderen Leuten mit, lasse mir die persönlichen Erfahrungen erzählen, betrachte eine Fotografie oder begegne jemandem, dessen Charakter als Vorlage für eine Romanfigur von Interesse ist. Manchmal kann auch ein Zusammenspiel mehrerer solcher Faktoren die Anregung zu einer Geschichte oder einem Roman geben.

Häufig kann ich mich nach der Vollendung eines Projekts nicht mehr erinnern, was mich ursprünglich auf die

Idee gebracht hat. Bei der nachfolgenden Geschichte ist das anders.

Im Oktober 2000 unternahm ich, nachdem ich den zweiten Entwurf meines Romans *Nie sollst du vergessen* abgeschlossen hatte, eine Wandertour in Vermont. Ich hatte schon lang einmal den Herbst in Neu-England in der ganzen Vielfalt seiner Farben erleben wollen, und diese Reise sollte meine Belohnung für die endlosen, zermürbenden Stunden sein, die ich in den fünfzehn Monaten der Arbeit an dem Erst- und Zweitentwurf eines schwierigen Buchs am Computer verbracht hatte. Ich wollte die Landschaft sehen und fotografieren.

Da ich vorhatte, allein zu reisen, beschloss ich, mich einer Gruppe Gleichgesinnter anzuschließen, denen es wie mir vor allem um die körperliche Bewegung und die Begegnung mit der Natur ging. Nachts schliefen wir in Landgasthäusern, und tagsüber wanderten wir durch Landschaften in den prächtigsten Herbstfarben, die man sich vorstellen kann. Wir hatten zwei Führer, Brett und Nona. Was der eine nicht über die Flora, die Fauna, die Topographie und die Geographie der Gegend wusste, das wusste der andere.

Auf einer unserer Wanderungen erzählte mir Nona von einer exzentrischen Frau, die früher einmal in ihrer Nachbarschaft gewohnt hatte. Schon als ich die Geschichte hörte, wusste ich, dass ich aus ihr eine Geschichte machen würde.

Und das tat ich auch, sobald ich wieder zu Hause war. Die Abwandlung einer Zeile von Robert Frost – dem berühmten Dichter aus Neu-England – lieferte den Titel für meine Geschichte.

Ein guter Zaun reicht nicht immer

Zweimal jedes Jahr schaffte es eines der Viertel im hübschen alten Städtchen East Wingate in den Stand der Vollkommenheit erhoben zu werden. Immer wenn es soweit war – oder vielleicht zum Zeichen dafür, *dass* es wieder einmal soweit war –, feierte der *Wingate Courier* das Ereignis mit mehreren Spalten angemessen lobender Kommentare, die sich samt Fotos mitten in seinen Kleinstadtseiten breit machten. Bürger des Städtchens, die nach höherem gesellschaftlichem Ansehen, besserer Lebensqualität oder einem besser sortierten Freundeskreis strebten, pflegten begierig in das gekrönte Viertel zu strömen, weil sie hofften, dort ein Grundstück zu ergattern.

Die Napier Lane war so eine Gegend, die jederzeit und unter den richtigen Umständen zum *Idealen Wohngebiet* gekürt werden konnte. Sie besaß eine Menge Potential, wenn sie auch noch nicht alle Ansprüche erfüllte. Ihre Atmosphäre verdankte die Straße riesigen Grundstücken, Häusern, die mehr als ein Jahrhundert alt waren, noch älteren Bäumen – Eichen, Ahornbäume und Platanen –, Bürgersteigen, die von Sprüngen durchzogen ein eigenes Gesicht gewonnen hatten, altmodischen Lattenzäunen und rot gepflasterten Wegen, die sich durch Vorgärten zu idyllischen Veranden schlängelten, wo sich an schönen Sommerabenden die Nachbarn versammelten. Auch wenn noch nicht jedes Haus von einem jungen Paar mit überschüssiger Energie und nostalgischen Neigungen renoviert worden war, barg doch das gewundene Auf und Ab der Napier Lane die Verheißung, dass die Häuser früher oder später alle in alter Schönheit wiederhergestellt werden würden.

Wenn, was selten genug vorkam, wirklich einmal ein Haus in der Napier Lane zum Verkauf stand, wartete die gesamte Nachbarschaft mit angehaltenem Atem darauf, wer es kaufen würde. Hatte der Käufer Geld, würde es vielleicht in den Rang der schmucken, frisch gestrichenen Vorbilder aufsteigen, die Haus um Haus das Prestige der Napier Lane erhöhten. Und saß beim Käufer das Geld locker, so konnte man damit rechnen, dass die Renovierung des betreffenden Anwesens sogar mit einigem Nachdruck erfolgen würde. Es war immer wieder vorgekommen, dass Leute, die mit dem festen Vorsatz, zu restaurieren und zu renovieren, ein Haus in der Napier Lane erworben hatten, sehr schnell das Handtuch geworfen hatten, wenn sie feststellten, wie langwierig und kostspielig dieses Unterfangen war. Mehr als einmal hatte jemand die aufwändige Aufgabe, die gemeinhin als »Restaurierung eines historischen Gebäudes« bezeichnet wird, beherzt in Angriff genommen, sich aber spätestens nach sechs Monaten geschlagen gegeben und am Gartentor das Verkaufsschild der Kapitulation aufgerichtet, ohne sich dem gesetzten Ziel auch nur angenähert zu haben.

So war es dem Haus Nummer 1420 ergangen. Die letzten Bewohner hatten es zwar außen streichen und den Garten vorn und hinten von Unkraut und Abfällen säubern lassen, die sich auf einem Grundstück leicht ansammeln, wenn die Eigentümer nicht mit Argusaugen darüber wachen, aber mehr war nicht geschehen. Nun stand das alte Haus da wie Miss Havisham fünfzig Jahre nach der Hochzeit, die nie stattgefunden hatte: von außen stattlich anzusehen, doch innen ein Wrack, das in einer dürren Landschaft enttäuschter Träume verkümmerte. Jeder, der in Blickweite von 1420 wohnte, hoffte inbrünstig, es werde endlich jemand das Haus erwerben und auf Vordermann bringen.

Außer Willow McKenna. Willow, die gleich nebenan wohnte, wünschte sich nur nette Nachbarn. Sie war vierunddreißig Jahre alt, hatte zwei Kinder und versuchte gerade, ein drittes Mal schwanger zu werden, um ihrem Traum von einer Familie mit sieben Kindern einen Schritt näher zu kommen. Sie erhoffte sich nichts weiter als Nachbarn, denen das Gleiche wichtig war wie ihr: eine Familie, in der die Partner einander achteten und einer Schar einigermaßen wohlerzogener Kinder liebevolle Eltern waren. Rasse, Hautfarbe, Glaube, Herkunft, Parteizugehörigkeit, Lieblingsauto, bevorzugter Einrichtungsstil – das alles war unwichtig. Sie wünschte sich nichts weiter, als dass die Leute, die das Nachbarhaus einmal kauften, eine positive Ergänzung zu ihrem, wie sie es sah, geglückten Leben bilden würden. Dieses Leben wurde verkörpert durch eine heile Familie, in der der Vater einer ordentlichen Arbeit gehobener Art nachging, während die Mutter zu Hause blieb, um sich um die Kinder zu kümmern, und die Kinder selbst fantasievoll aber gehorsam waren, respektvoll den Erwachsenen gegenüber, glücklich und nicht mit ansteckenden Krankheiten behaftet. Die Zahl der Kinder spielte keine Rolle.

Je mehr, desto besser, fand Willow.

Bei ihr, die ohne Familie aufgewachsen war und sich immer an die vergebliche Hoffnung geklammert hatte, dass dieses oder jenes Pflegeelternpaar sie adoptieren würde, hatte schon früh die Gründung einer eigenen Familie an erster Stelle ihrer Lebensziele gestanden. Nach ihrer Heirat mit Scott McKenna, den sie seit ihrem zweiten High-School-Jahr kannte, hatte sie sich unverzüglich daran gemacht, für sich das Glück zu schmieden, welches das Schicksal und eine Mutter, die sie in einem Lebensmittelgeschäft ausgesetzt hatte, ihr bis dahin verwehrt hatten. Zuerst kam Jasmine. Zwei Jahre später folgte Max. Wenn alles nach Plan ging, würde als Nächstes Cooper oder Blythe eintreffen. Ihr Leben, das ihr seit Max' Eintritt in den Kindergarten dunkel, kalt und leer erschien, würde sich von neuem mit heiterer Geschäftigkeit füllen, und die beklemmenden Ängste, die sie seit drei Monaten quälten, würden sich endlich legen.

»Du könntest arbeiten gehen, Will«, hatte Scott, ihr Mann, vorgeschlagen. »Teilzeit, meine ich. Natürlich nur, wenn du das möchtest. Finanziell ist es nicht notwendig. Außerdem willst du natürlich hier sein, wenn die Kinder vom Kindergarten und von der Schule nach Hause kommen.«

Aber ein Job war nicht das, was Willow wollte. Sie wünschte, die Leere auf eine Weise zu füllen, wie das nur mit der Geburt eines weiteren Kindes möglich war.

Ihr Interesse galt Kindern und Familie und nicht der Frage, ob dieses oder jenes Viertel zum idealen Wohngebiet ausgerufen würde. Als bekannt wurde, dass Nummer 1420 verkauft war, fragte sie sich daher nicht, ob die neuen Nachbarn auf ihrem Grundstück die dringend notwendigen Ausbesserungsarbeiten vornehmen würden – ein neuer Zaun um den Vorgarten wäre schon mal ein guter Anfang, fanden die Gilberts, die auf der anderen Seite von 1420 wohnten –, sondern vielmehr, wie groß die Familie war und ob man mit der Mutter wohl Kochrezepte austauschen könnte.

Was kam, war für alle eine Enttäuschung. Nicht nur blieb auf dem Anwesen Napier Lane zunächst alles so, wie es war, es zeigte sich weit und breit keine Familie, die mit Sack und Pack in das alte viktorianische Haus einzog. Sack und Pack wurden zwar abgeladen, aber die Mama, der Daddy, die fröhlich krähende Kinderschar, die eigentlich hätte mitkommen müssen – sie ließen sich nicht blicken. An ihrer Stelle erschien eine allein stehende Frau, eine allein stehende und – das musste man schon sagen – recht merkwürdige Frau.

Sie hieß Anfisa Telyegin und war der Typ von Frau, um die herum auf der Stelle Gerüchte in die Höhe schießen.

Zunächst einmal war da ihre ganze Erscheinung, die sich ziemlich genau mit dem Wort *grau* beschreiben ließ. Grau das Haar, grau der Teint, grau die Zähne, Augen und Lippen, grau auch die Persönlichkeit. Sie war wie Kaminrauch im Dunklen – präsent, aber unbestimmbarer Herkunft. »Gruselig«, nannten sie die Kinder in der Napier Lane. Und es bedurfte keiner großartigen Fantasie, um von »gruselig« auf »Hexe« zu kommen.

Ihr Verhalten trug auch nicht dazu bei, den Eindruck zu verbessern. Wie sie die Grüße der Nachbarn erwiderte, das war kaum noch höflich zu nennen. Nie machte sie ihre Tür auf, wenn die Kinder klingelten, um selbst gebackene Plätzchen, Süßigkeiten, Zeitschriften oder Geschenkpapier zur Aufbesserung der Pfadfinderkasse zu verkaufen. Sie hatte kein Interesse daran, am Kaffeeklatsch teilzunehmen, der jeden Donnerstagmorgen im Haus einer der Mütter stattfand, die tagsüber zu Hause blieben. Und – das war ihr schwerstes Vergehen – sie zeigte keinerlei Neigung, sich auch nur an einer der Aktivitäten zu beteiligen, die nach Überzeugung der gesamten Nachbarschaft dazu beitragen würden, die Napier Lane auf den ersten Platz der kurzen Liste jener Viertel zu befördern, die als ideale Wohngebiete zur Wahl vorgeschlagen waren. Einladungen zu Förderveranstaltungen wurden ignoriert. Die Grillparty am 4. Juli hätte ebenso gut nicht stattfinden können. Bei den Weihnachtsfeiern glänzte Anfisa Telyegin durch Abwesenheit. Und dass sie etwa einen Teil ihres Gartens für das alljährliche Ostereiersuchen zur Verfügung stellen könnte – schon der Gedanke war absurd.

Noch sechs Monate nach Anfisa Telyegins Einzug in der Napier Lane 1420 wusste man über sie lediglich das, was man hörte und sah. Man hörte, dass sie am örtlichen Community College Unterricht in russischer Sprache und Literatur gab. Man sah, dass sie von Arthritis verkrüppelte Hände hatte, einen unschönen Altweiberbuckel, für den sie zu bedauern war, kein modisches

Interesse, eine Neigung zu Selbstgesprächen und eine starke Leidenschaft für ihren Garten.

So wenigstens wirkte es zu Anfang. Denn kaum hatte Anfisa Telyegin das Verkaufsschild von dem ausgetrockneten Stück Erde entfernt, das ihr Vorgarten war, da kniete sie schon, vor sich hin brummelnd, draußen im Dreck und pflanzte englischen Efeu an, den sie in den folgenden Tagen düngte, goss und zu einem Wachstum hochpäppelte, das in der Geschichte der Napier Lane einzigartig war.

Die Leute hatten den Eindruck, Anfisa Telyegins Efeu wüchse über Nacht, in so rasantem Tempo überzog er den Boden und sandte seine Ranken in alle Richtungen aus. Innerhalb eines Monats gedieh das glänzende Laub so prächtig wie ein aus dem Tierheim erretteter Straßenköter. Nach weiteren fünf Monaten war der ganze Vorgarten buchstäblich ein grünes Meer.

Nun, dachten die Leute in der Nachbarschaft, würde sie den Zaun in Angriff nehmen, der vor Altersschwäche kaum noch aufrecht stand. Oder vielleicht die Kamine, sechs an der Zahl und alle von Vögeln besiedelt und mit deren Mist verkrustet. Oder auch die Fenster, wo seit fünfzig Jahren dieselben windschiefen Sonnenjalousien vor den Scheiben hingen, ohne je geputzt worden zu sein. Aber nein, sie begab sich in den Garten hinter dem Haus, bepflanzte auch ihn mit Efeu, zog zwischen ihrem Grundstück und den Anwesen der Nachbarn eine Hecke und baute einen sehr geräumigen Hühnerstall, in dem sie täglich zu den gleichen Tageszeiten – morgens und abends – mit einem Korb am Arm aus und ein ging. Auf dem Hinweg war der Korb stets mit Körnern gefüllt, auf dem Rückweg war er leer – so schien es jedenfalls allen, die die Frau zu sehen bekamen.

»Was fängt die Alte mit den ganzen Eiern an?«, fragte Johnny Hart, der im Haus gegenüber wohnte und zu viel Bier trank.

»Ich hab keine Eier gesehen«, erwiderte Leslie Gilbert. Aber dass sie nichts gesehen hatte, war ganz normal, denn sie bewegte sich tagsüber, wenn die Talkshows im Fernsehen ihre Aufmerksamkeit beanspruchten, kaum je vom Sofa zum Fenster. Und dass sie Anfisa Telyegin abends sah, konnte man nicht erwarten. Da war es dunkel, und die Sicht war von den Bäumen versperrt, die die Frau jenseits der Hecke an der Grundstücksgrenze gepflanzt hatte und die, wie der Efeu, mit unheimlicher Geschwindigkeit in die Höhe zu schießen schienen.

Die Kinder in der Napier Lane reagierten nach Kinderart auf die merkwürdigen Gewohnheiten der allein lebenden Frau. Die kleineren gingen auf die andere Straßenseite hinüber, wenn sie an Nummer 1420 vorbei mussten. Die größeren stachelten sich mit »Feigling, Feigling« gegenseitig dazu an, in den Garten einzudringen und mit flacher Hand gegen die verzogene Fliegengittertür zu klatschen, der seit dem vergangenen Halloween das Fliegengitter fehlte.

Die Ereignisse wären vielleicht aus dem Ruder gelaufen, hätte nicht Anfisa Telyegin selbst den Stier bei den Hörnern gepackt: Sie ging zum Chili-Essen, das die Leute aus der Napier Lane am Veteran's Day veranstalteten. Sie brachte zwar kein Chili mit, aber sie kam auch nicht mit leeren Händen. Und wenn Jasmine McKenna ein langes graues Haar aus dem Wackelpudding mit

Limettengeschmack und Bananenstückchen zog, den Anfisa zu dem Ereignis beitrug, so durfte man sich daran nicht stoßen. Was zählte, war schließlich der gute Wille – wenigstens in den Augen ihrer Mutter, wenn auch nicht in denen der anderen –, und dieser gut gemeinte Wackelpudding veranlasste Willow, die seltsame alte Frau von diesem Tag an mit wohlwollendem Blick zu betrachten.

»Ich bring ihr ein paar von meinen Schokonussschnitten rüber«, sagte sie eines Morgens, nicht lange nach dem Chili-Essen (bei dem übrigens zum dritten vermaledeiten Mal Ava Downey zur besten Köchin erklärt worden war), zu ihrem Mann Scott. »Ich glaube, sie weiß ganz einfach nicht, was sie von uns allen hier halten soll. Sie ist schließlich Ausländerin.« Die Nachbarn hatten es bei dem Chili-Essen von Anfisa selbst erfahren: Sie war in Russland geboren, als es noch Teil der UdSSR gewesen war; hatte ihre Kindheit in Moskau verbracht und später irgendwo hoch im Norden gelebt, bis die Sowjetunion in die Brüche gegangen war und Anfisa sich nach Amerika durchgeschlagen hatte.

Scott McKenna sagte: »Hm«, ohne wirklich zu hören, was seine Frau ihm erzählte. Er war gerade erst von der zweiten Nachtschicht bei TriOptics Incorporated zurück, wo er als Servicespezialist für das komplizierte Softwarepaket des Unternehmens stundenlang mit Kunden aus Europa, Asien, Australien und Neuseeland telefonieren musste, die mitten in der Nacht – Tag bei ihnen – anriefen und augenblicklich das Chaos entwirrt haben wollten, das sie selbst in ihrem System angerichtet hatten.

»Scott, hörst du mir überhaupt zu?«, frage Willow, die sich so fühlte, wie sie sich stets fühlte, wenn im Gespräch mit ihr seine Reaktion das gebührende Maß an Anteilnahme vermissen ließ: ausgeschlossen und ins Leere gestürzt. »Du weißt, dass ich es hasse, wenn du mir nicht zuhörst.« Ihr Ton war schärfer als beabsichtigt, und Jasmine, die gerade ihre Cheerios in der Milch herumrührte, um sie so pappig zu machen, wie sie sie mochte, sagte: »Ach, Mam! Geil dich ab.«

»Woher hat sie das denn?« Scott blickte vom Wirtschaftsteil der Zeitung auf, und der fünfjährige Max – der seiner großen Schwester alles nachzumachen pflegte – rief: »Ja, Mam. Geil dich ab«, und schlug mit der Hand mitten ins Gelb seines Spiegeleis.

»Von Sierra Gilbert wahrscheinlich«, sagte Willow.

»Pah!« Jasmine warf den Kopf zurück. »Sierra Gilbert hat es von *mir*.«

»Es ist mir egal, wer es von wem hat«, sagte Scott und ließ viel sagend die Zeitung knallen. »Ich möchte nicht noch einmal hören, dass du so mit deiner Mutter sprichst, ist das klar?«

»Es heißt doch nur –«

»Jasmine!«

»Schon gut.« Sie streckte die Zunge heraus. Willow sah, dass sie sich schon wieder die Stirnfransen abgeschnitten hatte, und seufzte. Sie fühlte sich ihrer eigenwilligen Tochter, die mit Riesenschritten der Pubertät entgegeneilte, nicht mehr gewachsen und hoffte, ihr dritter Sprössling, mit dem sie glücklich schwanger war – sei es eine kleine Blythe oder ein kleiner Cooper –, würde mehr ihrer Idealvorstellung von einem Kind entsprechen.

Ihr war klar, dass Scott ihren Plan einer Kuchenspende nicht zur Kenntnis nehmen, geschweige denn absegnen würde, wenn und solange sie ihn nicht darüber aufklärte, warum ihrer Meinung nach eine gutnachbarliche Geste angebracht war. Doch sie wartete damit, bis die Kinder außer Haus waren, sicher und wohlbehalten zur Bushaltestelle am Ende der Straße geleitet und dort – Jasmines ärgerlichen Protesten zum Trotz – fürsorglich beaufsichtigt, bis sich die gelben Türen hinter ihnen geschlossen hatten. Als Willow zurückkam, wollte ihr Mann gerade zu Bett gehen und sich die fünf Stunden Schlaf gönnen, die er sich täglich gestattete, bevor er seine Arbeitskraft in die private Beraterfirma steckte, die er unter dem Namen McKenna Computing Designs gegründet hatte und die bis dato mit sechs Kunden aufwarten konnte. Noch neun Kunden dazu, und er würde bei TriOptics aufhören können. Vielleicht würde ihr Eheleben dann etwas mehr Normalität bekommen. Kein streng terminierter Sex mehr in den Stunden zwischen der Schlafenszeit der Kinder und Scotts Aufbruch zur Arbeit. Keine endlosen einsamen Abende mehr, in denen man dem Knarren der Dielen lauschte und sich dauernd selbst vorsagen musste, das seien ganz normale Hausgeräusche.

Scott war im Schlafzimmer dabei, seine Kleider abzulegen. Er ließ alles liegen, wo es hinfiel, warf sich aufs Bett, drehte sich auf die Seite und zog die Decke bis zum Hals hinauf. Er war noch siebenundzwanzig Sekunden vom ersten Schnarcher entfernt, als Willow zu sprechen begann.

»Ich hab nachgedacht, Schatz.«

Keine Reaktion.

»Scott?«

»Hm?«

»Ich hab über Miss Telyegin nachgedacht.« Vielleicht auch Mrs. Telyegin, dachte Willow. Sie hatte noch nicht herausbekommen, ob die Nachbarin verheiratet, ledig, geschieden oder verwitwet war. Aus irgendeinem Grund, den sie selbst nicht recht erklären konnte, hielt Willow es für am wahrscheinlichsten, dass sie nie verheiratet gewesen war. Vielleicht hatte es mit den Gewohnheiten der Frau zu tun, die sich im Verlauf der Tage und Wochen zeigten und als immer eigenartiger entpuppten. Am Ungewöhnlichsten war, dass sie fast nur abends und nachts außer Haus ging. Darüber hinaus jedoch gab es allerhand andere Seltsamkeiten: zum Beispiel, dass die Sonnenjalousien von Nummer 1420 ständig heruntergelassen waren; dass Miss Telyegin bei schönem wie bei schlechtem Wetter stets Gummistiefel trug, wenn sie aus dem Haus ging; dass sie nicht nur niemals Besuch empfing, sondern auch niemals ausging, außer täglich um dieselbe Zeit zur Arbeit.

»Wann geht sie einkaufen?«, fragte Ava Downey.

»Sie lässt liefern«, antwortete Willow.

»Stimmt, ich habe den Lieferwagen gesehen«, bestätigte Leslie Gilbert.

»Sie geht also tagsüber nicht aus dem Haus?«

»Niemals vor Einbruch der Dunkelheit«, sagte Willow.

So kam zur Hexe noch der Vampir hinzu, aber nur die Kinder nahmen diesen Beinamen ernst. Dennoch wurden die anderen Nachbarn Anfisa Telyegin gegenüber merklich zurückhaltend, was bei Willow neues Mitleid hervorrief und sie in ihrer Meinung bestärkte, dass Anfisas Bemühen anlässlich des Chili-Essens am Veteran's Day der Bewunderung und der Erwiderung wert sei.

»Scott«, sagte sie zu ihrem schläfrigen Ehemann, »hörst du mir zu?«

»Können wir das nicht später besprechen, Will?«

»Es dauert nur eine Minute. Ich habe über Anfisa nachgedacht.«

Er wälzte sich seufzend auf den Rücken und schob die Arme unter seinen Kopf, wobei er entblößte, was Willow am wenigsten gern sah, wenn sie ihn ins Auge fasste: die Achselhöhlen eines behaarten Esau. »Okay«, sagte er, ohne auch nur zu versuchen, den langmütigen Ehemann zu spielen. »Was ist mit Anfisa?«

Willow setzte sich auf die Bettkante. Sie legte ihre Hand auf Scotts Brust, um sein Herz spüren zu können. Er hatte eines, auch wenn er im Moment ungehalten war. Ein sehr großes sogar. Sie hatte es zum ersten Mal beim Schultanz erlebt, als er sie zur Partnerin erkoren und vor einem Dasein als Mauerblümchen bewahrt hatte, und sie vertraute jetzt auf die Fähigkeit dieses großen Herzens, sich weit zu öffnen und ihre Idee in sich aufzunehmen.

»Es ist wirklich schade, dass deine Eltern so weit weg wohnen«, sagte sie. »Findest du nicht auch?«

Scott, der von Kindheit an unter den ewigen Vergleichen mit seinem älteren Bruder gelitten hatte und, um dem Leiden ein Ende zu bereiten, nur allzu gern mit seiner Familie in einen anderen Staat übergesiedelt war, kniff argwöhnisch die Augen zusammen. »Wieso schade?«, fragte er. »Wie meinst du das?«

»Na ja, achthundert Kilometer«, sagte Willow. »Das ist doch irre weit.«

Noch immer nicht weit genug, dachte Scott, um das ewige »dein Bruder, der Kardiologe« zum Verstummen zu bringen, das ihm überall folgte.

»Ich weiß, dass du die Distanz wünschst«, fuhr Willow fort, »aber für die Kinder wäre es schön, die Großeltern in der Nähe zu haben.«

»Nicht diese Großeltern«, erklärte Scott.

Es war die Entgegnung, die sie erwartet hatte, und es war ein Leichtes, sie als Einstieg in ihr Thema zu benutzen. Anfisa Telyegin habe mit ihrer Teilnahme am Chili-Essen den Nachbarn freundschaftlich die Hand geboten, setzte sie Scott auseinander, und sie finde, diese Geste verdiene Anerkennung. Wäre es nicht wunderbar, wenn man die Frau näher kennen lernen und sie vielleicht so etwas wie eine Ersatzgroßmutter für die Kinder werden könnte? Sie selbst – Willow – habe ja keine Eltern, die Jasmine, Max und dem Kleinen, das unterwegs war, ihre Weisheit und Lebenserfahrung weitergeben könnten. Und Scotts Eltern wohnten wie gesagt so weit weg...

»Ich meine, Familie muss ja nicht gleich Blutsverwandtschaft sein«, erklärte Willow. »Leslie, zum Beispiel, ist für die Kinder wie eine Tante. Anfisa könnte wie eine Großmutter sein. Und außerdem blutet mir das Herz, wenn ich sehe, wie einsam sie ist. Gerade jetzt, wo die Feiertage kommen... ich weiß auch nicht. Ich find's einfach traurig.«

Scotts Gesicht zeigte seine Erleichterung darüber, dass

Willow nicht, wie befürchtet, vorgeschlagen hatte, sie sollten wieder in die Nähe seiner verhassten Eltern ziehen. Sie versuchte, sich in ihn einzufühlen, auch wenn sie seine Abwehr dagegen, sich weiteren Vergleichen mit seinem weitaus erfolgreicheren Bruder auszusetzen, vielleicht nicht verstand. Und er wusste, dass dieses Bemühen, sich in andere hineinzuversetzen, das sie auszeichnete und das er immer als ihre edelste Eigenschaft gesehen hatte, sich nicht auf seine Person beschränkte. Willow, seiner Frau, lagen auch andere Menschen am Herzen. Das war einer der Gründe, warum er sie liebte.

»Ich glaube, sie möchte gar nichts mit uns zu tun haben, Will«, sagte er.

»Sie ist zum Chili-Essen gekommen. Ich glaube, sie möchte es versuchen.«

Scott hob lächelnd die Hand zum Gesicht seiner Frau und strich ihr über die Wange. »Wenn du nur jemanden retten kannst.«

»Nur wenn du einverstanden bist.«

Er gähnte. »Okay. Aber erwarte nicht zu viel. Wir wissen ja nichts über sie.«

»Man muss ihr nur ein bisschen entgegen kommen.«

Und noch am selben Tag mache sich Willow ans Werk. Sie backte zwei Bleche Schokonussschnitten und schichtete ein Dutzend davon hübsch auf einen grünen Pressglasteller. Das Ganze hüllte sie sorgsam in dünne Plastikfolie und schmückte es mit einer fröhlichen Schleife aus bunt kariertem Geschenkband. So feierlich, als brächte sie Weihrauch und Myrrhe, trug sie ihre Gabe zum Nachbarhaus hinüber.

Es war ein kalter Tag. Es schneite nie in diesem Teil

des Landes, aber der Herbst, der im Allgemeinen lang und farbenprächtig war, konnte auch bitterkalt und grau sein. Genauso war die Stimmung, als Willow aus dem Haus ging. Raureif lag auf dem gepflegten Rasen in ihrem Vorgarten, auf dem ordentlich in Stand gehaltenen Zaun, auf den leuchtend roten Blättern der Zauberhasel am Rand des Bürgersteigs, und Nebelschwaden zogen durch die Straße.

Willow ging achtsam auf dem Backsteinweg, der von der Haustür zur Gartenpforte führte, und hielt dabei die Schokonussschnitten an ihren Busen gedrückt, als könnte der Kontakt mit frischer Luft ihnen schaden. Fröstelnd fragte sie sich, wie der Winter werden würde, wenn schon ein Herbsttag so gnadenlos sein konnte.

Sie musste den Teller mit dem Gebäck einen Moment auf dem Bürgersteig abstellen, als sie vor Anfisas Grundstück angelangt war. Das alte Gartentörchen hing nur noch in einer Angel, man konnte es nicht einfach aufstoßen, sondern musste es erst anheben, aufdrücken und dann wieder loslassen, was bei den Massen von Efeu, die den Gartenweg überwucherten, gar nicht so einfach war.

Als Willow sich dem Haus näherte, bemerkte sie etwas, das ihr vorher noch nicht aufgefallen war. Der Efeu, der unter Anfisas Fürsorge so üppig gedieh, rankte sich nun schon die Vortreppe hinauf und begann, die breite Veranda zu überziehen und an ihrem Geländer emporzukriechen. Wenn Anfisa ihm nicht bald mit der Gartenschere zu Leibe rückte, würde er noch das ganze Haus verschlingen.

Auf der Veranda, die sie nicht mehr betreten hatte, seit

die letzten Bewohner des Hauses alle Heimwerkerbemühungen aufgegeben hatten und in eine brandneue – und gesichtlose – Wohnanlage außerhalb des Städtchens gezogen waren, bemerkte Willow, dass Anfisa neben der Bepflanzung ihres Gartens mit Efeu noch eine Neuerung auf dem Anwesen eingeführt hatte. Neben der Haustür stand ein großer Metallkasten, auf dessen Deckel in weißen Lettern »Lebensmittellieferungen« geschrieben war.

Eigenartig, dachte Willow. Sich die Lebensmittel auf Bestellung liefern zu lassen, war eine Sache – sie hätte selbst nichts dagegen gehabt, solchen Service in Anspruch zu nehmen, wenn sie sich hätte vorstellen können, dass jemand anderer die Nahrung für ihre Familie auswählte. Aber die Sachen dann draußen stehen zu lassen, wo sie leicht verderben konnten, wenn man nicht Acht gab, das war doch etwas völlig Anderes und ziemlich Unsinniges.

Nun, Anfisa Telyegin hatte dennoch ein stolzes Alter erreicht, sie musste also, sagte sich Willow, wissen, was sie tat.

Sie klingelte. Sie zweifelte nicht daran, dass Anfisa zu Hause war und noch viele Stunden zu Hause sein würden. Es war schließlich heller Tag

Aber niemand kam, obwohl Willow das deutliche Gefühl hatte, dass jemand ganz in der Nähe war, hinter der Tür stand und lauschte. »Miss Telyegin?«, rief sie. »Ich bin's, Willow McKenna. Es war so nett, Sie neulich Abend beim Chili-Essen zu sehen. Ich wollte Ihnen nur ein paar Schokonussschnitten vorbeibringen. Die sind nämlich meine Spezialität. Miss Telyegin? Hier ist Willow McKenna. Von nebenan. Napier Lane 1410. Gleich links von Ihnen.«

Nichts geschah. Willow schaute zu den Fenstern hinüber, aber sie waren wie immer von den Sonnenjalousien verdunkelt. Die Türglocke muss kaputt sein, dachte sie und klopfte an die grüne Haustür. Noch einmal rief sie: »Miss Telyegin?« Dann kam sie sich albern vor. Sie machte sich ja hier vor der gesamten Nachbarschaft lächerlich.

»Da stand unsere Willow und trommelte bei der Frau an die Haustür wie ein kleines Mädchen, das sich vorm Gewitter fürchtet«, würde Ava Downey am Nachmittag bei ihrem Gin Tonic erzählen. Und ihr Mann Beau, der aus seinem Immobilienbüro stets rechtzeitig nach Hause kam, um seiner Frau die Drinks so zu mixen, wie sie es mochte, würde es beim wöchentlichen Pokerabend seinen Kumpeln weitererzählen, und die würden es zu ihren Frau nach Hause tragen, bis schließlich die ganze Nachbarschaft wusste, wie dringend nötig es Willow McKenna hatte, in ihrer kleinen Welt Verbindungen zu knüpfen.

Peinliche Verlegenheit bemächtigte sich ihrer. Sie beschloss, ihre Nachbarsgabe einfach stehen zu lassen und Anfisa Telyegin anzurufen. Also klappte sie den Deckel des Lebensmittelkastens hoch und stellte den Teller mit den Schokonussschnitten hinein.

Als sie den Deckel langsam wieder herunterließ, hörte sie es im Efeu hinter sich rascheln. Sie dachte sich nichts weiter dabei, bis sie ein Huschen und Scharren auf den abgetretenen alten Holzdielen der Veranda vernahm. Sie drehte sich um und stieß einen Schrei aus, den sie hinter vorgehaltener Hand erstickte. Eine große Ratte mit glitzernden kleinen Augen und nacktem Schwanz fixierte sie. Das Tier hockte keinen Meter entfernt an der Verandakante, bereit, wenn nötig sofort im Schutz des Efeus unterzutauchen.

»O Gott!« Willow sprang auf den metallenen Lebensmittelkasten, ohne einen Gedanken an Ava Downey, Beau, die Pokerrunde oder die Nachbarn zu verschwenden. Sie hatte furchtbare Angst vor Ratten – sie hätte nicht sagen können, warum – und sah sich nach irgendetwas um, womit sie das Tier verscheuchen könnte.

Aber die Ratte verkroch sich bereits im Efeu. Und sobald der dicke graue Körper verschwunden war, sprang Willow McKenna vom Lebensmittelkasten herunter und rannte nach Hause.

»Es war eine Ratte«, behauptete Willow steif und fest.

Leslie Gilbert wandte den Blick vom Bildschirm des Fernsehapparats. Sie hatte den Ton heruntergedreht, als Willow gekommen war, hatte sich aber nicht ganz von dem drastischen Schauspiel losreißen können, das in der Talkshow zum Thema *Mein Vater hat's mit meinem Freund getrieben* geboten wurde.

»Ich weiß doch, wie eine Ratte ausschaut«, sagte Willow.

Leslie griff sich ein Dorito und kaute nachdenklich. »Hast du ihr Bescheid gesagt?«

»Ich hab sofort bei ihr angerufen, aber sie hat sich nicht gemeldet, und sie hat keinen Anrufbeantworter.«

»Du könntest ihr einen Zettel hinlegen.«

Willow schauderte. »In diesen Garten möchte ich am liebsten nie wieder reingehen.«

»Daran ist bestimmt der Efeu schuld«, meinte Leslie. »So viel Efeu ist nicht gut.«

»Vielleicht weiß sie nicht, dass die Ratten Efeu mögen. Ich meine, in Russland ist es für Ratten doch sicher viel zu kalt, oder?«

Leslie nahm sich noch ein Dorito. «Ratten sind wie Kakerlaken, Will«, erklärte sie. »Die lassen sich von nichts stören.« Sie richtete den Blick wieder auf den Bildschirm. »Wenigstens wissen wir jetzt, warum sie diesen Kasten für die Lieferungen hat. Ratten fressen sich durch alles durch. Aber Stahl schaffen sie nicht.«

Es schien nichts anderes übrig zu bleiben, als Anfisa Telyegin einen Brief zu schreiben. Willow erledigte das ohne Aufschub, meinte aber, sie könnte der einsiedlerischen alten Frau eine solche Nachricht nicht überbringen, ohne auch eine Lösung des Problems anzubieten. Sie fügte ihrem Schreiben also die Worte an: »Ich werde versuchen, Abhilfe zu schaffen«, kaufte eine Falle, versah sie mit Erdnussmus als Köder und nahm sie mit hinüber zum Nachbarhaus.

Am nächsten Morgen erzählte sie ihrem Mann beim Frühstück, was sie unternommen hatte, und er nickte zerstreut über seiner Zeitung.

»Ich habe ihr unsere Telefonnummer aufgeschrieben«, fuhr sie fort. »Ich dachte, sie würde anrufen, aber das hat sie nicht getan. Ich hoffe nur, sie denkt jetzt nicht, dass sie wegen der Ratte in ihrem Garten bei mir in ein schlechtes Licht geraten ist. Ich wollte sie natürlich auf keinen Fall beleidigen.«

»Hm«, machte Scott und knisterte mit seiner Zeitung.

»Ratten?«, rief Jasmine. »Hast du Ratten gesagt? Igitt, igitt!«

Und Max rief: »Igittigittigitt.«

Willow, die der Meinung war, was man begonnen habe, müsse man auch vollenden, kehrte später, als Scott schlief und die Kinder aus dem Haus waren, zum Nachbarhaus zurück, wo sie die Rattenfalle auf der Veranda deponiert hatte.

Weit beklommener als bei ihrem ersten Besuch ging sie den Gartenweg hinauf. Jedes Rascheln im Efeu kündete von einer Ratte, und ganz bestimmt kam dieses dünne scharrende Geräusch, das sie hörte, von der Ratte, die sich von hinten anschlich, um ihr an die Beine zu springen.

Aber ihre Ängste waren unbegründet. Als sie zur Veranda hinaufstieg, sah sie, dass ihre Bemühung, das widerliche Vieh zu fangen, erfolgreich gewesen war. In der Falle hing die tote Ratte. Willow schauderte bei dem Anblick und nahm kaum wahr, dass das Tier etwas überrascht darüber aussah, dass man ihm das Genick gebrochen hatte, wo es sich doch nur sein Frühstück hatte holen wollen.

Sie hätte in diesem Moment am liebsten Scott zu Hilfe geholt. Aber sie wusste, dass er seinen Schlaf brauchte, und war daher gut gerüstet gekommen. In der Hoffnung, dass ihr erster Ausflug in die Ungeziefervernichtungsbranche von Erfolg gekrönt sein würde, hatte sie eine Schaufel und einen Müllbeutel mitgebracht.

Sie klopfte bei Anfisa Telyegin, um diese wissen zu

lassen, was sie hier tat, aber wie beim letzten Versuch rührte sich nichts. Doch als sie sich umdrehte, um die Entsorgung der toten Ratte in Angriff zu nehmen, bemerkte sie, dass die Sonnenjalousie an einem der Fenster sich bewegte. »Miss Telyegin? Ich habe eine Falle aufgestellt. Ich hab eine Ratte erwischt. Sie brauchen sich wegen ihr keine Gedanken mehr zu machen«, rief sie und war ein bisschen verärgert, dass die Nachbarin es nicht einmal für nötig hielt, die Tür zu öffnen und ihr zu danken.

Sie wappnete sich für ihre Aufgabe – sie fand tote Tiere immer eklig, ob es nun tierische Überreste waren, die im Profil ihrer Autoreifen hingen, oder eine Ratte in der Falle – und schob die Schaufel unter die Ratte. Gerade als sie den steifen Kadaver im Müllbeutel versenken wollte, lenkte ein Knistern von Efeulaub sie ab, dem ein Geräusch wie ein Huschen folgte, das sie augenblicklich erkannte.

Sie fuhr herum. Zwei Ratten hockten mit glitzernden Äuglein und zuckenden Schwänzen am Rand der Veranda.

Willow McKenna ließ die Schaufel fallen und stürzte wie eine Rasende zur Straße hinaus.

»Noch mal zwei?« Ava Downey war skeptisch. Sie klapperte mit den Eiswürfeln in ihrem Glas, und Beau, ihr Mann, sprang – auf das Signal gut gedrillt – herbei, um ihr Glas aufzufüllen. »Bist du sicher, dass du dir das nicht eingebildet hast?«

»Ich weiß, was ich gesehen habe«, entgegnete Willow. »Ich hab's Leslie gesagt, und jetzt sag ich's dir. Eine habe ich in der Falle gefangen, aber ich habe noch mal zwei gesehen. Und ich schwör's dir, die *wussten genau*, was ich tat.«

»Aha, intelligente Ratten«, sagte Ava Downey und zog die Augenbrauen hoch. «Das ist ja eine erstaunliche Situation.«

»Das ist ein Problem, das uns alle angeht«, sagte Willow. »Ratten sind Krankheitsüberträger. Sie pflanzen sich fort wie – äh, sie pflanzen sich fort –«

»– wie Ratten«, warf Beau Downey ein. Er reichte seiner Frau das frisch gefüllte Glas und setzte sich in Ava Downeys schick eingerichtetem Wohnzimmer zu den Damen. Ava war die geborene Innenausstatterin, auch wenn das nicht ihr Beruf war. Alles, was sie berührte, erlangte augenblicklich eine Vollendung, die zur Abbildung in *Schöner Wohnen* reif war.

»Sehr witzig, Darling«, sagte Ava, ohne zu lächeln, zu ihrem Mann. »Du meine Güte! Hundert Jahre Ehe, und ich hatte keine Ahnung, dass du so geistreich sein kannst.«

Willow sagte: »Die werden sich in der ganzen Nachbarschaft ausbreiten. Ich wollte mit Anfisa darüber sprechen, aber sie geht nicht ans Telefon. Oder sie ist nicht zu Hause. Aber es brennt Licht im Haus, darum denke ich, dass sie da ist und … wir müssen unbedingt etwas unternehmen. Wir müssen an die Kinder denken.«

Willow hatte selbst erst am frühen Nachmittag an die Kinder gedacht, nachdem Scott sich von seinen fünf Stunden Schlaf erhoben hatte. Sie war hinter dem Haus in ihrem Gemüsegarten gewesen und hatte die letzten

Kürbisse gepflückt. Als sie nach einer der Früchte greifen wollte, war sie mit den Fingern in ein Häufchen Tierkot geraten und angewidert zurückgefahren. Hastig hatte sie den Kürbis aus seinem Blätter- und Rankengewirr herausgerissen und gesehen, dass die Schale von spitzen Zähnen angenagt war.

Der Kot und die Nagespuren sagten alles. Die Ratten waren nicht nur auf dem Grundstück nebenan. Die Ratten waren auf Wanderschaft. Jeder Garten war ihnen preisgegeben.

In diesen Gärten spielten Kinder. Familien veranstalteten dort im Sommer ihre Grillfeste. An heißen Tagen legten sich die Teenager ins Gras und sonnten sich, und an warmen Frühlingsabenden rauchten die Männer dort draußen ihre Zigarren. Ratten hatten in diesen Gärten nichts zu suchen. Ratten waren eine Gefährdung für die Gesundheit aller Bewohner.

»Das Problem sind nicht die Ratten«, erklärte Beau Downey. »Das Problem ist die Frau, Willow. Sie findet es wahrscheinlich ganz normal, Ratten zu haben. Menschenskind, sie kommt aus Russland! Was willst du noch?«

Willow wollte in Ruhe leben. Sie wollte sicher sein, dass ihren Kindern nichts geschehen konnte, dass sie Blythe oder Cooper auf dem Rasen herumkrabbeln lassen konnte, ohne fürchten zu müssen, dass irgendwo eine Ratte – oder ein Haufen Rattenkot – wartete.

»Ruf die Schädlingsbekämpfung an«, riet Scott.

»Verbrenn ein Kreuz in ihrem Garten«, riet Beau Downey.

Sie rief beim Allround-Schädlingsbekämpfungsservice

an, der prompt einen seiner Leute bei ihr vorbeischickte. Der Mann überprüfte das Beweismaterial in Willows Gemüsegärtchen und stattete sicherheitshalber auch gleich den Gilberts auf der anderen Seite von Nr. 1420 einen Besuch ab, um dort die gleichen Untersuchungen vorzunehmen. Das brachte Leslie wenigstens dazu, sich vom Sofa zu erheben. Sie schleppte eine Küchenleiter zum Zaun und spähte in den Garten von 1420 hinüber.

Abgesehen von dem Weg, der zum Hühnerstall führte, war alles von Efeu überwachsen, sogar die Stämme der rapide wachsenden Bäume.

»Das ist ein echtes Problem, Lady«, stellte der Mann vom Schädlingsbekämpfungsservice fest. »Der Efeu muss weg. Aber zuerst müssen die Ratten weg.«

»Dann packen wir's an«, sagte Willow.

Aber da gab es, wie sich herausstellte, leider ein Problem. Der Vertreter der Firma Allround konnte auf dem McKenna-Grundstück Ratten vernichten. Er konnte bei den Gilberts Ratten vernichten. Er konnte straßabwärts bei den Downeys tätig werden, und er konnte gegenüber bei den Harts nach dem Rechten sehen. Aber er durfte kein Grundstück ohne Genehmigung des Eigentümers und schriftliche Vereinbarung mit ihm betreten. Und diesen Vorschriften konnte nur im direkten Kontakt mit Anfisa Telyegin Genüge geleistet werden.

Um diesen Kontakt herzustellen, gab es nur ein Mittel: Man musste der Frau abends, wenn sie gewöhnlich das Haus verließ, um ihrer Arbeit am College nachzugehen, auflauern. Willow erbot sich, diese Aufgabe für die Nachbarschaft zu übernehmen. Sie bezog Posten am Küchenfenster und verköstigte ihre Lieben mehrere

Abende hintereinander mit chinesischen Gerichten und Pizzen, die sie über den Heim-Service bestellte, um nur ja nicht den Moment zu verpassen, wenn die Russin sich zur Bushaltestelle am Ende der Napier Lane auf den Weg machte. Als es endlich soweit war, packte Willow ihren Parka und stürzte aus dem Haus, um ihr nachzulaufen.

Sie holte sie vor dem Haus der Downeys ein, das wie jedes Jahr im Glanz weihnachtlichen Lichterschmucks erstrahlte, obwohl noch nicht einmal Thanksgiving vorbei war. Im milden Schein des Rentierschlittens auf dem Hausdach erklärte Willow die Situation.

Anfisa hatte das Licht im Rücken, so dass Willow ihre Reaktion nicht erkennen konnte. Sie sah überhaupt nichts vom Gesicht der Nachbarin, die über dem Kopftuch, in das sie sich vermummt hatte, auch noch einen breitkrempigen Hut trug. Aber Willow hielt es sowieso für selbstverständlich, dass zur Bereinigung der unerfreulichen Situation nicht mehr notwendig sein würde, als die erhaltenen Informationen weiterzugeben. Doch da hatte sie sich getäuscht.

»In meinem Garten sind keine Ratten«, erklärte Anfisa Telyegin mit einer hoheitsvollen Würde, die angesichts der Lage der Dinge erstaunlich war. »Ich fürchte, Sie irren sich, Mrs. McKenna.«

»O nein«, widersprach Willow, »ich irre mich nicht, Miss Telyegin. Wirklich nicht. Die eine Ratte habe ich nicht nur mit eigenen Augen gesehen, als ich Ihnen die Schokonussschnitten rüberbrachte – haben Sie die übrigens bekommen? Sie sind meine Spezialität, wissen Sie –, ich habe sie sogar in einer Falle gefangen. Und da habe ich dann noch mal zwei gesehen. Und kurz danach hab ich den Kot in meinem Garten entdeckt und die Schädlingsbekämpfung angerufen. Der Mann hat sich bei mir umgesehen –«

»Na bitte, da haben Sie es doch«, fiel ihr Anfisa ins Wort. »Das Problem liegt bei Ihnen, nicht bei mir.«

»Aber –«

»Ich muss weiter.«

Damit ging sie davon, ohne dass irgendetwas geregelt worden war.

Als Willow das ihrem Mann berichtete, fand der, es sei Zeit für einen Nachbarschaftsrat, der im Grunde genommen nichts anderes war als ein Pokerabend, an dem nicht gepokert wurde, und zu dem die Ehefrauen zugelassen waren. Der Gedanke, was entstehen würde, wenn erst einmal die ganze Nachbarschaft mit in das Problem hineingezogen war, stürzte Willow in ängstliche Erregung. Sie fürchtete Ärger in jeder Form. Andererseits jedoch wollte sie ihre Kinder vor Ratten und ähnlichem Ungeziefer sicher wissen. Sie kaute fast die ganze Sitzung hindurch nervös auf den Fingernägeln.

Die von den Beteiligten vertretenen Standpunkte spiegelten die Vielfalt der menschlichen Natur wider. Scott wollte seiner Regelgläubigkeit entsprechend den Rechtsweg einschlagen: Zuerst die Gesundheitsbehörde einschalten; wenn das nicht wirkte, die Polizei hinzuziehen, danach, wenn nötig, einen Rechtsanwalt beauftragen. Owen Gilbert gefiel dieser Vorschlag überhaupt nicht. Er mochte Anfisa Telyegin aus Gründen nicht, die mehr mit der Tatsache zu tun hatten, dass sie es abgelehnt hatte, ihm ihre Steuererklärung anzuvertrauen, als mit den Ratten, die sein Grundstück zu besetzen drohten, und er plädierte dafür, das FBI und das Finanzamt auf sie anzusetzen. Sie habe todsicher Dreck am Stecken. Von Steuerhinterziehung bis Spionage sei alles denkbar. Bei Erwähnung von Spionage musste Beau Downey sofort an die Einwanderungsbehörde denken und geriet prompt in Rage. Er gehörte zu den Leuten, die überzeugt sind, dass die Einwanderer Amerikas Verderb sind, und da die Justiz und die Regierung offensichtlich nicht daran dächten, vor den einfallenden Horden die Grenzen zu schließen, erklärte er hitzig, sollten sie auf eigene Faust handeln, um wenigstens ihr Viertel vor ihnen zu schützen.

»Machen wir der Alten doch einfach klar, dass sie hier nicht erwünscht ist«, sagte er, und seine Frau Ava verdrehte die Augen zum Himmel. Sie hatte nie ein Geheimnis daraus gemacht, dass Beau ihrer Meinung nach zu nicht mehr taugte, als ihre Drinks zu mixen und ihre sexuellen Bedürfnisse zu befriedigen.

»Und wie sollen wir das anstellen, Darling?«, fragte sie. »Sollen wir ihr ein Hakenkreuz auf die Haustür malen?«

»Verdammt noch mal, wir brauchen sowieso eine Familie da drüben«, verkündete Johnny Hart und trank sein Bier. Es war sein siebtes, und seine Frau hatte ebenso mitgezählt wie Willow, die nicht verstand, warum Rose, anstatt tatenlos mit Märtyrerinnenmiene herumzusitzen, ihn nicht daran hinderte, sich vor aller Öffentlichkeit lächerlich zu machen. »Wir brauchen da drüben ein Paar in unserem Alter, Leute mit Kindern, mit einer halbwüchsigen Tochter vielleicht – die anständige Titten hat.« Mit einem anzüglichen Lachen warf er Willow einen Blick zu, der ihr nicht gefiel. Er nahm ihre normalerweise teetassengroßen Brüste, die mit der Schwangerschaft um einiges üppiger geworden waren, ins Visier und zwinkerte ihr zu.

Gibt es angesichts der Äußerung so vieler unterschiedlicher Meinungen noch Zweifel daran, dass nichts geklärt wurde? Erreicht wurde lediglich, dass die Temperamente sich erhitzten. Und dafür fühlte sich Willow verantwortlich.

Vielleicht, sagte sie sich, gab es eine andere Möglichkeit, mit der Situation fertig zu werden. Aber wie sehr sie sich an den folgenden Tagen auch das Gehirn zermarterte, es fiel ihr keine Lösung ein.

Erst als der Briefträger ihr versehentlich einen Brief brachte, der nicht für sie bestimmt war, kam ihr ein Einfall, der vielleicht zu einer Lösung führen würde. Der Brief steckte in einem Packen von Rechnungen und Katalogen, ein größerer brauner Umschlag, der Anfisa Telyegin aus Port Terryton, einem kleinen Ort am Fluss Weldy, etwa hundertfünfzig Kilometer nördlich von East Wingate, nachgesandt worden war. Vielleicht, überlegte Willow, könnte jemand von Anfisas ehemaligen Nachbarn ihren jetzigen Nachbarn raten, wie man am besten mit der Frau umging.

An einem kühlen Morgen, als die Kinder im Kindergarten beziehungsweise in der Schule waren und Scott sich seine wohlverdienten fünf Stunden Schlaf genehmigte, holte Willow also ihre Landkarte heraus und arbeitete eine Route aus, die sie vor Mittag nach Port Terryton führen würde. Leslie Gilbert fuhr mit, obwohl sie dafür auf einige Stunden ihres täglichen Fernsehkonsums verzichten musste.

Beide Frauen hatten schon von Port Terryton gehört. Es war ein malerischer kleiner Ort, vor etwa dreihundert Jahren erbaut, umgeben von alten Laubwäldern, die bis an die Ufer des Weldy heranreichten. In Port Terryton war Geld zu Hause. Altes Geld, neues Geld, Spekulantengeld, ererbtes Geld. Prachtvillen, die im achtzehnten und neunzehnten Jahrhundert gebaut waren, dienten als Schaustücke ungeheuren Reichtums.

Es gab auch bescheidenere Viertel im Ort, Straßen mit gefälligen *cottages*, wo die Zugehfrau und die sozial tiefer stehenden Sterblichen wohnten. In einem dieser Viertel fanden Willow und Leslie Anfisas ehemaliges Heim, ein gepflegtes, grau-weiß gestrichenes Häuschen mit viel Charme, das, von einem Blutahorn beschattet, in einem Garten mit kurz geschorenem Rasen und farbenfrohen Stiefmütterchenrabatten stand.

»Was wollen wir eigentlich rausbekommen?«, fragte Leslie, als Willow den Wagen am Bordstein anhielt. Sie hatte einen Karton Cremedonuts mit Zuckerguss mitgenommen und auf der Fahrt beinahe unaufhörlich gegessen. Jetzt leckte sie sich die Finger und beugte sich tiefer, um durch das Fenster Anfisas früheres Haus zu mustern.

»Das weiß ich auch nicht«, antwortete Willow: »Irgendwas, das uns weiterhilft.«

»Owens Vorschlag war der beste«, erklärte Leslie loyal. »Kurzen Prozess machen und sie dem FBI übergeben.«

»Aber es muss doch etwas weniger – na ja, weniger Brutales geben. Wir wollen ja nicht ihr Leben zerstören.«

»Hey, es geht hier um eine Rattenplage auf ihrem Grundstück«, erinnerte Leslie sie. »Eine Rattenplage, die sie leugnet.«

»Ich weiß, aber vielleicht hat es einen Grund, dass sie von den Ratten keine Ahnung hat. Oder warum sie deren Existenz verleugnen muss. Wir müssen ihr irgendwie helfen können, den Tatsachen ins Gesicht zu blicken.«

Leslie unterdrückte einen Seufzer und sagte: »Wie du meinst, mein Schatz.«

Sie waren ohne festen Plan nach Port Terryton gekommen. Da sie jedoch beide recht harmlos und ungefährlich wirkten – die eine sichtbar schwanger, die andere von einer Friedfertigkeit, die Vertrauen einflößte –, beschlossen sie, einfach ein paar Häuser in der Nachbarschaft abzuklappern. Und schon beim dritten Versuch bekamen sie die Aufklärung, die sie gesucht hatten. Sie war allerdings nicht von der Art, wie Willow sie sich gewünscht hätte.

Von Barbie Townsend, der gegenüber Anfisa Telyegin früher einmal gewohnt hatte, wurden sie mit Tee, Schokoladenkeksen und reichlich Informationen bewirtet. Barbie hatte sogar ein Album mit Zeitungsausschnitten über den »Fall der Rattenfrau«, wie die Lokalzeitung ihn genannt hatte.

Auf der Heimfahrt sprachen Willow und Leslie kaum ein Wort. Sie hatten ursprünglich vorgehabt, in Port Terryton zu Mittag zu essen, aber nach dem Gespräch mit Barbie Townsend hatte es ihnen beiden den Appetit verschlagen. Sie wollten nur noch zurück in die Napier Lane und ihren Ehemännern berichten, was sie erfahren hatten. Ehemänner waren schließlich dazu da, in solchen Situationen einzuspringen. Sie waren für den Schutz der Familie zuständig. Und die Frauen für die Nestwärme. So war das nun mal.

»Sie waren überall«, sagte Willow zu ihrem Mann, nachdem sie ihn mitten im Telefongespräch mit einem Kunden unterbrochen hatte. »Scott, die Zeitung hat sogar Bilder von ihnen gebracht.«

»Ratten«, teilte Leslie ihrem Owen mit. Sie fuhr schnurstracks in sein Büro und stürmte hinein, ihr Paisleytuch hinter sich herziehend wie eine Schmusedecke, ohne die sie nicht sein konnte. »Der ganze Garten war voll. Sie hatte Efeu angepflanzt. Genau wie hier. Sämtliche Behörden vom Gesundheitsamt über die Polizei bis zum Gericht wurden eingeschaltet ... Die Nachbarn haben geklagt, Owen.«

»Es hat fünf Jahre gedauert«, berichtete Willow ihrem Mann. »Stell dir das mal vor – fünf Jahre! In fünf Jahren ist Jasmine zwölf. Und Max zehn. Und bis dahin haben wir auch das Kleine, Blythe oder Cooper. Und wahrscheinlich noch zwei Kinder mehr, vielleicht sogar drei. Wenn wir das Problem bis dahin nicht aus der Welt geschafft haben ...« Sie begann zu weinen vor Angst um ihre Kinder.

»Sie haben ein Vermögen an Anwaltskosten bezahlt«, erzählte Leslie Gilbert ihrem Mann. »Weil sie jedes Mal, wenn das Gericht ihr irgendwelche Auflagen machte, mit einer Gegenklage konterte. Oder sie legte Berufung ein. Aber wir hier sind nicht so betucht wie die Leute in Port Terryton. Was sollen wir also tun?«

»Sie ist krank«, erklärte Willow ihrem Mann. »Da bin

ich ganz sicher, und ich möchte nichts tun, was ihr schadet. Aber sie muss einsehen … Nur, wie sollen wir sie zur Einsicht bringen, wenn sie leugnet, dass überhaupt ein Problem existiert? Sag mir das, wie?«

Willow wollte es auf die Psychotour versuchen. Während die Männer aus der Napier Lane sich allabendlich versammelten, um einen Aktionsplan zur sofortigen Bereinigung des Problems auszuarbeiten, surfte Willow ein wenig im Internet. Was sie bei ihren Recherchen herausbekam, weckte ihr tiefstes Erbarmen mit der Russin, die, das erkannte sie nun, für die Rattenplage auf ihrem Grundstück nicht voll verantwortlich war.

»Lies das mal«, sagte sie zu ihrem Mann. »Es ist eine Krankheit, Scott, eine geistige Störung. Es ist so was wie – du weißt doch, wenn Leute sich eine Katze nach der anderen zulegen, bis das ganze Haus voll ist? Frauen, meistens ältere. Man kann ihnen alle Katzen wegnehmen, aber wenn man die psychische Störung nicht behandelt, marschieren sie einfach los und holen sich neue Katzen.«

»Willst du damit sagen, dass sie Ratten sammelt?«, fragte Scott. »Das glaube ich nicht, Willow. Wenn du schon mit Psychologie argumentieren willst, dann lass uns das Kind auch beim Namen nennen: Es ist schlicht und einfach Verleugnung. Sie kann wegen der Dinge, mit denen Ratten assoziiert werden, nicht zugeben, dass sie Ratten hat.«

Die Männer stimmten Scott zu, mit besonderem Nachdruck Beau Downey, der darauf hinwies, dass Anfisa Telyegin als Ausländerin wahrscheinlich von Hygiene, gleich, welcher Art, keine Ahnung habe. Der Himmel allein wisse, wie es im *Inneren* ihres Hauses aussehe! Ob einer von ihnen schon einmal drinnen gewesen sei? Nein? Na also! Damit war seine Beweisführung fürs Erste abgeschlossen. Sie sollten ganz einfach drüben auf Nummer 1420 einen kleinen Unfall arrangieren. Einen Brand, zum Beispiel, durch einen Kurzschluss ausgelöst oder vielleicht durch eine undichte Gasleitung.

Aber davon wollte Scott nichts wissen, und Owen Gilbert machte Anstalten, sich von der ganzen Geschichte zu distanzieren. Rose Hart – die auf der anderen Straßenseite wohnte und für die nicht so viel auf dem Spiel stand – wies darauf hin, dass sie ja gar nicht wussten, wie viele Ratten tatsächlich da waren. Vielleicht, meinte sie, machten sie hier viel Lärm um nichts. »Willow hat nur insgesamt drei gesehen – die eine, die sie in der Falle gefangen hat, und zwei weitere. Es kann doch sein, dass wir uns viel zu sehr aufregen. Vielleicht ist das Problem einfacher zu lösen, als wir glauben.«

»Aber in Port Terryton war es eine *Plage*«, rief Willow händeringend. »Und auch wenn im Moment nur noch zwei da sind, werden wir bald zwanzig haben, wenn wir sie nicht los werden. Wir können das nicht ignorieren. Scott? Sag ihnen …«

Einige Frauen tauschten wissende Blicke. Typisch Willow McKenna, nicht einmal jetzt konnte sie auf eigenen Füßen stehen.

Ausgerechnet Ava Downey – wer hätte das gedacht? – hatte einen Vorschlag zur Lösung des Problems zu bieten. »Wenn sie tatsächlich die Realität verleugnet, wie du meinst, Scott, Darling«, sagte Ava, »warum unternehmen wir dann nicht einfach etwas, damit ihre *Fantasiewelt* Realität wird?«

»Und wie soll das gehen?«, erkundigte sich Leslie Gilbert. Sie mochte Ava nicht, verdächtigte sie, hinter jedem verheirateten Mann her zu sein, und würdigte sie im Allgemeinen keines Worts. Aber in der gegenwärtigen misslichen Situation war sie bereit, ihre Aversion zurückzustellen und sich alles anzuhören, was eine rasche Lösung des Problems verhieß. Sie hatte schließlich erst heute Morgen, als sie vergeblich versucht hatte, ihren Wagen anzulassen, feststellen müssen, dass die Zündkabel von irgendwelchen Tieren durchgebissen worden waren.

»Nehmen wir ihr die Arbeit ab und machen den Biestern den Garaus«, sagte Ava. »Ob zwei oder drei oder zwanzig. Vernichten wir sie einfach.«

Johnny Hart schüttete den letzten Rest seines neunten Biers an diesem Abend hinunter und erinnerte daran, dass keine Schädlingsbekämpfungsfirma den Auftrag ohne Anfisa Telyegins Einverständnis annehmen würde, nicht einmal dann, wenn die Nachbarn bereit waren, dafür zu bezahlen. Owen, Scott und Beau bliesen in das gleiche Horn. Ob Ava denn nicht mehr wisse, was der Mann von der Allround-Schädlingsbekämpfung Leslie und Willow erklärt hatte?

»Doch, natürlich weiß ich das noch«, erwiderte Ava. »Darum schlage ich ja vor, dass wir den Job selbst erledigen.«

»Aber es ist *ihr* Grundstück«, wandte Scott ein.

»Sie holt womöglich die Bullen und lässt uns alle verhaften, wenn wir ihren ganzen Garten mit Fallen pflastern, Schatz«, fügte Beau Downey hinzu.

»Dann müssen wir es eben tun, wenn sie nicht zu Hause ist.«

»Aber die Fallen sieht sie doch«, sagte Willow. »Und die toten Ratten auch. Da merkt sie sofort –«

»Du hast mich missverstanden, Darling«, sagte Ava. »Ich rede nicht von Fallen.«

Von den Nachbarn rund um die Nummer 1420 kannte jeder die Gewohnheiten aller anderen: Jeder wusste zum Beispiel, um welche Zeit Johnny Hart morgens hinaustorkelte, um die Zeitung zu holen, oder wie lange Beau Downey jeden Tag den Motor seiner SUV hochjagte, ehe er zur Arbeit abbrauste. Das gehörte dazu, wenn man miteinander auf freundschaftlichem Fuß stand. Darum fühlte sich auch niemand zu einer Bemerkung darüber veranlasst, dass Willow McKenna auf die Minute genau sagen konnte, wann Anfisa Telyegin jeden Abend zu ihrer Arbeit im Community College aufbrach und wann sie danach wieder nach Hause kam.

Der Plan war einfach: Sobald Owen Gilbert für alle das erforderliche Schuhwerk besorgt hatte – keiner der Männer wollte in Slippers durch Efeu waten, in dem es möglicherweise von Ratten wimmelt –, würden sie loslegen. Die acht Treiber – wie sie sich selbst nannten – würden eine Kette bilden und in dicken Gummistiefeln langsam durch den Efeu überwucherten Vorgarten vorrücken. Sie würden die Ratten dem Haus zutreiben, wo die Terminatoren sie in Empfang nehmen würden, sobald sie auf der Flucht vor den Gummistiefeln aus dem Efeu hervorschossen. Die Terminatoren würden sich mit Knüppeln und Schaufeln und anderen Gegenständen, die zum Totschlag der ekligen Biester geeignet waren, bewaffnen.

»Meiner Meinung nach ist das der einzige Weg«, erklärte Ava Downey. Denn einerseits wollten alle es Anfisa Telyegin ersparen, ihren Garten voller Fallen mit toten Ratten vorzufinden; andererseits aber wollte auch keiner die Ratten im eigenen Garten haben, wohin sich die Tiere vielleicht noch schleppen könnten, wenn man Gift als Mittel zu ihrer Beseitigung wählte.

Aus diesem Grund schien die einzige Lösung im Nahkampf von Mann gegen Nager zu liegen. Und, wie Ava Downey es auf ihre unnachahmliche Art formulierte: »Ich kann mir nicht vorstellen, dass ihr Männer, groß und stark, wie ihr seid, was gegen ein bisschen Blut an den Händen habt – ich meine, es geht immerhin um eine gute Sache.«

Was sollten sie auf eine solche Herausforderung ihrer Männlichkeit sagen? Hier und dort trat einer nervös von einem Fuß auf den anderen, und jemand brummte: «Also, ich weiß nicht…«, aber Ava konterte sogleich mit: »Ich sehe einfach keine andere Möglichkeit, das zu erledigen. Natürlich bin ich jederzeit für andere Vorschläge offen.«

Die gab es nicht. Man setzte also einen Tag fest. Und dann wurden die nötigen Vorbereitungen getroffen.

Drei Tage später wurden alle Kinder abends zu den Harts gebracht, um sie den kommenden Ereignissen auf Nummer 1420 fern zu halten. Keiner wollte, dass seine Kinder etwas von der geplanten Vernichtungsaktion mitbekämen. Kinder seien hoch sensible, kleine Wesen, erklärten die Frauen ihren Männern nach einem letzten Kriegsrat beim Morgenkaffee. Je weniger sie von dem bevorstehenden Feldzug ihrer Daddys erführen, desto gesünder sei es für sie. Keine erschreckenden Erinnerungen und keine bösen Träume.

Die Männer unter ihnen, die etwas gegen Blut, Gewalt und Tod hatten, machten sich Mut, indem sie sich sagten, es gehe um das Wohl ihrer Kinder und um eine gute Sache. Einer oder zwei hielten sich vor, dass ein Garten voller Ratten beim *Wingate Courier* bestimmt nicht gut ankäme und dem Bestreben der Napier Lane, den Status eines idealen Wohngebiets zuerkannt zu bekommen, kaum förderlich wäre. Andere schließlich trösteten sich damit, dass es ja nur zwei Ratten seien. Zwei Ratten und beinahe das Zehnfache an Männern …? Das waren doch gute Chancen!

Genau dreißig Minuten, nachdem Anfisa Telyegin das Haus verlassen hatte, um zur Bushaltestelle zu gehen und von dort aus zum Community College zu fahren, rückten die Männer im Schutz der Dunkelheit an. Und die Erleichterung der Kleinmütigen war gewaltig, als die Treiber nur ganze vier Ratten in die wartende Kette der Terminatoren hineintrieben. Unter den Letzteren befand sich Beau Downey, der mit Vergnügen alle vier Ratten eigenhändig erledigte. »Hey, leuchtet mal hier rüber, da kriegen die richtig Schiss«, schrie er, während er ein Tier nach dem anderen zur Strecke brachte. Später hieß es, er hätte das Gemetzel ein bisschen zu sehr genossen. Er trug seinen blutbespritzten Overall mit dem Stolz eines Mannes, der nie eine echte Schlacht ausgetragen hatte. Er redete davon, dass man »die kleinen Scheißer kaltmachen« müsse und brach in Kriegsgeschrei aus, als sein Knüppel auf Ratte Nummer vier landete.

Er war auch derjenige, der darauf hinwies, dass man sich den Garten hinter dem Haus ebenfalls vornehmen müsse. Es wurde also die ganze Prozedur wiederholt, mit dem Ergebnis, dass weitere fünf Rattenkadaver in den Müllsack wanderten.

»Neun Ratten, doch nicht ganz so schlimm.« Owen Gilbert, der von Anfang an dafür gesorgt hatte, dass er bei den Treibern war und somit für immer vom Blut der Unschuldigen unbefleckt bleiben würde, war sichtlich erleichtert.

»Also, meiner Ansicht nach kann das nicht stimmen«, erklärte Johnny Hart. »Überlegt doch mal! Bei den McKennas war überall im Garten Kot, und bei Leslies Auto waren die Kabel durchgebissen. Ich glaub nicht, dass wir sie alle erwischt haben. Wer ist dafür, dass wir mal unters Haus kriechen? Ich hab ein paar Rauchbomben, mit denen könnten wir sie ausräuchern.«

Die Rauchbomben wurden gezündet, und drei weitere Ratten folgten ihren Brüdern und Schwestern in die ewigen Jagdgründe. Eine vierte jedoch entwischte Beaus Knüppel und floh in einem Höllentempo zu Anfisas Hühnerstall.

»Schnappt sie euch!«, schrie jemand, aber keiner war schnell genug. Das Tier schlüpfte unter den Verschlag und war verschwunden.

Seltsam war nur, dass die Hühner die Ratte in ihrer Mitte gar nicht zu bemerken schienen. Aus dem Stall war kein ängstliches Flügelschlagen und kein zorniges Gackern zu hören. Es war, als wären die Hühner betäubt oder – eine noch unheimlichere Vorstellung – von Ratten gefressen worden.

Ganz klar, dass einer würde nachsehen müssen, ob dies zutraf. Aber keiner war besonders erpicht darauf, die Aufgabe zu übernehmen. Argwöhnisch pirschten sich die Männer an den Hühnerstall heran, und diejenigen, welche Taschenlampen trugen, konnten sie kaum ruhig halten.

»Los, pack die Tür und reiß sie auf, Owen«, sagte einer der Männer. »Schnappen wir uns dieses letzte Biest, und dann nichts wie weg.«

Owen zögerte. Ihm lag überhaupt nichts an einer Konfrontation mit mehreren Dutzend verstümmelter Hühnerkadaver. Und dass sie auf Kadaver stoßen würden, schien mittlerweile sehr wahrscheinlich; denn im Hühnerstall blieb es trotz ihrer Annäherung totenstill.

»Verdammt noch mal!«, sagte Beau Downey angewidert, als Owen sich nicht rührte. Er drängte sich an ihm vorbei, riss die Tür auf und warf eine Rauchbombe in den Stall.

Und da ging es los.

Ratten strömten aus der Öffnung. Hunderte. Kleine Ratten, große Ratten, offensichtlich wohl genährte Ratten. Sie ergossen sich aus dem Hühnerstall wie heißes Pech aus dem Gusserker einer Wehrmauer und flitzten in alle Richtungen auseinander.

Die Männer schlugen mit Knüppeln und Schaufeln auf sie ein. Knochen splitterten, die Ratten quietschten und pfiffen, Blut spritzte. Die Strahlen der Taschenlampen fingen das blutige Massaker in grellen Lichtkreisen ein. Die Männer sprachen nicht, ächzten nur noch, während eine Ratte nach der anderen niedergemetzelt wurde. Es war wie ein primitiver Kampf um die Vorherrschaft zwischen zwei Spezies, von denen nur eine überleben würde.

Am Ende war Anfisa Telyegins Garten ein blutgetränktes Schlachtfeld, mit den Gebeinen und Kadavern des Feindes übersät.

Die Ratten, denen es gelungen war, zu entkommen, hatten sich in die Gärten der McKennas und der Gilberts geflüchtet; sie würden später von den Profis beseitigt werden. Und das Territorium, das diese wenigen überlebenden Ratten zurückgelassen hatten, war wie jedes andere Katastrophengebiet ein Ort, der nicht schnell wieder gesäubert und ganz gewiss nicht so schnell vergessen werden kann.

Aber die Männer hatten ihren Frauen versprochen, keinerlei Spuren der Aktion zu hinterlassen, und bemühten sich daher nach Kräften, Kadaver und Kadaverteile einzusammeln und das Blut vom Efeu und von den Wänden des Hühnerstalls abzuspülen. Dabei entdeckten sie, dass in dem Hühnerstall nie Hühner gewesen waren, und was daraus bezüglich Anfisa Telyegins täglicher Körnerlieferungen in den Stall zu schließen war... Ja, was daraus bezüglich Anfisa Telyegins Person zu schließen war...

Johnny Hart sagte: »Die Frau ist geisteskrank«, und Beau Downey meinte: »Wir müssen sie hier wegkriegen.« Doch bevor es über diese Meinungsäußerungen zur Diskussion kommen konnte, wurde das schiefe alte Gartentörchen aufgedrückt, und Anfisa selbst trat in den Garten.

Der Plan war nicht gründlich genug überlegt worden, um zu berücksichtigen, dass infolge der Zwischenprüfungen der Unterricht am College an diesen Abend früher als sonst enden würde. Und er war nicht gründlich genug überlegt worden, um in Betracht zu ziehen, wie der Efeu in Anfisa Telyegins Garten aussehen würde, nachdem acht Mann in Kettenformation durch ihn hindurchgetrampelt waren.

Anfisa Telyegin warf nur einen Blick auf ihren verwüsteten Garten – im Schein der Straßenlampe vor ihrem Grundstück deutlich zu erkennen – und stieß einen Mark erschütternden Schrei aus, der bis zur Bushaltestelle zu hören war.

Sie schrie, weil sie ihren Efeu liebte und entsetzt darüber war, was ihm angetan worden war. Vor allem aber schrie sie, weil sie intuitiv wusste, was diese Verwüstungen in ihrem Garten zu bedeuten hatte.

»O mein Gott!«, heulte sie klagend. »Nein! Nein!«

Es gab keinen anderen Weg vom Grundstück als den durch den Vorgarten, und als die Männer einer nach dem anderen hervortraten, fanden sie Anfisa mitten im zertrampelten Efeu kniend. Die Arme fest um den Oberkörper geschlungen, wiegte sie sich unaufhörlich vor und zurück.

»Nein! Nein!«, schrie sie immer wieder und begann zu weinen. »Sie wissen nicht, was Sie getan haben.«

Damit konnten die Männer nicht umgehen. Ratten totschlagen, ja, okay, das war genau ihr Ding. Aber eine fremde Frau trösten, deren Leiden sie überhaupt nicht verstanden …? Nein, das war nichts für sie. Lieber Himmel, sie hatten der armen Irren doch einen Gefallen getan! Na schön, der Efeu hatte dabei einiges abbekommen, aber Efeu gedieh wie Unkraut, und vor allem in diesem Garten. In spätestens einem Monat würde alles wieder beim Alten sein.

»Ich hol Willow«, sagte Scott McKenna, während Owen Gilbert gleichzeitig murmelte: »Ich hole Leslie«. Die anderen suchten so schnell sie konnten das Weite, mit schuldbewussten Mienen wie kleine Jungen, die vielleicht zu viel Spaß dabei hatten, irgendwelche Dummheiten zu machen, für die sie bald ihre Strafe bekommen würden.

Willow und Leslie stürzten aus Rose Harts Küche zu Anfisa, die weinend und schwankend in ihrem Garten hockte und sich mit den Fäusten auf die Brust trommelte.

»Könnt ihr sie hineinbringen?«, sagte Scott McKenna zu seiner Frau.

Und Owen Gilbert sagte zu Leslie: »Mach ihr klar, dass es nur ein Haufen Efeu ist, Les. Er wächst nach. Und es ging nicht anders.«

Willow, die mit solch intensivem Einfühlungsvermögen geschlagen war, musste angesichts des Schmerzes der alten Frau selbst gegen einen Ausbruch von Gefühlen ankämpfen. Sie hatte geglaubt, sie würde nach der Beseitigung der Ratten einzig Erleichterung verspüren; die Schuldgefühle und das Mitleid, das sie überkamen, verwirrten sie unendlich und trieben ihr die Tränen in die Augen. Sie räusperte sich und sagte zu Leslie: »Würdest du …?« Dann beugte sie sich zu Anfisa hinunter und nahm sie beim Arm. »Miss Telyegin«, sagte sie, »es ist alles gut. Glauben Sie mir. Alles wird gut. Kommen Sie, gehen wir ins Haus, ja? Dürfen wir Ihnen eine Tasse Tee machen?«

Mit vereinten Kräften halfen sie und Leslie der schluchzenden Frau auf, und während sich drüben in Rose Harts Vorgarten die anderen Frauen aus der Nachbarschaft versammelten, stiegen Willow und Leslie die Treppe zu Nummer 1420 hinauf und halfen Anfisa dabei, die Tür zu öffnen.

Scott folgte. Nach dem, was er im Hühnerstall erlebt hatte, dachte er nicht daran, seine Frau allein in dieses Haus gehen zu lassen. Wer konnte sagen, was sie da drinnen vorfinden würden.

Doch seine Fantasie hatte ihm falsche Bilder gezeigt. In Anfisa Telyegins Haus gab es nicht das geringste Anzeichen dafür, dass nicht alles so war, wie es sein sollte. Als er das sah, schämte er sich seiner finsteren Erwartungen. Er entschuldigte sich und überließ es Leslie und Willow, Anfisa Telyegin zu trösten, so gut sie konnten.

Leslie setzte Wasser auf. Willow suchte den Tee und Tassen. Und Anfisa setzte sich an den Küchentisch und stieß mit zuckenden Schultern schluchzend hervor: »Verzeiht mir. Bitte verzeiht mir!«

»Aber Miss Telyegin«, murmelte Willow besänftigend, »solche Dinge kommen vor. Da gibt es nichts zu verzeihen.«

»Ihr habt mir vertraut«, sagte Anfisa weinend. »Es tut mir Leid, was ich getan habe. Ich werde das Haus verkaufen. Ich werde woanders hinziehen. Ich suche etwas –«

»Aber das ist doch nicht nötig«, unterbrach Willow

sie. »Keiner von uns möchte, dass Sie von hier wegziehen. Wir möchten nur, dass Sie sich hier, auf Ihrem Grund und Boden, sicher fühlen können. Wir möchten uns alle sicher fühlen.«

»Ach, was ich euch angetan habe«, rief Anfisa unter Tränen. »Nicht nur einmal, sondern zweimal. Das könnt ihr mir nicht verzeihen.«

Bei diesem »sondern zweimal« wurde Leslie Gilbert schlagartig und mit Unbehagen klar, dass die Russin und Willow McKenna aneinander vorbeiredeten. «Hey, Will«, sagte sie warnend im selben Augenblick, als Anfisa ausrief: »Ach, meine liebsten kleinen Freunde. Alle seid ihr tot.«

Da erst begriff mit einem kalten Schauder auch Willow.

Sie sah Leslie an. »Meint sie damit …«

»Richtig, Will. Ich glaube, die meint sie.«

Erst zwei Wochen später, als Anfisa Telyegin vor ihrem Haus in der Napier Lane ein Verkaufsschild aufgestellt hatte, erfuhr Willow McKenna von ihr die ganze Geschichte. Sie ging mit einem Teller Weihnachtsplätzchen als versöhnliche Geste zu ihr hinüber, und anders als bei ihrem letzten Besuch mit den Schokonussschnitten machte Anfisa ihr diesmal die Tür auf. Mit einem Kopfnicken bat sie Willow ins Haus. Sie führte sie in die Küche und bot ihr eine Tasse Tee an. Sie hatte in den vergangenen zwei Wochen offenbar nicht nur getrauert, sondern diese Zeit auch zu reiflicher Überlegung genutzt und den Entschluss gefasst, Willow einen Blick in ihre Welt zu gestatten.

»Zwanzig Jahre lang«, sagte sie, als sie sich zusammen an den Tisch setzten. »Ich habe mich geweigert, so zu werden, wie sie mich haben wollten, und ich habe mir nicht den Mund verbieten lassen. Da haben sie mich deportiert. Zuerst kam ich nach Lubyanka, wissen Sie, was das ist? Vom KGB geführt. Ein grauenvoller Ort. Von dort nach Sibirien.«

»Sie waren im Gefängnis?«, fragte Willow leise.

»Gefängnis wäre schön gewesen. Das war ein Konzentrationslager. Ach Gott, ich habe oft genug gehört, wie Ihre Landsleute ihre Witze über Sibirien machen – ha, ha, ha, die Salzbergwerke von Sibirien. Ja, das habe ich oft genug gehört. Aber wirklich dort zu sein, ohne einen Menschen, jahrelang. Vergessen zu sein, weil die wichtige Stimme, die Stimme, die zählte, die des Geliebten war, während man selbst, solange er am Leben war, bloß als Handlangerin angesehen und von keinem ernst genommen wurde, bis die Behörden einen plötzlich ernst nahmen. Es war eine schreckliche Zeit.«

»Sie waren – ?« Wie nannte man das gleich wieder? Willow versuchte, sich zu erinnern. »Eine Dissidentin?«

»Eine Stimme, die ihnen nicht passte. Die sich nicht mundtot machen ließ, die lehrte und schrieb, bis sie kamen, um sie abzuholen. Erst war es Lubyanka. Dann war es Sibirien. Und dort in der Zelle, da kamen die Kleinen zu mir. Zuerst hatte ich Angst vor ihnen. Der Schmutz. Die Krankheiten. Ich verscheuchte sie. Aber sie kamen trotzdem. Sie kamen immer wieder und beobachteten mich. Und da sah ich, dass sie auch Angst hatten. Sie wollten nur wenig. Ich gab ihnen ein bisschen zu essen. Brot. Ein Fetzchen Fleisch, wenn ich welches hatte. Da sind sie geblieben, und ich war nicht mehr allein.«

»Die Ratten…« Willow bemühte sich, ihren Ekel nicht zu zeigen. »Sie waren Ihre Freunde.«

»Und sind es bis auf den heutigen Tag.«

»Aber Miss Telyegin«, sagte Willow, »Sie sind doch eine gebildete Frau. Sie haben studiert. Sie sind belesen. Sie müssen wissen, dass Ratten Krankheiten übertragen.«

»Zu mir waren sie nur gut.«

»Ja. Ich sehe Ihnen an, dass Sie davon überzeugt sind. Aber das war damals, als Sie im Lager waren und keine Hoffnung hatten. Sie brauchen jetzt keine Ratten mehr. Lassen Sie Menschen ihren Platz einnehmen.«

Anfisa Telyegin senkte den Kopf. »Einbruch und Mord«, sagte sie. »Manche Dinge kann man nicht vergessen.«

»Aber man kann sie verzeihen. Und niemand hier möchte, dass Sie fortziehen. Wir wissen – ich weiß, dass Sie schon einmal Ihr Heim aufgeben mussten. In Port Terryton. Ich weiß, was dort passiert ist. Die Polizei, die Gerichtsverfahren… Miss Telyegin, bitte verstehen Sie doch, wenn Sie von hier wegziehen und woanders neu anfangen und wieder Ratten auf ihrem Grundstück dulden… Ist Ihnen denn nicht klar, dass sie dann wieder genau dort enden werden, wo Sie angefangen haben? Niemand wird zulassen, dass Sie Ratten den Vorzug vor Menschen geben.

»Das werde ich nicht wieder tun«, sagte Anfisa. »Aber ich kann nicht hier bleiben, nach allem, was geschehen ist.«

»Ist doch das Beste, Darling«, sagte Ava Downey und trank von ihrem Gin Tonic. Acht Monate waren seit der Rattennacht vergangen, und Anfisa Telyegin war aus ihrer Mitte verschwunden. In der Nachbarschaft war alles wieder wie früher, und die neuen Eigentümer von Nummer 1420 – ein Ehepaar namens Houston, er Rechtsanwalt, sie Kinderärztin, mit einem Au-pair-Mädchen aus Dänemark und zwei adretten Kindern von acht und zehn Jahren, die in ihrer Privatschule Uniform tragen mussten und ihre Bücher in ordentlichen Schulranzen vom Haus zum Auto und wieder zurück beförderten – taten endlich das, was die Anwohner sich schon lange wünschten. Wochenlang schwangen die Maler die Pinsel, schleppten die Tapezierer Tapetenrollen ins Haus, schmirgelten und beizten die Schreiner, schufen die Innenausstatter Elegantes an den Fenstern … Der Hühnerstall wurde abgerissen und verbrannt, der Efeu entfernt, der Lattenzaun erneuert, und vor dem Haus wurden eine Rasenfläche und Blumenrabatten angelegt, während hinten ein Garten im englischen Stil kreiert wurde. Sechs Monate später wurde die Napier Lane endlich vom *Wingate Courier* zum idealen Wohngebiet erhoben und Haus Nummer 1420 als repräsentatives Beispiel für die Vorzüge des Viertels vorgestellt.

Und es gab darüber keine Eifersucht, wenn auch die Downeys ziemlich kühl waren, als die übrigen Nachbarn den Houstons zur Wahl ihres Hauses als Vorbild perfekten Wohnens gratulierten. Immerhin hatten die Downeys ihr Haus lang vorher renoviert, und Ava hatte Madeline Houston von Beginn an netterweise ihre sachkundige Hilfe bei der Inneneinrichtung angeboten …

Auch wenn Madeline praktisch Avas gute Ratschläge alle in den Wind geschlagen hatte, hätte es sich für die Houstons gehört, bescheidene Zurückhaltung zu üben und die Ehre, die Napier Lane auch im Bild repräsentieren zu dürfen, an die Downeys abzutreten, die auf jeden Fall allen hier kluge Ratgeber waren, wenn es um Hausrenovierung und Innenausstattung ging. Aber die Houstons sahen das offenbar nicht so und stellten sich vergnügt vor dem Haus Nr. 1420 auf, als die Zeitungsfotografen anrückten. Die darauf folgende Titelseite des *Wingate Courier* ließen sie rahmen und hängten sie im Vestibül auf, wo jeder – auch die neiderfüllten Downeys – sie sehen konnte, der zu Besuch kam.

In den Worten »Ist doch das Beste, Darling«, schwangen also gemischte Gefühle mit, als Ava Downey sie zu Willow McKenna sagte, die im Vorübergehen stehen geblieben war, um ein wenig zu schwatzen. Sie hatte den kleinen Cooper dabei, der in seinem Kinderwagen ein Nickerchen machte. Ava saß in ihrem Schaukelstuhl aus Rattan auf der Vorderveranda ihres Hauses und genoss einen warmen Frühlingstag mit dem ersten Gin Tonic der Freiluftsaison. Ihre Worte bezogen sich auf Anfisa Telyegins Abgang von der Nachbarschaftsbühne, mit dem Willow noch immer nicht recht ausgesöhnt war – trotz der Ankunft der Houstons, die mit ihren Kindern, ihrem Au-pair-Mädchen und ihrem ernsthaften Renovierungsbemühen so viel besser in die Napier Lane passten.

»Kannst du dir vorstellen, was jetzt hier los wäre, wenn wir nichts unternommen hätten, um das Problem ein für allemal aus der Welt zu schaffen?«, fragte Ava.

»Aber wenn du sie an dem Abend gesehen hättest…« Willow wurde das Bild der Russin, wie sie in ihrem Garten gekniet und in den verwüsteten Efeu geschluchzt hatte, nicht los. »Und dann zu hören, was die Ratten ihr bedeuteten… Ich fühl mich einfach so….«

»Das ist eine verlängerte postnatale Depression«, erklärte Ava. »Weiter nichts. Du brauchst nur einen anständigen Drink. Beau! Beau, Schätzchen, bist du da, Darling? Mixe doch Willow –«

»Nein, nein. Ich muss das Abendessen machen. Und die Kinder sind allein. Außerdem… Ich bin einfach immer noch traurig über das alles. Es ist, als hätten wir sie von hier vertrieben, und ich hätte nie geglaubt, dass ich jemals so was tun würde, Ava.«

Ava zuckte nur die Schultern und klapperte mit ihren Eiswürfeln. »Es war das Beste«, sagte sie wieder.

Und Leslie Gilbert sagte finster: »Ist ja klar, dass Ava es so sieht. Die Südstaatler sind es gewöhnt, Menschen von ihren Grundstücken zu vertreiben. Das ist bei ihnen ein Sport.« Aber sie sagte das hauptsächlich, weil sie zugesehen hatte, wie Ava sich bei der Silvesterparty Owen an den Hals geworfen hatte. Sie hatte immer noch nicht vergessen, dass die beiden sich geküsst und dabei mit den Zungen herumgefuhrwerkt hatten, obwohl Owen das bis heute bestritt.

»Aber sie hätte nicht wegzuziehen brauchen«, klagte Willow. «Ich hatte ihr verziehen. Du nicht auch?«

»Natürlich. Aber wenn jemand sich schämt… was soll er da tun?«

Auch Willow schämte sich. Sie schämte sich darüber, in kopflose Panik geraten zu sein und Anfisa nachspioniert zu haben. Am meisten aber schämte sie sich darüber, dass sie der Frau, nachdem sie in Port Terryton die Wahrheit herausgefunden hatte, keine Chance gegeben hatte, die Dinge in Ordnung zu bringen, bevor die Männer eingriffen. Hätte sie das getan und Anfisa reinen Wein darüber eingeschenkt, was sie über sie erfahren hatte, so hätte Anfisa ganz sicher alles unternommen, um dafür zu sorgen, dass in East Wingate nicht das Gleiche geschah wie in Port Terryton.

»Ich habe ihr überhaupt keine Chance gegeben«, sagte sie zu Scott. »Ich hätte ihr sagen müssen, was wir für den Fall, dass sie es ablehnte, die Schädlingsbekämpfung zu holen, vorhatten. Ich finde, ich sollte ihr das wenigstens noch sagen: Dass wir zwar das Richtige getan haben, dass aber die Art und Weise, wie wir es getan haben, nicht in Ordnung war. Ich glaube, es wird mir gleich besser gehen, wenn ich das tue, Scott.«

Scott McKenna war der Meinung, es sei überflüssig, Anfisa Telyegin Erklärungen zu geben. Aber er kannte Willow. Sie würde keine Ruhe geben, bevor sie nicht die Versöhnung mit der ehemaligen Nachbarin herbeigeführt hatte, die sie für ihren eigenen Seelenfrieden zu brauchen meinte. Er persönlich fand, sie verschwende nur ihre Zeit, aber er steckte so tief in seiner Arbeit für die – Gott sei gelobt! – *zwölf* Kunden, derer sich seine Firma McKenna Computing Designs mittlerweile erfreute, dass er sich darauf beschränkte: »Tu, was du für richtig hältst, Will«, zu murmeln, als seine Frau schließlich erklärte, sie beabsichtige, Anfisa zu besuchen.

»Sie war im Gefangenenlager«, erinnerte Willow ihn. »In einem Konzentrationslager. Wenn wir das damals gewusst hätten, hätten wir bestimmt alles anders gemacht. Meinst du nicht?«

Scott hörte nur mit halbem Ohr zu. »Ja, ja, wahrscheinlich.«

Willow nahm es als Zustimmung.

Es war nicht schwierig, Anfisa ausfindig zu machen. Willow wandte sich an das Community College, wo eine verständnisvolle Sekretärin aus der Personalabteilung einen Kaffee mit ihr trank und ihr einen Zettel mit einer Adresse im knapp zweihundert Kilometer entfernten Lower Waterford über den Tisch schob.

Diesmal nahm Willow Leslie Gilbert nicht mit. Sie bat sie vielmehr, für den Tag auf Cooper aufzupassen. Da Cooper in einem Alter war, wo er die meiste Zeit schlief, wenn er nicht gerade gefüttert werden musste, und sie daher nicht auf ihre tägliche Zufuhr an Talkshows würde verzichten müssen, sagte Leslie zu. Und in ihrer Vorfreude auf das Thema ihrer Lieblingssendung an diesem Tag – *Ich hatte Gruppensex mit den Freunden meines Sohnes* – fragte sie Willow nicht einmal, was sie vorhabe und ob sie nicht Begleitung wolle.

Willow war das recht. Sie wollte sowieso mit Anfisa Telyegin allein sprechen.

Anfisas neues Haus in Lower Waterford war im Rosebloom Court, und eine neue Welle von Schuldgefühlen überspülte Willow, als sie es sah und mit Anfisas früheren Häusern in Port Terryton und in der Napier Lane verglich. Beide Häuser hatten historischen Wert besessen. Bei diesem hier war das nicht der Fall. Sie hatten den

Geist der Zeit gespiegelt, in der sie erbaut worden waren. Dieses hier spiegelte nichts weiter als das Bestreben eines geschäftstüchtigen Bauunternehmers, mit möglichst geringer Anstrengung möglichst viel Geld zu machen. Es war wie die Häuser, in die die Leute nach dem zweiten Weltkrieg in Scharen eingezogen waren: Gipswände, eine Betoneinfahrt mit einer Rinne in der Mitte, in der das Unkraut wucherte, und ein Dach aus Teerpappe. Der Anblick machte Willow tief traurig.

In ihrem Wagen sitzend, bereute sie alles, am meisten aber bereute sie ihre Neigung zur Panik. Hätte sie nicht bei der Begegnung mit der ersten Ratte den Kopf verloren, wäre sie nicht in Panik geraten, als sie den Kot in ihrem Gemüsegarten entdeckt und später von Anfisas Schwierigkeiten in Port Terryton erfahren hatte, so hätte sie die arme Person vielleicht nicht zu einem Dasein in dieser tristen Gasse mit den sterilen kleinen Gärten, in denen höchstens mal ein einziger Baum stand, mit den hässlichen Häusern und den holprigen Bürgersteigen voller Schlaglöcher verdammt.

»Es war ihre eigene Wahl, Darling«, hätte Ava Downey gesagt. »Und vergiss nicht den Hühnerstall, Willow. Das war doch wirklich nicht nötig, dass sie sich in ihrem Garten Ratten hielt, oder?«

Diese letzte Frage beschäftigte Willow, während sie in ihrem Auto vor Anfisas neuem Haus saß, und lenkte ihre Aufmerksamkeit auf die Tatsache, dass zwischen diesem Anwesen und dem letzten, das Anfisa bewohnt hatte, noch andere Unterschiede bestanden als der in der Art der Häuser. Hier gab es im Gegensatz zu dem Grundstück in der Napier Lane nirgends auch nur ein Blättchen Efeu. Es gab überhaupt nichts, was einer Ratte Unterschlupf geboten hätte. Der ganze Garten bestand aus kurz geschnittenem Rasen, ordentlich bepflanzten Blumenbeeten und ebenso ordentlich gestutzten Sträuchern.

Vielleicht, sagte sich Willow, hatte Anfisa Telyegin zwei Häuser und zwei Garnituren hellauf empörter Nachbarn gebraucht, um zu begreifen, dass sie keine Hoffnung hatte, ein ruhiges, unauffälliges Leben zu führen, wenn sie ihr Heim mit Ratten teilte.

Willow musste sich vergewissern, dass das, was sich in der Napier Lane abgespielt hatte, auch sein Gutes gehabt hatte, darum stieg sie aus dem Wagen und schlich zum Zaun, der den Garten hinter dem Haus umschloss. Ein Hühnerstall, eine Hundehütte oder ein Geräteschuppen wäre ein sehr schlechtes Zeichen. Aber ein Blick über den Zaun zur Terrasse, zum Rasen und zu den Rosenbüschen zeigte ihr, dass Anfisa diesmal keine Unterkunft für Ratten vorgesehen hatte.

»Manchmal lernen die Menschen nur durch schmerzliche Erfahrung, Willow«, hätte Ava Downey gesagt.

Und es sah in der Tat so aus, als hätte Anfisa Telyegin etwas gelernt, ob nun durch schmerzliche Erfahrung oder nicht.

Willow fühlte sich durch das, was sie sah, ein wenig befreit, aber sie wusste, dass die Erlösung erst fällig war, wenn sie sich vergewissert hatte, dass Anfisa sich in ihrer neuen Umgebung wohl fühlte. Ja, sie hoffte sogar, dass ein Gespräch mit ihrer ehemaligen Nachbarin zu einem Dankeswort Anfisas an die Leute aus der Napier Lane führen würde, die es geschafft hatten – wenn auch mit sehr drastischen Mitteln –, sie zur Vernunft zu bringen. Das wäre etwas, was Willow ihrem Mann und ihren Freunden zu Haus überbringen könnte, und damit könnte sie, die ja eigentlich an allem schuld war, ihre Ehre auch vor ihnen wiederherstellen.

Willow klopfte an die Tür, in eine kleine Nische eingelassen und mit einer Betonstufe davor. Sie verspürte einen Anflug von Beklommenheit, als sich ein Vorhang hinter dem Glas in der Tür bewegte, und rief, in der Hoffnung, die Frau zu beruhigen: »Miss Telyegin, sind Sie zu Hause? Ich bin's, Willow McKenna.«

Ihr Gruß hatte Wirkung. Die Tür wurde einen Spalt aufgezogen, und in ihm zeigte sich ein schmales Teilstück Anfisa Telyegins.

Willow lächelte. »Hallo! Ich hoffe, Sie haben nichts dagegen, dass ich hier einfach so hereinplatze. Ich war gerade in der Gegend und wollte sehen…« Sie verstummte. Anfisa starrte sie völlig verständnislos an. »Willow McKenna«, sagte sie noch einmal. »Ihre Nachbarin aus der Napier Lane. Erinnern Sie sich, Miss Telyegin? Wie geht es Ihnen?«

Da verzogen sich Anfisas Lippen zu einem Lächeln. Sie trat von der Tür weg. Willow nahm dies als Aufforderung, hereinzukommen, versetzte der Tür einen leichten Stoß und trat ins Haus.

Alles schien in bester Ordnung. Das Haus war pieksauber – gefegt, geschrubbt, poliert. Es hing zwar ein etwas eigenartiger Geruch in der Luft, aber das schrieb Willow der Tatsache zu, dass trotz des schönen Frühlingswetters nirgends ein Fenster geöffnet war. Das Haus war wahrscheinlich den ganzen Winter über nicht richtig gelüftet worden, und durch die Heizungsluft hatten sich sämtliche Küchendünste in den Räumen festgesetzt.

»Wie geht es Ihnen?«, fragte Willow herzlich. »Ich denke so oft an Sie. Unterrichten Sie jetzt an einem College hier in der Gegend? Sie fahren doch sicher nicht jeden Tag nach East Wingate?«

Anfisa lächelte selig. »Es geht mir gut«, antwortete sie. »Es geht mir sehr gut. Trinken Sie eine Tasse Tee?«

Diese warme Begrüßung tat Willow so gut wie ein Daunenplumeau in einer eisigen Winternacht. Sie sagte: »Haben Sie mir verziehen, Anfisa? Haben Sie mir wirklich und wahrhaftig verzeihen können?«

Anfisas Antwort hätte nicht tröstlicher sein können. »Ich habe in der Napier Lane viel gelernt«, sagte sie. »Ich lebe nicht mehr so, wie ich damals lebte.«

»Ach, tatsächlich?«, sagte Willow. »Ich bin ja so froh!«

»Setzen Sie sich, setzen Sie sich«, sagte Anfisa. »Hier hinein, bitte. Ich koche uns einen Tee.«

Nur zu gern setzte sich Willow an den Tisch und sah Anfisa zu, die mit heiterer Geschäftigkeit in der Küche hantierte. Sie erzählte, während sie den Kessel mit Wasser füllte und Teetassen aus dem Schrank nahm.

Sie habe sich hier gut eingelebt, berichtete sie Willow. Es sei ein schlichteres Viertel, sagte sie, Leuten wie ihr, die schlichtere Bedürfnisse und Vorlieben hatten, angemessener. Die Häuser und Gärten seien bescheiden wie sie selbst, und die Leute kümmerten sich nicht viel um ihre Umgebung.

»Das ist besser für mich«, erklärte Anfisa. »Es entspricht mehr dem, was ich gewöhnt bin.«

»Aber ich hoffe doch, Sie sehen die Napier Lane nicht als einen großen Irrtum für sich«, entgegnete Willow.

»Ich habe in der Napier Lane viel über das Leben gelernt«, erwiderte Anfisa. »Viel mehr als irgendwo sonst. Und dafür bin ich dankbar. Ihnen. Und allen Nachbarn. Ich lebte nicht so, wie ich jetzt lebe, wenn die Napier Lane nicht gewesen wäre.«

Sie lebe, erklärte sie, in Frieden. Und es zeigte sich in der Tat vielleicht weniger in ihren Worten als in ihrem Handeln, den wechselnden Ausdrücken von Freude, Zufriedenheit und Glück, die über ihr Gesicht zogen, während sie sprach. Sie wollte wissen, wie es Willows Familie gehe: ihrem Mann, dem kleinen Mädchen und seinem Brüderchen. Und es sei ja wohl in der Zwischenzeit ein drittes dazugekommen, nicht wahr? Ob sie noch mehr Kinder wolle? Ja, sicherlich, nicht?

Willow errötete bei dieser letzten Frage, die einiges über Anfisas Intuition verriet. Ja, bekannte sie, sie wolle noch mehr Kinder haben. Tatsächlich sei sie ziemlich sicher, dass der vierte McKenna bereits unterwegs war, obwohl sie ihrem Mann noch nichts davon gesagt hatte.

»Eigentlich wollte ich nicht schon so bald nach Cooper das nächste Kind«, gestand Willow. »Aber nun ist es mal passiert, und ich muss sagen, ich freue mich wahnsinnig. Ich liebe große Familien. Ich habe mir immer eine große Familie gewünscht.«

»Ja.« Anfisa lächelte. »Die kleinen Geschöpfchen. Durch sie wird das Leben erst schön.«

Willow erwiderte das Lächeln. Sie war so beglückt über den Empfang, den Anfisa ihr bereitete, über ihre offen zur Schau getragene Freude über alles, was Willow ihr erzählte, dass sie sich vorbeugte und Anfisa die Hand drückte. »Ich bin so froh, dass ich hierher gekommen bin«, sagte sie. »Sie kommen mir vor wie ein anderer Mensch.«

»Ich bin ein anderer Mensch«, erwiderte Anfisa. »Ich tue nicht mehr das, was ich früher getan habe.«

»Sie haben gelernt«, konstatierte Willow. »Genau darum geht es im Leben.«

»Das Leben ist schön«, stimmte Anfisa zu. »Es ist ein volles Leben.«

»Wie ich mich freue, das zu hören! Das klingt wie Musik in meinen Ohren, Anfisa. Ich darf Sie doch so nennen, ja? Anfisa? Ich möchte Ihre Freundin sein.«

Anfisa drückte Willow die Hand, wie die zuvor die ihre gedrückt hatte. »Freundinnen«, sagte sie. »O ja. Das wäre schön, Willow.«

»Vielleicht können Sie einmal nach East Wingate kommen und uns besuchen«, sagte Willow. »Und wir kommen zu Ihnen zu Besuch. Wir haben im Umkreis von achthundert Kilometern keine Verwandten, und wir fänden es wunderbar, wenn Sie – wenn Sie unseren Kindern so etwas wie eine Großmutter sein könnten. Natürlich nur, wenn Ihnen das recht ist. Wissen Sie, das hatte ich mir schon erhofft, als Sie in der Napier Lane eingezogen sind.«

Anfisas Gesicht leuchtete auf, sie drückte eine Hand auf ihre Brust. »Ich? Sie wollten mich als Großmutter für Ihre Kleinen?« Sie lachte, unverkennbar entzückt über die Vorstellung. »Ach, das wäre ich gern. Von Herzen gern. Und Sie« – wieder ergriff sie Willows Hand –

»Sie sind zu jung, um eine Großmutter abzugeben. Dann müssen Sie eben die Tante sein.«

»Die Tante?« Willow lächelte, obwohl sie keine Ahnung hatte, wovon Anfisa redete.

»Ja, ja«, bestätigte Anfis. »Die Tante meiner Kleinen, so wie ich die Großmutter Ihrer Kleinen sein werde.«

»Ihrer...« Willow schluckte. Sie konnte es sich nicht verkneifen, einen scharfen Blick in die Runde zu werfen. Dann zwang sie sich zu einem Lächeln und sagte: »Sie haben auch was Kleines? Das wusste ich gar nicht, Anfisa.«

»Kommen Sie!« Anfisa stand auf und legte Willow die Hand auf die Schulter. »Sie müssen sie kennen lernen.«

Willow folgte, obwohl sie gar nicht wollte. Sie folgte Anfisa aus der Küche ins Wohnzimmer und von dort durch einen schmalen Gang. Der Geruch, den sie wahrgenommen hatte, als sie ins Haus gekommen war, wurde intensiver und noch intensiver, als Anfisa eine Zimmertür öffnete.

»Ich habe sie hier drinnen untergebracht«, sagte Anfisa über ihre Schulter hinweg zu Willow. »Die Nachbarn wissen nichts, und Sie dürfen nichts verraten. Ich habe aus der Zeit in der Napier Lane wahrhaftig viel gelernt.«

Vorbemerkung zu *Vergiss nie, dass ich dich liebe*

Über diese Geschichte habe ich mir lange den Kopf zerbrochen. Vor einigen Jahren hörte eine Freundin von einem Fall, wo ein Mann seiner Frau gewissermaßen »mit dem letzten Atemzug« eine Liebeserklärung gemacht hatte, die mir angesichts der geschilderten Umstände mit Liebe überhaupt nichts zu tun zu haben schien. Meine erste Reaktion auf den kurzen Bericht war Empörung. Meine zweite Reaktion war Zorn. Meine dritte Reaktion war typisch für jeden, dem das Schreiben im Blut liegt: Ich dachte mir, was für eine gute Kurzgeschichte das abgeben würde.

Aber nun kam der schwierige Teil: Ich musste mir überlegen, was für Ereignisse im Leben des Ehepaares, das in meiner Kurzgeschichte die Hauptrolle spielen sollte, in einer solchen letzten Liebeserklärung des Mannes an seine Frau kulminieren könnten, und wie die Situation beschaffen sein müsste, in der er diese Erklärung machte. Ich spielte endlos mit verschiedenen Möglichkeiten. Auf einer Wandertour in Cinque Terre in Italien dachte ich daran, die Story dort anzusiedeln. Dann lockten mich wieder die italienischen Seen als Schauplatz, und ich erwog ernsthaft, meine Geschichte auf der Isola de Pescatores spielen zu lassen. Das Problem war nur, dass mir – abgesehen von der möglichen Kulisse für die Story – überhaupt nichts einfiel. Und es ist schwierig, eine Kurzgeschichte zu schreiben, wenn die ganze Dynamik sich aus dem Schauplatz entwickeln soll.

Aber schließlich stieß ich in einem Gespräch mit meinem Freund doch auf den Dreh- und Angelpunkt der Geschichte, den *Grund* für den Tod des Ehemannes. Und als ich den hatte, konnte ich loslegen. Ich schickte meine Assistentin in die Bibliothek und ins Internet, um die Informationen zu sammeln, die ich brauchte, und begann inzwischen die Personen zu schaffen, die die Welt Eric und Charlotte Lawtons bevölkern würden. Sehr schnell wurde mir klar, dass ich für diese Story überhaupt keinen ausgefallenen Schauplatz brauchte. Ganz im Gegenteil, sie passte wunderbar hierher, nach Kalifornien, vor meine eigene Haustür.

Nachdem ich meinen elften Roman abgeschlossen hatte, fand ich endlich die Zeit, die Geschichte zu schreiben. Und hier ist sie nun, meine Antwort darauf, warum dieser Unbekannte, von dem eine meiner Freundinnen mir erzählt hatte, unmittelbar vor seinem Tod zu seiner Frau sagte: »Vergiss nie, dass ich dich liebe.«

Vergiss nie, dass ich dich liebe

Charlie Lawton weinte nicht, als sie am offenen Grab ihres Mannes stand. Sie hatte vorher geweint – als das Schreckliche geschehen war und auch bei der Trauerfeier. Sie hatte Ströme von Tränen geweint. Nun war sie leer und ließ den Lauf der Dinge wie betäubt über sich ergehen.

Zuvor hatte man ihr sämtliche Optionen zur Gestaltung des Begräbnisses aufgezählt: Sie konnte den Geistlichen ein weiteres Gebet sprechen lassen – nur ein kurzes, diesmal – und sich dann unverzüglich zu einem, zweifellos niederdrückenden, Empfang begeben, wo die Trauergäste bei Speise und Trank eine letzte Gelegenheit erhielten, Eric Lawtons Witwe mit unzulänglichen Worten ihr Beileid auszudrücken. Oder sie konnte am Grab verweilen und zusehen, wie der hastig ausgesuchte Sarg in die Grube hinuntergelassen wurde. Danach konnte sie eine Blume aus dem Trauerkranz wählen, den sie selbst mit schmerzgetrübtem Blick, und wie hinter einer Nebelwand stehend, zwei Tage zuvor gekauft hatte. Diese Blume konnte sie, den Trauergästen damit Anstoß gebend, ein Gleiches zu tun, ins Grab werfen und dann zur wartenden Limousine gehen. Oder sie konnte dem ganzen Begräbnis beiwohnen, bis zu dem Moment, wenn der Laster mit der Kipppritsche – der schon in diskreter Entfernung bereitstand – über den Rasen angerumpelt kam und die Erde über den Walnussholzsarg schüttete. Sie konnte bleiben, bis das Grab geschlossen, das Erdreich festgetrampelt und die Grasquadrate wieder ausgelegt waren. Sie konnte auch noch zusehen, wie am Pfosten das Plastikschildchen befestigt wurde, das zur Kennzeichnung diente, bis der Grabstein gesetzt wurde. Sie konnte seinen Namen lesen – Eric Lawton –, als könnte ihr das helfen zu begreifen, dass er tot war; und den Rest konnte sie sich denken: Eric Lawton, geliebter Ehemann von Charlotte. Gestorben im zweiundvierzigsten Lebensjahr.

Sie entschied sich für die erste Möglichkeit. Es war leichter, sich abzuwenden, als den Sarg für immer verschwinden zu sehen. Und was die Frage anging, ob sie den Trauergästen Gelegenheit geben wollte, sich von Eric zu verabschieden, indem sie eine Blume ins Grab warfen – sie wollte möglichst durch nichts daran erinnert werden, wie klein die Trauergemeinde war.

Später, als sie zu Hause war, überfiel sie der Schmerz wie ein Virus. Sie stand am Fenster, ein beißendes Kratzen im Hals, und fühlte sich wie von einem heraufziehenden Fieber geschüttelt. Während sie in den Garten hinausblickte, den sie und ihr Mann mit so viel Sorgfalt und Liebe angelegt und gepflegt hatten, hörte sie hinter sich die taktvoll gedämpften Stimmen der Gäste.

»Wirklich tragisch«, flüsterte es.

»Ein wunderbarer Mensch«, murmelten einige, und ein Mann sagte: »Ein wunderbarer Mensch in jeder Hinsicht.«

Außer in einer, dachte Charlie.

Von hinten legte jemand den Arm um sie, und sie überließ sich der Wärme der langjährigen Freundschaft mit Bethany Franklin, die noch am Abend, als Charlie sie angerufen hatte, aus Hollywood in diesen seelenlosen Vorort der seelenlosen Stadt Los Angeles gekommen war. »Eric«, hatte Charlie nur weinend hervorgestoßen. »Bethie! O Gott!«, und Bethany war gekommen. »Dieses gottverdammte Motorrad«, hatte sie in einem Ton gesagt, als knirschte sie innerlich mit den Zähnen, und dann: »Ich bin schon unterwegs. Hörst du mich, Charlie? Ich bin schon unterwegs.«

Jetzt sagte sie leise: »Hältst du durch, Liebes? Oder soll ich die ganze Bagage hier zur Tür hinausbefördern?«

Mit einiger Anstrengung hob Charlie ihre Hand zu der Bethanys, die auf ihrer Schulter lag. »Alles hat damit angefangen, dass ich ihn die Harley hab kaufen lassen, Beth.«

»Du hast ihn gar nichts tun *lassen*, Charles. So läuft das nicht.«

»Ein Tattoo hatte er sich auch machen lassen. Hab ich dir das erzählt? Zuerst das Tattoo. Nur auf dem Arm. Na und, hab ich mir gedacht. Den Tick haben die Kerle zur Zeit alle. Dann kam die Harley. Was habe ich falsch gemacht?«

»Gar nichts«, antwortete Bethany. »Es war nicht deine Schuld.«

»Wie kannst du das mit solcher Sicherheit sagen? Das alles ist nur passiert, weil –«

Bethany drehte die Freundin zu sich herum. »Hör auf damit, Charles«, sagte sie. »Was waren seine letzten

Worte zu dir?« Sie wusste es natürlich. Es war eines der ersten Dinge, die Charlie ihr erzählt hatte, als die Hysterie nachgelassen und der darauf folgende Schock eingesetzt hatte. Sie stellte die Frage nur, damit Charlie die Worte noch einmal hören und aufnehmen musste.

»›Vergiss nie, dass ich dich immer lieben werde‹«, zitierte sie.

»Und er hat das bestimmt nicht ohne Grund gesagt.«

»Aber warum hat er dann –«

»Es gibt Fragen im Leben, die einem niemals beantwortet werden.« Bethany drückte Charlie an sich, um sie wissen zu lassen, dass sie nicht allein war, auch wenn sie sich im Moment so fühlte und in den kommenden Monaten vielleicht fühlen würde, ohne ihren Mann in dem großen, teuren Haus außerhalb der Stadt, das sie vor drei Jahren gekauft hatten, weil er gemeint hatte: »Es wird Zeit für eine Familie, Char, findest du nicht? Und niemand kann behaupten, dass die Stadt für Kinder gesund ist.« Mit einem ansteckenden Lächeln hatte er das gesagt, und einem Elan, hinter dem die für ihn typische rastlose Energie steckte, die ihn stets wach und lebendig gehalten hatte.

Zur Schar der Trauergäste blickend, sagte Charlie: »Ich kann es immer noch nicht fassen, dass seine Eltern nicht gekommen sind. Ich habe eigens seine Exfrau angerufen und sie benachrichtigt. Ich habe sie gebeten, seiner Familie Bescheid zu geben – na ja, seinen Eltern, sonst gibt es ja, glaube ich, niemanden –, aber keiner von ihnen hat auch nur geschrieben oder angerufen, Beth. Weder sein Vater noch seine Mutter, nicht einmal seine eigene Tochter.«

»Vielleicht hat die Ex – wie heißt sie übrigens?«

»Paula.«

»Vielleicht hat Paula die Nachricht nicht weitergegeben. Wenn es eine bittere Scheidung war –?«

»Ziemlich, ja. Es ging um einen anderen Mann. Und Eric hat sich mit Paula um das Sorgerecht für Janie gestritten.«

»Na bitte, das könnte es gewesen sein.«

»Aber das ist doch Jahre her!«

»Hast du eine Ahnung, wie nachtragend die Leute sein können!«

»Du hältst es für möglich, dass sie seine Eltern gar nicht benachrichtigt hat?«

»Kann doch sein«, meinte Bethany.

Dieser Gedanke, dass Paula es in Ausübung postumer Rache an ihrem einstigen Ehemann unterlassen haben könnte, seine Eltern von seinem Tod zu benachrichtigen, veranlasste Charlie zu dem Entschluss, selbst mit dem Ehepaar Lawton Kontakt aufzunehmen. Das Problem dabei war allerdings, dass Eric, so traurig das war, schon lange keine Verbindung mehr zu seinen Eltern gehabt hatte. Er hatte es Charlie gebeichtet, als nach Thanksgiving das erste gemeinsame Weihnachten vor der Tür stand. Ihrer Familie eng verbunden, trotz der räumlichen Entfernung, die sie von ihr trennte, hatte sie Eric gefragt, wie sie es mit den kommenden Feiertagen »halten« wollten. »Möchtest du sie bei deiner Familie verbringen oder bei meiner? Oder sollen wir die Tage zwischen den Familien aufteilen? Oder vielleicht alle zusammen bei uns feiern?

»Bei uns« war damals eine Drei-Zimmer-Wohnung in

den Hügeln Hollywoods gewesen, von der Eric jeden Morgen zu seiner Arbeit in einem fernen Vorort aufbrach, während Charlie zu ihren Casting-Terminen eilte und hoffte, irgendwann in der Zukunft einmal eine anspruchsvollere Rolle zu ergattern als die der treu sorgenden Hausfrau und Mutter in Werbespots für Seifenflocken. Eine Drei-Zimmer-Wohnung mit einer Miniküche war nicht gerade ideal für große Familienfeiern, darum hatte sie sich innerlich bereits auf die unvermeidliche Portionierung der Tage zwischen Ende November und Anfang Januar vorbereitet: Thanksgiving an einem Ort; der Heilige Abend an einem anderen; der erste Weihnachtsfeiertag an einem dritten; und Silvester schließlich mit einer Flasche Champagner allein zu Hause vor dem offenen Kamin mit dem künstlichen Feuer. Aber natürlich waren die Feiertage ganz anders verlaufen, nachdem Eric ihr die traurige Geschichte von der Entfremdung zwischen ihm und seinen Eltern erzählt hatte; von dem Jagdunfall, der die Ursache dieser Entfremdung war, und seinen Folgen.

»Ich bin gestolpert, und da ist das Gewehr losgegangen«, gestand er ihr eines Nachts in der Dunkelheit, den Mund in ihr Haar gedrückt. »Wenn ich gewusst hätte – ich wusste nicht, was ich tun sollte. Ich hatte keine Ahnung von Erster Hilfe. Er ist einfach verblutet, Char, während ich ihn schüttelte wie ein Wahnsinniger und heulend seinen Namen rief und ihn anflehte, durchzuhalten, bitte nicht zu sterben.«

»Es tut mir so Leid«, sagte sie und zog seinen Kopf an ihre Brust, weil ihm die Stimme brach und er sich heftig zitternd an sie klammerte und weil sie es nicht kannte, dass ein Mann Emotionen zeigte. »Dein eigener Bruder! Eric, wie entsetzlich.«

»Er war achtzehn. Sie wollten mir verzeihen. Sie haben sich bemüht. Aber er war – Brent war so etwas wie ihr Kronprinz. Ich konnte ihn nicht ersetzen. Allmählich entfernte ich mich innerlich von ihnen, anfangs nur ein wenig, dann immer mehr. Und sie ließen es zu. Es war für uns alle das Beste. Wir konnten es nicht überwinden. Wir kamen nicht darüber hinweg.«

Charlie versuchte, sich vorzustellen, wie es für ihn gewesen sein musste: Erwachsen zu werden, sich zum reifen Mann zu entwickeln, und immer das Wissen mit sich herumzuschleppen, dass er seinen Bruder getötet hatte. Sie waren auf Vogeljagd gewesen, im Morgengrauen draußen am Rand der Wüste, wo die Tauben überwinterten. Sie waren schon von Kindheit an regelmäßig auf Vogeljagd gegangen, zuerst mit ihrem Vater und später – als Brent alt genug war, um selbst Auto zu fahren – allein. Und auf ihrem zweiten Ausflug war es zu dem Unfall gekommen.

»Sie haben dir wahrscheinlich schon vor Jahren verziehen«, sagte sie tröstend zu ihrem Mann. »Hast du mal versucht, mit ihnen Verbindung aufzunehmen?«

»Ich möchte es nicht in ihren Augen sehen. Wenn sie mir ins Gesicht schauen und versuchen so zu tun, als wäre nichts als Liebe in diesem Blick.«

»Aber es ist sicher kein Hass darin.«

»Nein, das nicht. Aber Schmerz, an dem ich schuld bin. Weil ich ungeschickt war. Leichtsinnig. Ich habe das Gewehr nicht richtig gehalten und nicht darauf geachtet, wie ich meine Füße setze.«

»Du warst erst fünfzehn«, wandte Charlie ein.

»Alt genug.«

Wofür?, fragte sie sich. Aber nach einer Weile fand sie die Antwort: Alt genug, um verschwinden zu können.

Aber sie hatten trotz allem ein Recht, zu erfahren, dass er tot war, und darum beschloss sie, Marilyn und Clark Lawton, deren Wohnort sie nicht kannte, ausfindig zu machen und vom Schicksal ihres Sohnes zu informieren. Sie wusste, dass Eric das gewollt hätte. Die Tatsache, dass er im Wohnzimmer eine wahre Galerie von Familienbildern aufgebaut hatte, war Beweis genug, dass ihm der Verlust des elterlichen Zuhauses bis zuletzt schmerzlich bewusst gewesen war.

Am Tag nach seiner Beerdigung trat sie vor das Regal mit den Fotos. Benommenheit und Gliederschmerzen plagten sie nach dem Trauma der vergangenen Woche. Sie hatte immer noch ein Kratzen im Hals – schon seit dem Abend von Erics Tod – und kämpfte seit Tagen vergeblich gegen das Gefühl einer fiebrigen Schwäche. Sie wusste schon gar nicht mehr, wie es war, sich normal und gesund zu fühlen. Aber es gab so viel zu tun.

Die Bilder standen wie Eindringlinge zwischen den Büchern rechts und links vom offenen Kamin. Sie wusste, wer die Personen auf den Fotos waren, weil Eric es ihr mehrmals gesagt hatte. Aber er hatte sie alle nur beim Vornamen benannt, was ihr unter den gegebenen Umständen wenig Hilfe war. Tante Marianne bei der Abschlussfeier nach der High School; Großtante Shirley mit ihrem Mann Pat; Großmutter Louise (väterlicher- oder mütterlicherseits, Eric?), Onkel Ross, Brent, als er sieben war; Mutter mit zehn, Dad mit dreizehn; die Eltern an ihrem Hochzeitstag; Großvater und seine Brüder; Großmama Jessie-Lynn. Sie wusste nicht einen einzigen Nachnamen außer dem seiner Eltern. Und ein Blick ins Telefonbuch zeigte ihr, dass in der näheren Umgebung keine Lawtons mit den Vornamen Clark oder Marilyn lebten.

Das hatte sie allerdings auch nicht erwartet. Sie hatte es gehofft, aber ihr war natürlich klar gewesen, dass Jagdausflüge an den Rand der Wüste auf einen Ort hindeuteten, der in noch trockeneren Regionen lag als der Vorort von Los Angeles, wo sie und Eric ihr Haus gekauft hatten.

Sie zog eine Karte von Kalifornien zu Rate und erwog, ihre Suche ganz im Süden zu beginnen, unten an der Staatsgrenze. Sie könnte über die Telefonauskunft sämtliche Orte entlang des Highways 805 abgrasen. Aber sie kam nicht weit über Paradise Hills hinaus, bevor sie sich dieses aufwändige Unternehmen aus dem Kopf schlug.

Sie kehrte zu den Bildern zurück und nahm sie alle vom Regal mit in die Küche, wo sie sie vorsichtig auf der Arbeitsplatte aus Granit niederlegte. Es waren alte Aufnahmen, die letzte war die von Brent im Alter von sieben Jahren, einige sogar sorgsam gehütete Ferrotypien. Aber manchmal vermerkten die Leute hinten auf ihren Fotos, wen sie zeigten, und wo und wann sie aufgenommen waren, und wenn Erics Verwandte das auch so gehalten hatten, würde sie vielleicht hier einen Hinweis auf ihren Verbleib entdecken.

Sie entfernte vorsichtig den Rücken jedes Rahmens und inspizierte die Rückseiten der Fotografien. Nur auf zwei von ihnen fand sie einen Vermerk. Auf dem Bild von Erics Bruder stand, von zierlicher Hand geschrieben: Brent Lawton, sieben Jahre alt, Yosemite, und hinten auf dem Foto einer der Großmütter hieß es in krakeliger Schrift: Jessie-Lynn kurz vor Merles Hochzeit. Das war alles, was sie fand.

Seufzend begann sie, die Fotos wieder in ihre Rahmen zu schieben: Glas, Bild, Pappverstärkung, samtüberzogener Rücken.

Als sie sich das Hochzeitsfoto der Lawtons vornahm, sah sie, dass neben Glas, Foto, Verstärkung und Rücken noch etwas im Rahmen gesteckt hatte. Vielleicht hatte es damit zu tun, dass das Fotopapier umso dünner wurde, je jünger die Aufnahme war. Wie dem auch sein mochte, hinter das Hochzeitsfoto hatte jemand eine zusätzliche Füllung eingeschoben, um dafür zu sorgen, dass das Bild stramm im Rahmen saß. Es handelte sich um einen zusammengefalteten Zettel, der sich, geglättet, als leeres Blatt von einem Rechnungsblock entpuppte, oben mit den Worten *Time on My Side* und einer Adresse in der Front Street in Temecula, Kalifornien, bedruckt.

Charlie holte wieder ihre Karte. Erregung und triumphierende Gewissheit durchzuckten sie, als sie Temecula am Rand der Wüste fand, direkt an einem anderen Wüsten-Freeway gelegen, als wartete es nur darauf, ihr seine Geheimnisse preiszugeben.

Sie fuhr nicht sofort los. Eigentlich hatte sie gleich am nächsten Tag aufbrechen wollen, aber als sie erwachte, war das Kratzen in ihrem Hals zu brennendem Schmerz geworden, und die Gliederschmerzen hatten sich in

Schüttelfrost verwandelt. Das war mehr als nur Erschöpfung und Kummer, das war eine ausgewachsene Grippe.

Sie war niedergeschlagen, aber nicht sonderlich überrascht. Sie lebte ja seit Tagen einzig von ihrer Nervenkraft, praktisch ohne zu essen und zu schlafen. Kein Wunder, dass es sie erwischt hatte.

Widerwillig schleppte sie sich in den Drugstore und inspizierte mit tränenden Augen die Regale mit den Erkältungs-und Grippemitteln, die schnelle und wirkungsvolle Bekämpfung – oder wenigstens vorübergehende Lahmlegung – des bösartigen kleinen Bazillus versprachen, der sich in ihrem Körper eingenistet hatte. Sie kannte die allgemeine Empfehlung, reichlich Flüssigkeit und Bettruhe, und kaufte daher gleich einen großen Vorrat an Dosensuppen ein. Hauptsache, die Mikrowelle funktionierte, sagte sie sich, dann konnte ihr nichts passieren. Erics Familie musste eben die vierundzwanzig oder achtundvierzig Stunden warten, die sie brauchen würde, um wieder zu Kräften zu kommen.

So kam es, dass sie erst zwei Tage später die Fahrt nach Temecula antrat. Aber nicht allein, sondern in Begleitung von Bethany Franklin. Sie fühlte sich nach achtundvierzig Stunden Bettruhe, die nur von Exkursionen zum Kühlschrank und zur Mikrowelle gestört worden war, zwar wieder einigermaßen frisch, aber nicht so frisch, dass sie sich zutraute, eine solche Strecke ganz allein zu fahren.

Bethany hielt nichts von der ganzen Idee. »Du schaust zum Erbarmen aus«, sagte sie unumwunden, als sie in einem schnittigen kleinen BMW, der ihr ganzer Stolz war, angebraust kam. »Du solltest dich lieber ins Bett legen, anstatt in der Gegend herumzugondeln und eine Großfahndung nach – wen suchen wir überhaupt?« Sie hatte einen Beutel Cheetos mitgebracht – »das reine Manna«, behauptete sie, den Beutel schwenkend, als wollte sie ein Taxi anhalten – und kaute genüsslich, während sie Charlie in die Küche folgte.

Charlie nahm die Fotografie von Erics Eltern und das Rechnungsformular der Firma *Time on My Side*.

»Ich möchte mit seinen Eltern sprechen«, erklärte sie. »Ich weiß nicht, wo sie leben. Das hier sind die einzigen Hinweise, die ich habe.«

Bethany nahm das Bild und das Rechnungsformular an sich, während Charlie berichtete, wo sie Letzteres gefunden hatte. »Warum rufen wir nicht einfach dort an, Charles?«, schlug sie vor. »Die Nummer steht doch drauf.«

»Und wenn das Geschäft, oder was es ist, Erics Eltern gehört? Was sagen wir dann?«, fragte Charlie. »Wir können doch nicht eiskalt am Telefon …« Sie spürte, wie ihr die Tränen in die Augen schossen. Schon wieder. *Vergiss nie, dass ich dich liebe, Char.* »Das ist unmöglich, Beth. Das können wir nicht machen.«

»Okay, da hast du Recht. Per Telefon geht das nicht. Aber du bist nicht fit genug für so eine Fahrt. Lass mich das erledigen, wenn es dir so wichtig ist.«

»Nein, mir geht's gut. Ich fühle mich wieder viel besser. Es war nur eine Grippe.«

Sie schlossen einen Kompromiss: Sie würden nicht mit offenem Verdeck fahren, und Charlie würde eine Thermosflasche mit Nudelsuppe und einen Karton Orangensaft mitnehmen, um sich auf der langen Fahrt nach Südosten immer wieder zu stärken. Nachdem das vereinbart war, fuhren sie los, den Highway 15 hinunter, der sich wie eine Betonschlucht durch die felsigen Berge zwängte, die die kalifornische Wüste vom Meer trennten. Geldgierige Baugesellschaften hatten das staubige Land hier ausgebeutet und zur Errichtung von Wohnsiedlungen missbraucht, die alle gleich aussahen – die Häuser eintönig mausgrau, von nicht einem Baum beschattet, mit Hohlpfannen nach italienischem Vorbild gedeckt, was den Schöpfer einer dieser Monstrositäten veranlasst hatte, seinem Werk völlig absurd den Namen »Toskana« zu geben.

Kurz nach ein Uhr mittags erreichten sie Temecula und fanden ohne Schwierigkeiten die Front Street. Sie umfasste jenen Teil des Orts, den die Stadtväter euphemistisch die »historische Altstadt« nannten, die schon lange vor der entsprechenden Ausfahrt mit großen Schildern auf dem Freeway angezeigt war.

Die »historische Altstadt« bestand aus mehreren Häuserzügen, die von der übrigen Stadt – dem neuen Teil – durch eine Eisenbahnlinie, den Freeway, ein kleines Gewerbegebiet und städtische Lagerhallen getrennt waren. Sie bildeten eine zweispurige Straße, in der es außer Souvenirläden, Antiquitätengeschäften und Restaurants nur noch ein paar Cafés und Eisdielen gab. Kurz, mit »historische Altstadt« war nichts anderes als das Touristenparadies gemeint. Vielleicht war hier früher einmal der Mittelpunkt des Orts gewesen, jetzt war das Viertel ein Anziehungspunkt für alle, die wenigstens einen Tag lang dem anonymen Meer endloser Vorstädte, das sich von Los Angeles nach allen Richtungen ausbreitete, zu entfliehen suchten. Es gab Holzbürgersteige und Adobehäuser, Backsteinbauten, getüncht oder ungetüncht, mit oder ohne Stuckverzierungen. Es gab farbenfrohe Wimpel, originelle Ladenschilder und einen großen Lageplan mit einem roten Sie-befinden-sich-hier-Punkt am Rand des öffentlichen Parkplatzes. Man war mitten in der Hauptstraße von Disneyland gelandet, ohne den unverschämten Eintrittspreis bezahlen zu müssen.

»Und du fragst mich, warum ich mich am liebsten überhaupt nicht aus LA fortbewege?«, sagte Bethany, als sie den Wagen in eine freie Lücke lenkte und sich schaudernd umsah. »Da hast du Südkalifornien in Hochform, meine Liebe. Kitsch und Nepp, so weit das Auge reicht. Mich erinnert das hier an Calico Ghost Town. Warst du da mal? Die einzige Geisterstadt auf der Welt, aus der jemand mit Erfolg ein Einkaufszentrum gemacht hat.«

Charlie lächelte und wies auf den Plan, der die so genannte historische Altstadt zeigte. »Komm, schauen wir uns den mal an.«

Sie stellten fest, dass *Time on My Side* zu den Geschäften gehörte, die sich im ersten Abschnitt der Touristenstraße befanden. Auf der Fahrt hatten sie gemeinsam überlegt, dass es wahrscheinlich ein Laden war, wo Uhren verkauft wurden, aber als sie hinkamen, sahen sie, dass es – wie so viele Geschäfte in der Straße – eine Antiquitätenhandlung war. Sie gingen hinein.

Leises Knurren empfing sie, gefolgt von einer mahnenden Männerstimme. »Hey, Maxie! Lass das!« Der Befehl war an einen Norwich Terrier gerichtet, der zusammengerollt auf einem alten Polstersessel lag. Daneben stand ein altmodischer Sekretär, an dem unter einer hellen Lampe ein Mann saß, der mit einer Klemmlupe eine Porzellanflasche prüfte. Er hob den Kopf und sah über den Ladentisch hinweg zu Bethany und Charlie hinüber. »Entschuldigen Sie. Manche Leute verstehen das falsch. Es ist nur ihre Art, guten Tag zu sagen. Schlaf weiter, Maxie.« Der Hund schien zu verstehen. Er ließ den Kopf mit einem tiefen Seufzer wieder auf die Vorderpfoten sinken, und seine Augen begannen sich zu schließen.

Charlie betrachtete aufmerksam das Gesicht des Mannes, suchte eine Ähnlichkeit, hoffte, in diesen von den Jahren gezeichneten Zügen einen Eric zu entdecken, den sie so niemals erleben würde. Er hatte das richtige Alter, um Erics Vater sein zu können – etwa siebzig. Und er war schlank und drahtig wie Eric, hatte den gleichen offenen Blick und schien, so wie er unablässig mit einem Fuß gegen die Querleiste seines Stuhls klopfte, von der gleichen rastlosen Energie getrieben zu sein.

»Fühlen Sie sich wie zu Hause«, sagte er. »Sehen Sie sich in Ruhe um. Suchen Sie etwas Bestimmtes?«

»Um ehrlich zu sein«, antwortete Charlie, während sie und Bethany näher traten, »suche ich eine Familie. Die Familie meines Mannes.«

Der alte Mann kratzte sich am Kopf. Er stellte die Porzellanflasche auf den Sekretär und legte die Lupe daneben. »Familien verkauf ich leider nicht«, sagte er mit einem Lächeln.

»Die, die wir suchen, heißt Lawton«, erklärte Bethany.

»Marilyn und Clark Lawton«, fügte Charlie hinzu.

»Wir – das heißt *ich* hatte gehofft, Sie könnten uns vielleicht – Sie sind nicht zufällig Mr. Lawton?«

»Henry Leel«, sagte er.

»Oh.« Charlie war enttäuscht. Die Erkenntnis, dass der Mann nicht Erics Vater war, traf sie heftiger, als sie erwartet hatte. Sie sagte: »Nun ja, wir sind sowieso nur auf gut Glück hier herausgefahren. Aber ich hoffte trotzdem... Sie kennen auch nicht zufällig hier im Ort eine Familie namens Lawton?«

Henry Leel schüttelte den Kopf. »Tut mir Leid. Sind sie in der Antiquitätenbranche?« Er umfasste mit einer Handbewegung seinen Laden, der bis unter die Decke mit Möbeln und Trödel voll gestopft war.

»Ich weiß nicht...« Charlie wurde plötzlich schwindlig, und sie hielt sich am Verkaufstisch fest.

Bethany nahm sie beim Arm. »Komm! Ich halt dich«, sagte sie und fügte, zu Henry Leel gewandt, hinzu: »Sie hat gerade erst eine Grippe überwunden. Und vor ungefähr einer Woche – ist ihr Mann gestorben. Seine Eltern wissen nichts davon, deswegen suchen wir sie.«

»Das sind die Lawtons?«, fragte Henry Leel, und als Bethany nickte, sah er Charlie mitleidig an. »So jung und schon Witwe! Das arme Ding.«

»Ja, sie ist wirklich noch viel zu jung, um schon Witwe zu sein. Und wie ich eben sagte, sie war krank.«

»Dann kommen Sie doch mit ihr hier rüber, da kann sie sich einen Moment setzen. – Maxie, runter vom Sessel! Los, mach schon. Du hast mich genau verstanden. – So. Warten Sie, ich nehme das Kissen runter, Miss – Mrs. – wie sagten Sie, ist Ihr Name?«

»Lawton«, antwortete Charlie. »Bitte entschuldigen

Sie. Ich fühle mich schon eine ganze Weile nicht wohl. Sein Tod – er kam so plötzlich.«

»Das tut mir wirklich Leid. Kommen Sie. Ich mach Ihnen einen Tee mit einem Schuss Brandy. Das bringt Sie bestimmt wieder auf die Beine. Bleiben Sie ruhig so lange sitzen.«

Er schloss die Ladentür ab und verschwand in einem Hinterzimmer. Als er mit dem Tee kam, brachte er hilfsbereit das örtliche Telefonbuch mit. Aber sie fanden niemanden mit dem Namen Lawton darin.

Charlie schluckte ihre Enttäuschung hinunter. Sie trank ihren Tee und fühlte sich danach so weit gestärkt, dass sie Henry Leel erklärte, wie sie und Bethany dazu gekommen waren, bei ihrer Suche nach Erics Familie seinen Laden als Ausgangspunkt zu nehmen. Als sie, mit ihrem Bericht zum Ende gekommen, das Hochzeitsbild von Erics Eltern hervorholte, sah Henry sich dieses lang und aufmerksam an, die Stirn dabei so angestrengt gekraust, als wollte er sich ein Wiedererkennen mit Gewalt abpressen. Aber dann schüttelte er doch langsam den Kopf. »Sie kommen mir irgendwie bekannt vor, das muss ich sagen. Aber ich kann nicht mit gutem Gewissen behaupten, sie zu kennen. Außerdem verkaufe ich alte Fotos, die nicht viel anders sind als das hier, da sieht nach eine Weile *jeder* auf einem Foto aus wie jemand, den ich irgendwo mal gesehen hab. Kommen Sie, ich zeig's Ihnen.«

Er ging in eine dunkle Ecke des Ladens und nahm vom Bord eines alten Küchenschranks einen kleinen Kasten, den er zu Charlie und Bethany zurückbrachte. »Ich verkauf nicht allzu viele. Die meisten an Cafés, Theatergruppen und Rahmengeschäfte, die sie für Ausstellungszwecke brauchen. Hier, sehen Sie selbst.« Er ließ den Kasten mit einem Plumps auf den Sekretär fallen. »Schauen Sie. Ihr Foto… das passt haarscharf in die letzte Serie da im Kasten. Ein bisschen jünger, vielleicht, aber ich hab auch welche aus der gleichen Zeit. Schaut so aus – lassen Sie mich mal sehen. Genau. Schaut mir nach Fünfzigerjahre aus. Späte Fünfziger. Vielleicht auch frühe Sechziger.«

Gleich bei den ersten Bemerkungen über die Fotografien war Charlie unbehaglich geworden. Aus Furcht, was ihr Gesicht vielleicht verriet, wagte sie nicht, Bethany anzusehen. Gehorsam blätterte sie die alten Aufnahmen durch und konnte nicht umhin, zu bemerken, dass in der Sammlung alle Arten von Fotografien aus den verschiedensten Zeiten vertreten waren. Da gab es Ferrotypien, alte Schwarz-Weiß-Schnappschüsse, Atelieraufnahmen, handkolorierte Porträts. Einige waren auf der Rückseite von Hand beschrieben, mit Hinweisen auf die abgebildeten Personen oder Orte. Charlie wollte nicht daran denken, was das bedeutete. *Jessie-Lynn kurz vor Merles Hochzeit.*

Henry Leel sagte: »Und wie kommen Sie darauf, dass Sie diese Lawtons hier auftreiben würden? In diesem Laden hier in Temecula?«

»Wir haben ein Rechnungsformular gefunden«, antwortete Bethany. »Charlie, zeig ihm, was in dem Rahmen steckte.«

Charlie reichte Henry Leel den Zettel, und während der alte Mann ihn mit zusammengekniffenen Augen betrachtete, sagte sie: »Es war wahrscheinlich ein Zufall. Das Bild – das von seinen Eltern – saß vermutlich ein bisschen locker im Rahmen, und er hat den Zettel benutzt, um den Zwischenraum auszustopfen. Ich entdeckte ihn und ... Ich wollte so gern seine Eltern finden und habe deshalb voreilige Schlüsse gezogen. Das ist alles.«

Henry Leel rieb sich nachdenklich das Kinn. Er neigte den Kopf zur Seite und tippte mit dem Zeigefinger, der durch irgendeinen Pilzbefall einen schwarzen Nagel hatte, auf das Rechnungsformular. »Die Formulare sind nummeriert«, bemerkte er. »Sehen Sie? Eins-null-fünf-acht in der rechten oberen Ecke. Warten Sie einen Augenblick. Vielleicht kann ich Ihnen helfen.« Er kramte in den Fächern seines Sekretärs und riss damit Maxie aus dem Schlummer. Sie hob den Kopf und sah ihn schläfrig zwinkernd an, ehe sie sich wieder einrollte. Henry Leel brachte einen abgegriffenen schwarzen Hefter mit weichem Umschlag zum Vorschein und warf ihn auf die Schreibtischplatte. »Dann wollen wir doch mal sehen, was wir hier haben.«

Der Hefter enthielt Kopien von Rechnungen über Artikel, die bei *Time on My Side* verkauft worden waren. Henry Leel blätterte zurück zu den Kopien vor und nach Nummer 1058. Die Rechnung 1059 war auf eine Barbara Fryer mit einer Adresse in Huntington Beach ausgestellt. »Tja, das ist leider keine Hilfe«, sagte Henry Leel bedauernd, setzte aber mit einem Blick auf die nachfolgende Kopie sogleich hinzu: »Aha! Da haben wir, was wir suchen. Sie sagten doch Lawton, nicht wahr? Hier haben wir einen Lawton, schauen Sie.«

Er drehte das Rechnungsbuch in Charlies Richtung,

und diese sah, was sie zu sehen erwartet hatte, sobald sie begonnen hatte, in den alten Fotos zu blättern – ohne allerdings zu wissen oder zu verstehen, *warum* sie das sehen würde. *Eric Lawton* stand auf der Rechnungskopie Nummer eins-null-fünf-sieben. Statt einer Adresse war nur eine Telefonnummer angegeben: Erics Durchwahl bei dem Pharmaunternehmen, bei dem er in den sieben Jahren, die Charlie ihn gekannt hatte, Verkaufsdirektor gewesen war.

Unter Erics Namen war eine Liste von Artikeln aufgeführt. *Goldenes Medaillon (14 Karat)*, las Charlie, *Porzellandose, 19. Jahrh.*, *Damenring mit Brillanten*, *japanischer Fächer*. Und darunter wiederum stand *10 Fotos*.

Bethany tippte mit dem Finger darauf und sagte: »Charles, ist das –«

Charlie ließ sie nicht aussprechen. Ihre Glieder fühlten sich bleischwer an, aber sie bewegte dennoch ihren Arm, drehte das Rechnungsbuch wieder herum und sagte: »Nein. Es ist – ich suche einen Clark oder eine Marilyn Lawton. Das ist jemand anders.«

»Oh!«, meinte Henry Leel. »Tja, dann wird der Mann es wohl nicht gewesen sein. Er war sowieso zu jung. Ich erinnere mich an ihn. Er war so – na, sagen wir, um die Vierzig. Vielleicht auch fünfundvierzig. Ich erinnere mich deshalb, weil er – schauen Sie! – fast siebenhundert Dollar ausgegeben hat. Der Ring und das Medaillon waren die großen Käufe, und man macht nicht jeden Tag so ein Geschäft. Ich weiß noch, dass ich zu ihm sagte: ›Da kann sich eine gewisse junge Dame aber freuen‹, und er mir zuzwinkerte und sagte: ›Jede junge Dame, die's mit mir zu tun hat, kann sich freuen.‹ Daran erinnere ich mich genau. Ganz schön selbstbewusst, dachte ich. Aber selbstbewusst auf eine nette Art, wenn Sie verstehen, was ich meine.«

Charlie lächelte schwach. Sie stand auf. »Danke«, sagte sie. »Vielen Dank für Ihre Hilfe.«

»Tut mir Leid, dass ich nicht mehr für Sie tun konnte«, erwiderte Henry Leel. »Wollen Sie wirklich jetzt fahren? Sie sind ganz blass um die Nase. Wenn Sie mich fragen, brauchen Sie erst mal einen Brandy.«

»Nein, nein, danke. Ich fühle mich ganz wohl«, beteuerte Charlie. Sie fasste Bethany am Arm und zog sie aus dem Laden hinaus.

Draußen, vor dem Laden, war noch eines der alten Geländer, an denen man früher die Pferde festgebunden hatte. Charlie hielt sich daran fest und sah zur Straße hinaus. Sie dachte an *10 Fotos* und was das bedeutete: eine falsche Familie, preiswert in Temecula, Kalifornien, gekauft. Aber was *bedeutete* das? Und was sagte es ihr über ihren Mann?

Sie zwinkerte, um die Tränen zurückzudrängen. Bethany stand an ihrer Seite, und Charlie war der Freundin dankbar für ihr Schweigen. Sie standen stumm nebeneinander, während draußen auf der hellen Straße Autos vorüberfuhren und auf dem Bürgersteig Fußgänger sich an ihnen vorbeidrängten, um in irgendeinen Laden zu eilen.

Als Charlie wieder sprechen konnte, sagte sie: »Weißt du, was? Ich habe ihm vorgeworfen, er ginge fremd. Nicht an dem Abend. Ungefähr eine Woche vorher.«

Bethany sagte in bedrücktem Ton: »Das Medaillon

hat er wohl nicht dir geschenkt? Und den Ring auch nicht?«

»Nein. Genauso wenig wie die Porzellandose.«

»Vielleicht hat er die Sachen Janie geschickt. In dem Bemühen, ein guter Vater zu sein.«

»Zu mir hat er nie was davon gesagt.« So sehr Charlie versuchte, sich zu beherrschen, jetzt begann sie doch zu weinen. »Er war seit ungefähr drei Monaten irgendwie verändert. Anfangs glaubte ich, es hätte mit der Arbeit zu tun – dass vielleicht die Umsätze zurückgegangen wären oder so was. Aber dann kam es ein paar Mal vor, dass er am Telefon war und auflegte, wenn ich ins Zimmer kam. Er kam häufig spät nach Hause. Er hat mich immer angerufen, um mir Bescheid zu geben, aber die Gründe waren – ach, Beth, es war alles so durchsichtig.«

Bethany seufzte. »Charles, ich weiß nicht. Es schaut ziemlich übel aus, das geb ich zu. Aber irgendwie krieg ich das nicht mit Eric zusammen.«

»Kriegst du eine Harley-Davidson mit ihm zusammen? Und ein Tattoo von einer Schlange, die sich seinen Arm hinaufringelt?« Charlie begann, heftiger zu weinen und schluchzend von ihren Ängsten und argwöhnischen Vermutungen zu sprechen sowie von ihren heimlichen Unternehmungen in der letzten Woche vor Erics Tod. Als sie ihn früher beschuldigt hatte, sie zu betrügen, habe er das bestritten, erzählte sie Bethany, und zwar mit so viel ungläubiger Entrüstung, dass Charlie beschlossen hatte, ihm zu glauben. Aber drei Wochen später hatte er ganz beiläufig gesagt, sie solle sich mit der Inneneinrichtung des Hauses Zeit lassen, insbesondere mit ihren Plänen für ein Kinderzimmer, denn »wir wissen ja gar nicht, wie lange wir noch in diesem Haus leben werden«, und das hatte ihren schrecklichen Verdacht wieder aufleben lassen.

Sie hatte sich selbst dafür gehasst, dass sie an Eric zweifelte, aber sie hatte es nicht geschafft, die Zweifel zu besiegen. Sie hatten sie beständig geplagt, so dass sie angefangen hatte, ihn auf entwürdigende Weise zu bespitzeln. Es war ihr peinlich, dies zuzugeben, aber sie war so weit gegangen, sein Badezimmer – man stelle sich das vor! – nach Spuren einer anderen Frau zu durchsuchen, die womöglich in ihrer – Charlies – Abwesenheit mit Eric im Haus gewesen war.

Während sie erzählte, wischte sie sich die Augen und lachte sogar zitternd über ihr Verhalten. Sie habe sich benommen wie die tragische Heldin einer Seifenoper, eine Frau, deren Leben rapide den Bach runtergeht, aber einzig durch eigenes Zutun. Sie hatte die Telefonrechnungen auf der Suche nach unbekannten Nummern überprüft; sie hatte in Erics Adressbuch herumgeschnüffelt, weil sie meinte, sie würde geheimnisvolle Initialen entdecken, die für den Namen einer Geliebten standen; sie hatte seine schmutzige Wäsche nach verräterischen Lippenstiftflecken durchgesehen; sie hatte seine Kommodenschubladen durchwühlt und nach Erinnerungsstücken, Rechnungen, Briefen, abgerissenen Theater- oder Kinokarten gekramt; sie hatte das Schloss seines Aktenkoffers mit einer Haarnadel geöffnet und jedes einzelne Papier darin gelesen, als wären die Berichte der Firma Biosyn verschlüsselt geschriebene Liebesbriefe oder Tagebücher.

Das alles hatte sie ihm schließlich beichten müssen, als

sie sich dazu hinreißen ließ, eine Flasche Hustensaft zu öffnen, die sie in seinem Badezimmer fand. Dabei wusste sie nicht einmal, warum sie sie öffnete – was sie darin zu entdecken erwartete! Einen Flaschengeist, vielleicht, der ihr die Wahrheit sagen würde? Kurz und gut, die Flasche war ihr aus der Hand gerutscht und auf den Steinboden geknallt, wo das ganz Zeug ausgelaufen war. Das hatte sie endlich zur Besinnung gebracht – nach diesem wachsenden Gefühl der Frustration darüber, nichts beweisen zu können, diesem innerlichen Aha!, als sie die Flasche sah, packte und mit zitternden Händen aufschraubte, nach dem Schrecken, als sie ihren Fingern entglitt und zersprang und der Hustensaft sich in einer bernsteinbraunen Pfütze auf den Boden ergoss. Als das geschah, war ihr schlagartig klar geworden, wie sinnlos ihre Spitzelei war und was für eine hässliche Person sie aus ihr machte. Darum hatte sie schließlich ihrem Mann gebeichtet. Es schien ihr die einzige Möglichkeit, das, was sie quälte, hinter sich zu lassen.

»Er hat mich angehört und war völlig außer sich. Und nachdem wir miteinander geredet hatte, zog er sich in sich selbst zurück. Ich dachte, er wollte mich damit bestrafen, und fand, ich hätte es verdient. Was ich getan hatte, war gemein gewesen. Aber ich sagte mir, er würde mit der Zeit schon darüber hinwegkommen, wir würden es beide vergessen, und die Geschichte würde ein Ende haben. Aber eine Woche später war er tot. Und jetzt …« Charlie sah zur Ladentür hinüber. »Jetzt wissen wir es, nicht wahr? Wir wissen, was. Wir wissen nur nicht, wer. Komm, Beth, fahren wir nach Hause.«

Bethany Franklin war nicht bereit, gleich das Schlimmste von Eric Lawton zu glauben. Sie machte Charlie darauf aufmerksam, dass alle ihre Nachforschungen nichts erbracht hatten. Es könne genauso gut sein, dass Eric einfach Weihnachtsgeschenke für sie gehortet hatte. Oder Geburtstagsgeschenke. Oder Valentinsgeschenke. Es gibt Menschen, die kaufen sofort, wenn sie etwas sehen, was ihnen gefällt, erklärte Bethany, und heben die Sachen dann für den geeigneten Anlass auf.

Aber für die Fotos sei das keine Erklärung, entgegnete Charlie. Er hatte sich seine Familie im *Time on My Side* gekauft. Und was hatte das zu bedeuten?

Dass er irgendwo eine andere Familie hatte. Neben Paula und deren Tochter, und neben ihr selbst.

In den folgenden zwei Tagen kämpfte Charlie gegen die wieder aufflammende Grippe und nutzte die Stunden im Bett, um sich zu überlegen, wer aus Erics kleinem Freundeskreis in der Lage und bereit wäre, ihr die Wahrheit über das geheime Leben ihres Mannes zu sagen. Sie entschied sich schließlich für Terry Stewart, Erics Anwalt, Tennispartner und alter Kindergartenfreund. Wenn Eric Lawton ein verborgenes Leben geführt hatte, dann musste Terry Stewart es wissen.

Aber noch ehe sie ihn anrufen konnte, um sich mit ihm zu verabreden, erhielt sie einen ersten Hinweis darauf, welcher Art das zweite Leben ihres Manns möglicherweise gewesen sein könnte. Eine seiner Mitarbeiterinnen kam zu Besuch, eine Frau, die Charlie nie kennen gelernt, von der sie nie gehört hatte. Sie hieß Sharon Pasternak (»Nicht verwandt und nicht verschwägert«, erklärte sie lächelnd, nachdem sie sich an der Haustür vorgestellt hatte.) und entschuldigte sich dafür, dass sie unangemeldet vorbeigekommen war. Sie wolle fragen, sagte sie, ob sie kurz Erics Arbeitsunterlagen durchsehen dürfe. Sie hatte mit ihm zusammen an einem Bericht für den Aufsichtsrat gearbeitet, und Eric hatte den größten Teil des Materials mit nach Hause genommen, um es zu ordnen und zu einem logischen Ganzen zusammenzufügen.

»Mir ist klar, dass es sehr früh ist – äh –, Sie wissen, was ich meine. Und ich würde ja auch warten, wenn das möglich wäre«, sagte Sharon Pasternak, als Charlie sie ins Haus bat. »Aber die Aufsichtsratssitzung ist nächsten Monat, und da ich den Bericht jetzt allein zusammenstellen muss ... Es tut mir wirklich Leid, dass ich Sie belästigen muss ... Aber ich kann die Sache nicht länger liegen lassen.«

Sie wirkte ernsthaft, schien es zu bedauern, auch nur Erics Namen aussprechen zu müssen, schien seiner Witwe unter keinen Umständen zusätzlichen Schmerz bereiten zu wollen. Alles, was sie tat und sagte, war völlig in Ordnung. Andererseits aber stellte sie sich als Molekularbiologin vor, was Charlie veranlasste, sich zu fragen, wieso eine Wissenschaftlerin des Unternehmens und der Verkaufsdirektor gemeinsam einen Bericht verfassen sollten.

Misstrauisch, alle Sinne hellwach, führte Charlie Sharon Pasternak in Erics Arbeitszimmer, wo auf dem Schreibtisch sein Aktenkoffer lag. Sharon warf ihr einen lächelnden Blick zu. »Darf ich ... ist es Ihnen recht, wenn ich mich hier setze?« Sie legte eine Hand auf Erics Drehsessel. »Es dauert vielleicht ein Weilchen.« Sie machte eine ausholende Geste: »Er hat so viele Akten.«

»Aber natürlich«, antwortete Charlie, so freundlich sie konnte. »Lassen Sie sich Zeit. Irgendwann muss ich diese Sachen alle einmal durchsehen, aber nehmen Sie ruhig mit, was Ihre gemeinsame« – sie ließ absichtlich einen Moment verstreichen, ehe Sie fortfuhr – »Arbeit betrifft.«

Sharon Pasternak wurde rot und senkte den Blick. Sie sagte: »Vielen Dank«, und hob den Kopf, als sie hinzufügte: »Es tut mir so Leid, Mrs. Lawton. Er war ein feiner Mensch. Er war so ein feiner Mensch.« Sie fixierte Charlie mit viel sagendem Blick, hielt sie viel zu lange in diesem Blick fest.

So ist das also, dachte Charlie. So war das also, wenn man plötzlich dem Objekt der heimlichen Begierde seines Ehemanns gegenüberstand. Nur eines wunderte sie – Sharon Pasternak war überhaupt nicht Erics Typ: mollig, praktisch geschnittenes, dunkles Haar, kaum Make-up, zu dicke Fesseln. Nein, sie war nicht sein Typ. Dennoch musste die Frage gestellt werden: Was *war* denn Eric Lawtons Typ gewesen? Wer war sein Typ gewesen? Wusste seine Frau das überhaupt?

Charlie ging in ihr Schlafzimmer und zog die Vorhänge zu. In der Dunkelheit liegend, lauschte sie auf die Geräusche aus dem Arbeitszimmer, wo Erics Mitarbeiterin kramte, wo sie kramen zu müssen glaubte. Charlie hatte bei ihrer rasenden Suche nach einem Beweis für die Untreue ihres Mannes selbst schon in diesem Zimmer das Unterste zuoberst gekehrt. Wenn Sharon tatsächlich die heimliche Geliebte war, hätte Charlie ihr gern gesagt, dass ihr Geheimnis sicher war oder zumindest sicher gewesen war, bis sie vor Eric Lawtons Haustür aufgekreuzt war. Dumme Idee, Miss Pasternak.

»Wie Boris?«, fragte später Bethany. »Ich meine, das ist ja nicht gerade ein Allerweltsname. Hast du dir einen Ausweis zeigen lassen? Vielleicht hat sie dich angelogen.«

»Warum? Wenn sie wirklich Erics Geliebte war, was spielt es dann für eine Rolle, ob ich ihren Namen weiß oder nicht?«

»Vielleicht ist sie gar nicht Erics Geliebte, Charles. Vielleicht ist sie jemand ganz anderes.«

Charlie ließ sich dies Argument mit allem, was es implizierte, durch den Kopf gehen. »Ich muss mit Terry Stewart sprechen«, entschied sie. »Terry weiß bestimmt, mit wem Eric zusammen war.«

»*Wenn* er mit jemandem zusammen war! Aber warum musst *du* das überhaupt wissen?«

»Weil ich ...« Charlie holte tief Luft. »Ich brauche Absolution, und die bekomme ich durch die Wahrheit.«

»Absolution wovon?«

»Davon, dass ich nicht weiß, was ich glauben soll.«

»Das ist doch keine Sünde!«

»Für mich schon.«

Charlie wusste, dass sie Erics besten Freund, Terry Stewart, von dem ihr Mann so oft behauptet hatte: »Er ist mein bester Freund auf der ganzen Welt – er hat mich nie im Stich gelassen und würde es auch niemals tun«, überraschen musste und ihm keine Zeit lassen durfte, sich eine Deckgeschichte für das auszudenken, was er möglicherweise über Eric verheimlichen wollte. Da er Anwalt war – Erics Anwalt noch dazu –, war mit seiner Entschlossenheit zu rechnen, die Geheimnisse seiner Mandanten wenn nötig mit ins Grab zu nehmen. Sie wollte ihm daher auf keinen Fall einen offiziellen Besuch abstatten, und das hieß, dass sie versuchen musste, ihn an einem Ort, der nichts mit der Kanzlei zu tun hatte, abzupassen.

Der Fitnessclub erwies sich als der geeignete Ort. Auf dem Weg zu den Tennisplätzen, wo sie ihn vermutete, sah sie seinen Wagen mit der ihr bekannten Nummer auf dem Parkplatz stehen und hielt an. Nachdem sie ihn, durch die großen Glasfenster des Gebäudes, auf dem Laufband erkannt hatte, beschloss sie, zu warten, bis er herauskam. Gleich nebenan war ein Starbucks, und sie ging hinein.

Sie saß am Fenster und trank einen Milchkaffee, als die Tür des Fitnessclubs aufgestoßen wurde und Terry auf die Straße trat. Er lief auf seinen Wagen zu und zog im Gehen seinen Schlips gerade. Er sah aus wie frisch geschrubbt – nasses Haar und rot glänzendes Gesicht. Sie klopfte ans Fenster, um ihn auf sich aufmerksam zu machen. Er wandte den Kopf in ihre Richtung, erkannte sie, blieb stehen, lächelte. Dann kam er näher und trat wenig später zu ihr an den Tisch.

»Wie geht es dir, Charlie?« Seine Miene war ernst und teilnahmsvoll.

Charlie zuckte die Schultern. »Ganz okay. Es ist mir schon besser gegangen, aber ich werde es überleben.«

»Es tut mir Leid, dass ich nicht angerufen habe. Ich bin wahrscheinlich ein elender Feigling. Wenn ich darüber spreche, fängt sie bestimmt an zu weinen, habe ich mir gesagt. Und ich kann nicht darum herum reden, das wäre Heuchelei. Aber ich möchte sie nicht zum Weinen bringen. Sie hat genug geweint. Vielleicht geht es ihr schon wieder besser, und dann würde ich alles nur von neuem aufwühlen.« Er zog einen Stuhl heraus und setzte sich. »Es tut mir wirklich Leid.«

»Er hatte eine Geliebte, richtig?«

Terry fuhr zurück, sichtlich erschrocken über diesen Frontalangriff. »Eric?«

»Zuerst dachte ich, ja. Dann dachte ich, nein. Das heißt, eigentlich hat er mich davon überzeugt. Aber jetzt... Er *hatte* eine Geliebte, nicht wahr?«

»Aber nein! Guter Gott, wie kommst du denn darauf?«

»Er hat sich so verändert, Terry. Die Harley, zum Beispiel, und das Tattoo.«

»Mensch, Charlie, in diesem Viertel hier wimmelt's von Typen um die Vierzig, deren Wochenendvergnügen darin besteht, auf ihren Harleys durch die Gegend zu donnern. Sie haben Frauen, Kinder, Katzen, Hunde, müssen ihr Auto und ihr Haus abbezahlen und fragen sich eines Morgens beim Aufwachen: Ist das wirklich alles? Es reicht ihnen nicht mehr. Midlife-Krise nennt man das. Sie wollen die Spannung wiederhaben. Und holen sie sich mit einem schnellen Motorrad. Das ist alles.«

»Aber er hat heimlich telefoniert, kam häufig spät nach Hause, angeblich, weil er länger gearbeitet hatte. Und dann war eine Frau bei mir und wollte seine Sachen durchsehen. Eine gewisse Sharon Pasternak, Molekularbiologin bei Biosyn. Sie sagte, sie hätten zusammen an einem Bericht gearbeitet – sie und Eric. Kannst du mir sagen, wieso Eric mit einer Biologin zusammen einen Bericht geschrieben haben soll, Terry? Und er hätte Unterlagen mit nach Hause genommen, die sie brauchte, um den Bericht jetzt allein zusammenzustellen. Aber als sie ging, nahm sie kein Stück mit. Was soll ich daraus schließen?«

»Keine Ahnung.«

»Ich denke, es liegt auf der Hand. Sie hat nach Spuren gesucht.«

»Spuren wovon?«

»Du weißt, was ich meine. Er hatte eine Geliebte. Vielleicht war sie es.«

»Das ist ausgeschlossen.«

»Warum? Warum ist das ausgeschlossen?«

»Weil – Herrgott noch mal, Charlie, er war verrückt nach dir. Schon vom ersten Tag an.«

»Dann hat sie etwas anderes gesucht. Aber was?«

»Charlie, Mensch! Jetzt beruhig dich mal, okay? Du schaust aus wie Braunbier mit Spucke, entschuldige den harten Ausdruck. Schläfst du genug? Isst du richtig? Hast du mal daran gedacht, für ein paar Tage wegzufahren?«

»Er hat mir über seine Familie nur Lügen aufgetischt. Er hatte Fotos und hat vorgetäuscht… Du hast sie doch auch gesehen, Terry. Du warst bei uns zu Hause. Du hast die Fotos gesehen, und du hast seine Familie gekannt. Du bist mit ihm zusammen aufgewachsen. Du musst also gewusst haben…« Charlotte umklammerte mit beiden Händen die Tischkante, als ihr Magen sich plötzlich schmerzhaft zusammenkrampfte. In ihren Därmen rumorte es. Ihre Hände waren feucht. Sie war drauf und dran, zusammenzuklappen, und war wütend darüber, darum hob sie die Stimme und rief laut: »Ich will das wissen. Ich habe ein Recht darauf. Du musst mir sagen, was du weißt.«

Terry sah vor allem verwirrt aus. »Von was für Fotos sprichst du?«, fragte er.

Charlie erklärte es ihm. Er hörte ihr aufmerksam zu, aber dann schüttelte er den Kopf. »Ja, natürlich habe ich Erics Familie gekannt. Aber nur seine Mutter, seinen Vater und seinen Bruder. Brent. Und selbst wenn ich mir die Fotos genauer angesehen hätte – was ich nicht getan habe, ich meine, wer sieht sich schon die Familienfotos in anderer Leute Häuser näher an, man wirft doch höchstens im Vorbeigehen einen Blick auf sie und basta –, also, selbst wenn ich sie mir genauer angesehen hätte, hätte ich niemanden erkannt. Erics Mutter ist gestorben, als wir beide ungefähr acht waren, und vorher war sie fünf Jahre bettlägerig. Nach einem Schlaganfall. Ich habe sie in der Zeit vielleicht einmal gesehen! Wie hätte ich sie da auf einem Foto … Nie im Leben. Ich kannte sie ja überhaupt nicht. Und Brent und Erics Vater habe ich seit bestimmt zehn Jahren nicht mehr gesehen. Vielleicht ist es auch schon länger her. Die hätte ich auf einem Foto auch nicht erkannt.«

Charlie hatte auf einmal ein Dröhnen in den Ohren. »Brent?«, sagte sie leise. »Der ist doch ums Leben gekommen. Bei dem Unglücksfall. Und danach haben Erics Eltern –«

»Bei was für einem Unglücksfall?«, fragte Terry.

»Mit dem Gewehr. Bei der Vogeljagd. In der Wüste. Eric ist gestolpert, und Brent ist –« Sie brach ab. Terrys Miene verriet ihr mehr, als sie wissen wollte. Sie war den Tränen nahe. »O Gott! O mein Gott!«

«Komm, komm, Charlie.« Terry tätschelte ihr unbeholfen die Hand. »Du meine Güte. Ich weiß nicht, was ich sagen soll.«

»Sag mir einfach alles, was zu weißt. Sag mir, warum er gelogen hat. Sag mir, wer sie ist. Sag mir, wer er war.«

»Ich schwöre –«

Sie schlug mit der flachen Hand auf den Tisch. »Er war dein bester Freund!«

Terry warf einen Blick über die Schulter zum Tresen, wo die Bedienung mehr Interesse an ihrem Gespräch zeigte als an den Milchkaffees, die sie gerade machte. Dann wandte er sich wieder Charlie zu. »Es hat in seiner Familie einen Riesenkrach gegeben. Vor Jahren war das. Aber das ist alles, was ich weiß. Er hat nicht darüber gesprochen, und ich habe nicht gefragt.«

»Und warum hat er mir nichts davon erzählt? Warum hat er mir vorgemacht –«

»Ich weiß es nicht. Vielleicht klang es – na ja, interessanter oder so was.«

»Dass man den eigenen Bruder erschossen hat? Das kann nicht dein Ernst sein. So was würde ein Mann seiner Frau doch nur erzählen, wenn er vermeiden will, dass sie ihm Fragen nach seiner Familie stellt und sich wundert, weil er keinerlei Kontakt zu ihr hat. Aber warum sollte ein Mensch das vermeiden wollen, Terry? Da gibt's doch nur eine Antwort: Weil er noch ein zweites Leben führte, von dem sie wussten. Richtig?«

»Aber das stimmt nicht.«

»Woher weißt du das?«

»Hör zu, ist dir klar, was es an Planung bedarf, ein Doppelleben zu führen, wie es dir vorschwebt? Du lieber Gott! Weißt du, was das allein an Geld verschlingen würde? So viel Geld hatte er nicht, Charlie. Das Einzige, was er hatte, waren Rosinen im Kopf, wie wir alle.«

»Wie meinst du das?«

»Na ja, er hat Sprüche gemacht. Du weißt doch, wie er war.«

»Was für Sprüche?«

»Ich brauche jetzt erst mal eine Tasse Kaffee.« Terry stand auf und ging zum Tresen, wo er bestellte, seine Brieftasche herauszog und wartete.

Er will Zeit schinden, dachte Charlie, um sich sein Märchen zurechtzulegen. Zum ersten Mal seit Erics Tod fragte sie sich, ob es überhaupt einen Menschen gab, dem sie vertrauen konnte, und ließ sich bei diesem Gedanken deprimiert auf ihrem Stuhl zurücksinken.

»Er hat von Barbados geredet, von Grenada, den Bahamas«, sagte Terry, als er wieder zu ihr kam. Er stellte den Cappuccino auf den Tisch und riss ein Beutelchen Zucker auf. »Er hat davon geschwafelt, dass er sein Geld dorthin bringen und ein ganz neues Leben anfangen wollte, den ganzen Tag am Strand in der Hängematte liegen und Pina Coladas trinken.«

»Mein Gott, was war da eigentlich los?«, rief Charlie.

»Ja, verstehst du denn nicht? Gar nichts! Er war zweiundvierzig. *Das* war los. Er hat Sprüche gemacht, das war alles. Männer tun das. Sie reden von Geldanlage, von Börsengeschäften, von schnellen Autos und Frauen mit großem Busen, von Jachten und großen Regatten, möglichst gleich um den America's Cup. Sie reden davon, dass sie im Himalaya wandern und in Venedig einen Palazzo mieten wollen. Ehrlich, Charlie, es war nur Gerede. So was ist bei vielen zweiundvierzigjährigen Männern gang und gäbe.«

»Bei dir auch?«

Terry lief rot an. «Na ja, das ist so eine Männergeschichte.«

»Bei dir auch?«

»Nicht alle Männer sind gleich.« Und als er die Verzweiflung in ihrem Gesicht sah, fügte er hastig hinzu: »Charlie, es war nichts, gar nichts. Es wäre vorbeigegangen.«

»Er fühlte sich eingesperrt und hat etwas dagegen unternommen.«

»Bestimmt nicht.«

»Aber dann ist etwas passiert, was ihn daran hinderte, seine Pläne auszuführen, und da saß er dann richtig fest und –«

»Nein. So war es nicht.«

»Wie war es dann? Wie war es, Terry?«

Er ergriff seine Cappuccinotasse, aber er trank nicht. »Ich weiß es nicht«, antwortete er.

»Das glaube ich dir nicht.«

»Ich sage dir die Wahrheit.« Er sah sie lange und ernst an, als besäße sein Blick die Macht, sie zu überzeugen und zu beruhigen. »Du musst in die Kanzlei kommen«, sagte er. »Wir müssen sein Testament durchsprechen. Die gesetzlichen Formalitäten erledigen… Charlie, ich möchte dir helfen. Ich bin genauso niedergeschmettert.

Er war mein bester Freund. Können wir nicht füreinander dasein?«

»So wie Eric für uns beide da war? Was heißt das überhaupt, Terry?«

Er war tot, und es war schwer für Charlie, damit fertig zu werden. Die Art seines Sterbens – so unerwartet und so unsagbar schrecklich – machte es ihr noch schwerer, sich mit seinem Tod auseinander zu setzen. Jetzt aber erkennen zu müssen, dass der Mann, den sie geliebt und verloren hatte, gar nicht der gewesen war, für den sie ihn gehalten hatte – das war kaum zu ertragen. Auf der Heimfahrt fühlte sie sich, als hätte die Pest von ihr Besitz ergriffen, ein schleichendes Gift, das ihren Körper zu erleiden zwang, was ihr Geist nicht erfassen wollte.

Somatisieren nannte man das. Sie erinnerte sich aus ihrem College-Seminar der Psychologie an den Ausdruck. Sie war nicht fähig, der ganzen Wahrheit ins Auge zu sehen, aber ihr Körper wusste die Wahrheit und reagierte entsprechend. Sie hatte überhaupt keine Grippe. Sie somatisierte. Und jetzt versuchte ihr Körper, sie von Erics Lügen zu reinigen, denn im Auto überkam sie plötzlich eine so heftige Übelkeit, dass sie meinte, sie würde es nicht mehr bis nach Hause schaffen, ohne sich zu übergeben.

Und sie schaffte es auch nicht. Kaum hatte sie den Wagen in ihrer Einfahrt angehalten, riss sie die Tür auf und torkelte ins Freie. Auf dem gepflegten Rasen des Vorgartens fiel sie auf die Knie, während Krampf um Krampf anfallartig ihren Magen zusammenzog und den mageren Inhalt aufwärts und in einem dünnen, übel riechenden

Schwall durch ihren Mund aus ihrem Körper hinauspresste. Sie würgte, angewidert von Geschmack und Geruch, und begann erneut, sich zu erbrechen, bis nichts blieb als das krampfhafte Zucken ihres Magens, das sie nicht beherrschen konnte. Schließlich fiel sie keuchend auf die Seite und blieb liegen, Hals und Augen von Schweiß verschmiert. Sie starrte das Haus an. *Vergiss nicht, dass ich dich immer lieben werde.*

Sie rappelte sich hoch und schleppte sich taumelnd zur Veranda, froh, dass die Nachbarschaft wie in so vielen besseren Vierteln in den Vororten Südkaliforniens um diese Tageszeit wie ausgestorben war. Die beiden Doppelverdienerpaare, die ihre Nachbarn waren, würden vor dem Abend nicht nach Hause kommen. Sie war also nicht beobachtet worden. Gott sei Dank.

Erst als sie vor der Haustür stand, fiel ihr auf, dass etwas nicht in Ordnung war. Sie hielt schon den Schlüssel in der Hand, als sie die tiefen Schrammen und Kerben rund um die Stelle bemerkte, wo einmal das Schloss gewesen war.

Mit schwacher Hand stieß sie die Tür auf, war aber klug genug, nicht einzutreten. Sie konnte von der Veranda aus alles sehen, was zu sehen nötig war.

»Heiliger Strohsack«, brummte der Polizist. »Ein schöner Saustall.« Er stellte sich Charlie als Officer Marco Doyle vor. Keine zehn Minuten nach ihrem Anruf war er mit blinkendem Blaulicht und heulender Sirene vorgefahren, als wollte er dafür sorgen, dass sie als Steuerzahlerin auf ihre Kosten kam. Sein Partner war ein Hund namens Simba, der aussah wie eine Kreuzung aus einem deutschen Schäferhund und dem Hund von Baskerville. »Er ist im Dienst«, hatte Doyle beim Eintritt ins Haus gesagt. »Bitte nicht streicheln.«

Charlie hatte gar nicht daran gedacht, das zu tun.

Simba blieb wachsam auf der Veranda, während Doyle ins Haus ging und sich drinnen umsah. Im Wohnzimmer machte er dann die Bemerkung über den »Saustall«, die Charlie, die sich an ihrem Handy festhielt, als wäre es ihr einziger Rettungsanker, vorn im Vestibül hörte.

»Komm, Simba«, rief Doyle, und der Hund sprang ins Haus. Sein Herr befahl ihm, die Spur eventueller Eindringlinge aufzunehmen, und während das Tier, gefolgt von Doyle, suchend von Raum zu Raum trottete, nahm Charlie das Werk der Zerstörung in Augenschein.

Es war offenkundig, dass nicht einfach Raub die Absicht gewesen war, sondern dass jemand nach etwas Bestimmtem gesucht hatte. An der Art und Weise, wie ihre Sache umhergeworfen waren, ließ sich ablesen, dass hier jemand schnell und gezielt gearbeitet und einzelne Gegenstände einfach zur Seite geworfen hatte, um sie aus dem Weg zu räumen, als er nicht fand, was er suchte. Die Vorgehensweise schien in allen Räumen die gleiche: Alle Möbel waren von der Wand abgerückt; Kommoden und Schränke waren geleert und ihr Inhalt auf den Boden geworfen worden; Bilder waren abgenommen, Bücher durchgeblättert und zu Boden geschleudert worden.

»Niemand hier«, verkündete Doyle. »Der Kerl hat Gas gegeben. Leider hängen hier zu viele Gerüche herum, der Hund kann nichts Brauchbares aufnehmen. Haben Sie kürzlich eine Party gegeben?«

Eine Party. »Ich hatte Gäste, ja. Nach einer Beerdigung. Mein Mann…« Charlie wurden die Knie weich, und sie ließ sich in einen Sessel sinken.

»Mann, das tut mir echt Leid«, sagte Doyle. »Schlimm, so was. Können Sie mir sagen, ob irgendwas fehlt?«

»Ich weiß nicht. Ich glaube nicht. Es scheint so – ach, ich weiß nicht.« Charlie fühlte sich so erschöpft, dass sie nur noch ins Bett kriechen und ein ganzes Jahr lang schlafen wollte. Den Albtraum wegschlafen, dachte sie.

Doyle sagte, er werde jetzt die Kollegen von der Spurensicherung mobil machen. Die würden hier alles auf Fingerabdrücke prüfen und so weiter. Charlie solle inzwischen vielleicht ihre Versicherung anrufen. Und ob sie jemanden hätte, der ihr beim Aufräumen helfen könnte, wenn die Spurensicherung hier fertig war?

Ja, antwortete Charlie brav. Sie habe eine Freundin, die ihr helfen würde.

»Soll ich sie für Sie anrufen?«

Nein, nein, wehrte Charlie ab. Sie würde später selbst anrufen. Im Moment könne man ja sowieso noch nichts tun.

Doyle meinte, das sei vernünftig, und sagte, er würde mit dem Hund draußen warten, bis die Kollegen kämen. Sie trafen eine Stunde später ein, in einem weißen PKW, auf dessen Türen in dezentem Grau *Kriminalpolizei* stand.

Während sie im Chaos, das der Eindringling angerichtet hatte, pflichtschuldig nach Spuren suchten, saß Charlie hinten im Garten und starrte den dekorativen kleinen

Springbrunnen an, den sie und ihr Mann vor zwei Jahren zu entfernen beschlossen hatten, »sobald Kinder kommen«. Das alles schien jetzt Teil eines anderen Lebens zu sein; eines Lebens, das mit ihrem gegenwärtigen keine Ähnlichkeit hatte und nichts als Lüge gewesen war.

»Wow, der Typ ist zu toll, um wahr zu sein«, hatte ihre Schwester Emily gesagt, als sie Eric kennen gelernt hatte.

Und sie hatte offenbar Recht gehabt.

Als die Beamten von der Spurensicherung mit ihrer Arbeit fertig waren, hinterließen sie Charlie Namen und Telefonnummer einer Frau, die darauf spezialisiert war, wie sie erklärten, »in solchen Fällen die Ordnung wieder herzustellen. Sie brauchen Sie nur anzurufen«, sagten sie. »Sie ist gut und preiswert.«

Charlie wusste nicht, ob sie die Frau oder ihre Arbeit meinten. Aber es spielte sowieso keine Rolle. Sie wollte keine Fremden in den Trümmern ihres Lebens herumkramen lassen.

Sie machte sich allein an die Arbeit und begann dort, wo, wie sie wusste, ohne es sich eingestehen zu wollen, auch der Eindringling begonnen hatte: in Erics Arbeitszimmer.

Das habe ich Sharon Pasternak zu verdanken, dachte Charlie. Sie blieb an der offenen Tür stehen und ließ sich gegen den Rahmen sinken. Man müsste schon total vernagelt sein, um diesen Einbruch nicht mit Sharon Pasternaks Besuch und den Unterlagen, die sie gesucht hatte, in Verbindung zu bringen. Als sie nicht gefunden hatte, was sie suchte, hatte sie kurzerhand jemanden angeheuert, der fähig war, beim Suchen etwas mehr Fantasie zu entwickeln. Das Ergebnis hatte Charlie nun vor sich.

Sie stieg über einen Stapel Aktenordner und trat an Erics Schreibtisch. Mit dem Einfachsten fing sie an: Sie setzte die Schubladen wieder ein und ordnete ihren Inhalt. Und bei dieser Tätigkeit entdeckte sie einen Hinweis darauf, wo – wenn auch nicht welcher Art – die Unterlagen waren, die Sharon Pasternak und der Einbrecher so dringend haben wollten. Neben Erics Schreibtisch auf dem Boden lag, als hätte man es aus einer der unteren Schubladen gekippt, ein dünnes Bündel Papiere, das nicht hierher gehörte: der Kaufvertrag für das Haus, die KFZ-Briefe für die Autos, Versicherungsunterlagen, Geburtsurkunden, Reisepässe. Das alles lag normalerweise in ihrem Bankschließfach. Die Tatsache, dass es nun hier im Haus war, veranlasste Charlie zu der Frage, ob jetzt an Stelle dieser Dokumente etwas anderes im Tresor lag, und wenn ja, was.

Sie suchte die Bank erst am folgenden Tag auf. Nachdem sie den ganzen Morgen im Bett gelegen und gegen lähmende Lethargie gekämpft hatte, tappte sie kurz nach Mittag ins Badezimmer, schaufelte sich einen Weg durch das Chaos und ließ die Wanne einlaufen. Sie streckte sich im Wasser aus und blieb träge darin liegen, bis es kühl wurde. Erst dann ließ sie Wasser nachlaufen und begann müde, sich zu waschen. Sie versuchte, sich zu erinnern, ob sie schon einmal so eine Zeit erlebt hatte, wo alles – selbst die kleinste Bewegung – solche Anstrengung gekostet hatte. Es gelang ihr nicht.

Es war zwei Uhr, als sie schließlich, den Schlüssel zu

ihrem Schließfach in der Hand, in den Schalterraum der Bank trat. Sie tippte auf die Glocke, um den Service anzufordern, und sofort kam eine Angestellte, ein junges Mädchen, bestimmt nicht älter als Anfang Zwanzig, mit rabenschwarzem Haar und rabenschwarz umrandeten Augen. Dem Namensschildchen an ihrer Bluse zufolge hieß sie Linda.

Charlie füllte die Karte aus. Linda las ihren Namen und die Nummer ihres Schließfachs und hob dann den Kopf, um Charlie anzusehen. »Oh!«, sagte sie. »Sie sind – ich meine, Sie waren noch nie –« Sie brach ab, als wäre ihr eben eingefallen, dass ihr Verhalten nicht angebracht war. »Bitte, kommen Sie mit, Mrs. Lawton«, sagte sie nur.

Das Schließfach war eines von den großen in der untersten Reihe. Charlie steckte ihren Schlüssel in das rechte Schloss, während Linda den ihren in das linke schob. Eine kurze Drehung der Hand, und der Kasten glitt aus seinem Fach. Linda hob ihn in die Höhe und stellte ihn auf den Tisch »Kann ich sonst noch etwas für Sie tun, Mrs. Lawton?«, fragte sie und sah Charlie dabei so gespannt an, dass diese sich fragte, ob das Mädchen vielleicht Teil von Erics geheimem Leben war.

»Warum fragen Sie?«

»Bitte?«

»Warum fragen Sie, ob Sie sonst noch etwas für mich tun können?«

Linda wich zurück, als hielte sie Charlie für verrückt. »Das fragen wir immer. Das müssen wir fragen. Möchten Sie vielleicht eine Tasse Kaffee? Oder Tee?«

Charlies ängstliche Nervosität löste sich auf. »Nein, danke«, antwortete sie. »Verzeihen Sie, es tut mir Leid. Mir geht es in letzter Zeit nicht besonders gut. Ich wollte Sie nicht…«

»Dann lasse ich Sie jetzt allein«, sagte Linda und schien froh, gehen zu können.

Allein im Tresorraum, holte Charlie erst einmal tief Luft. Der Raum war stickig und überheizt, und es war beklemmend still. Sie fühlte sich beobachtet und suchte nach Kameras. Aber es waren keine da. Sie war absolut ungestört.

Es war Zeit, sich Gewissheit darüber zu verschaffen, was Sharon Pasternak in Erics Arbeitszimmer gesucht hatte. Es war Zeit, sich Gewissheit darüber zu verschaffen, warum ein Fremder ins Haus eingebrochen war und alles auseinander genommen hatte, was nicht niet- und nagelfest war.

Vorsichtig öffnete sie den Deckel des Kastens. Ihr stockte der Atem, als sie den Inhalt sah: Säuberlich aufgereiht und um die Mitte mit Gummibändern zusammengehalten, sandten dicke Bündel von Hundert-Dollar-Scheinen einen Geruch von Alter, Abgenutztheit und Unredlichkeit in die Luft.

»Mein Gott«, flüsterte Charlie und stieß krachend den Deckel des Kastens zu. Keuchend wie eine Sprinterin, stützte sie sich vorgebeugt auf den Tisch und versuchte, sich zu erklären, was sie soeben gesehen hatte. Die Bündel sahen aus wie fünfzig Scheine dick. Und wie viele Bündel waren in dem Kasten gewesen? Fünfzig, siebzig, hundert? Das bedeutete… Was? Es war mehr Geld, als sie außer im Kino je zu Gesicht bekommen hatte. Wer, um Gottes willen, war ihr Mann gewesen? Was hatte er getan?

Am Rand ihres Gesichtsfelds nahm Charlie eine schattenhafte Bewegung wahr und drehte den Kopf. In dem Spalt zwischen der Wand des Tresorraums und der Tür stand das Mädchen Linda und beobachtete sie. Als sie Charlies Blick auffing, trat sie hastig zurück – augenblicklich wieder die dienstliche Korrektheit in Person.

Charlie eilte aus dem Tresorraum und rief nach dem Mädchen. Linda drehte sich um, bemüht, distanzierte Gleichgültigkeit an den Tag zu legen. Aber das gelang ihr nicht, sie hatte einen Blick in den Augen wie ein Reh, das ins blendende Licht von Autoscheinwerfern geraten war.

»Ja, Mrs. Lawton?«, sagte sie leise. »Ist noch etwas?«

Mit einer Handbewegung bedeutete Charlie dem Mädchen, dass sie seine Begleitung in den Tresorraum wünschte. Linda sah sich Hilfe suchend um, aber es war niemand da, der sie hätte retten können. An einem Schreibtisch am anderen Ende des Raums saß ein Paar im Gespräch mit einem der Angestellten. Die Kassierer hatten an ihren Schaltern zu tun. Die Tür zum Büro des Filialleiters war geschlossen. Es herrschte die typische mittägliche Stille, die dem Ansturm kurz vor Geschäftsschluss am Nachmittag voranzugehen pflegte.

»Ich muss …« Linda drehte einen Ring an ihrer Hand. Es war ein Brillantring. Verlobung oder etwas anderes?, fragte sich Charlie.

»Ich kann mir nicht vorstellen, dass Sie den Auftrag haben, die Kunden im Tresorraum zu bespitzeln«, sagte Charlie. »Ich möchte mich nicht gern beim Filialleiter über sie beschweren müssen. Kommen Sie also mit mir rein, oder soll ich bei ihm anklopfen?«

Linda schluckte. Sie schob sich eine Strähne schwarzen Haars hinters Ohr. Dann folgte sie Charlie.

Der Kasten stand noch auf dem Tisch, wo Charlie ihn zurückgelassen hatte. Wie unter Zwang richtete Linda ihren Blick darauf. Sie schob ihre Hände zusammen und wartete darauf, was Charlie sagen würde.

»Sie haben meinen Mann gekannt. Sein Name war Ihnen bekannt. Sie haben praktisch gesagt, dass er häufig hier war.«

»Ich wollte bei Ihnen nicht den Eindruck erwecken –«

»Sagen Sie mir, was Sie hierüber wissen.« Charlie öffnete den Tresorkasten. »Denn Sie wussten, dass das Geld hier war. Sie haben mich beobachtet. Sie wollten sehen, wie ich reagieren würde.«

Linda sagte hastig: »Ich hätte Sie nicht beobachten sollen. Es tut mir Leid. Ich kann es mir nicht leisten, meine Arbeit zu verlieren. Ich muss für meine kleine Tochter sorgen.«

Erics Kind? Charlie machte sich auf das Schlimmste gefasst.

»Sie ist erst anderthalb Jahre alt«, fuhr Linda fort. »Ihr Vater zahlt uns keinen Penny, und *mein* Vater weigert sich, uns bei sich aufzunehmen. Ich arbeite seit einem Jahr hier, und es läuft ziemlich gut. Aber wenn ich jetzt gefeuert werde …«

»Wie lange haben Sie und mein Mann …? Wie haben Sie einander kennen gelernt?«

»Kennen gelernt?« Linda riss entsetzt die Augen auf, als sie begriff. »Er ist *nett*, weiter nichts. Er – na ja, er flirtet ganz gern, aber das ist auch alles. Ich wusste nicht, dass er verheiratet ist, bis ich mal auf der Karte Ihren Namen gesehen habe. Und – ehrlich, da ist nichts. Er ist einfach ein guter Typ, er kommt ziemlich häufig, und er hat mich ein bisschen neugierig gemacht. Mehr ist nicht.«

»Sie haben ihn im Tresorraum beobachtet.«

»Nur ein Mal. Ich schwör's. Nur ein einziges Mal. Die anderen Male ... Also, anfangs hat er, wenn er kam, um seine Einzahlungen zu machen – auf das Scheckkonto, meine ich –, immer auf mich gewartet. Er ließ andere vor und hat gewartet, bis ich frei war. Einmal ist ihm das Foto von Brittany aufgefallen – das ist meine kleine Tochter, es steht an meinem Schalterfenster, sehen Sie, gleich da drüben –, und er hat mich nach ihr gefragt. So sind wir ins Gespräch gekommen. Er sagte, er hätte auch eine kleine Tochter, aber sie wäre schon älter, und er hätte sie seit Jahren nicht mehr gesehen. Er sagte, dass sie ihm fehlt, und das war alles, worüber wir uns unterhalten haben. Ich weiß, dass er geschieden ist, weil er ein paar Mal von seiner ›Exfrau‹ gesprochen hat, und ich dachte zuerst ... Na ja, er hat mir irgendwie das Gefühl gegeben, etwas Besonderes zu sein, und ich dachte mir, hey, wäre das nicht klasse, wenn ich hier in der Bank jemanden kennen lernen würde? Ich bediene ihn immer, wenn er kommt, und bin einfach nett und freundlich. Und ich habe nicht den Eindruck, dass er was dagegen hat.«

»Er ist tot.«

»Tot? Oh, mein Gott! Das tut mir Leid. Ich hatte ja keine Ahnung.« Sie wies mit einer Handbewegung zu dem Metallkasten. «Mich hat das hier interessiert, sonst nichts. Ehrlich. Mehr war's nicht.«

»Wie lang liegt es schon hier?«, fragte Charlie. «Das Geld, meine ich.«

»Ich weiß wirklich nicht – zwei Wochen vielleicht? Oder drei?«, sagte Linda. »Er kam irgendwann mal außer der Reihe, nicht an dem Tag, an dem er gewöhnlich seinen Gehaltsscheck einzahlte.«

»Und was war los? Warum haben Sie ihn beobachtet?«

»Weil er – er hat richtig gestrahlt an dem Tag. Er war high!«

»Auf Drogen?«

»Nein, nein. Er war einfach glücklich und vergnügt. Er hatte seinen Aktenkoffer mit und hat geklingelt, genau wie Sie vorhin, und ich bin hinübergegangen, und er hat die Karte unterzeichnet. Dann hat er gesagt: ›Ich bin froh, dass Sie mich bedienen, Linda. An *diesem* Tag würde ich niemand anderem vertrauen.‹«

»›An diesem Tag‹?«

»Ja, ich wusste auch nicht, was er meinte, deshalb habe ich ihn beobachtet. Er legte den Aktenkoffer auf den Tisch, machte das Schließfach auf und holte einen Packen Papiere raus. Die steckte er in seinen Aktenkoffer, und das, was im Koffer war, legte er in den Kasten. Es war das Geld. Ich hab's gesehen. Ich dachte, er wäre … Na ja, es sah aus, als hätte er Drogen verkauft oder so was, ich meine, warum würde er sonst so viel Bares mit sich rumschleppen. Ich konnte es nicht fassen, er hatte immer so anständig gewirkt. Das ist alles, was ich gesehen habe. Ich habe nicht mit ihm gesprochen, als er ging, und ich habe ihn nie wieder gesehen.«

Eric als Drogenhändler. Charlie griff den Gedanken auf. Drogen! Genau, das war die Lösung. Aber nicht die Drogen, an die Linda dachte. Das Mädchen stellte sich vor, Eric hätte mit Kokain gedealt, wie man es im Fernsehen oder Kino sah, oder vor dem Spirituosengeschäft um die Ecke Schulkindern Marihuana angedreht oder Yuppies mit Heroin, Ecstasy oder sonstigen Designerdrogen versorgt. Aber sie stellte sich bestimmt nicht vor, dass er bei Biosyn gestohlen hatte – ein wirksames Mittel zur Immunsuppression, eine schlagkräftige Form der Chemotherapie ohne Nebenwirkungen, einen neuen Impfstoff gegen AIDS, Viagra für Frauen… Was war es, Eric? – und die Ware auf dem internationalen Schwarzen Markt an den Meistbietenden verkauft hatte, der sich seinerseits mit der Vermarktung eine goldene Nase verdienen würde.

Terry Stewarts Worte fielen Charlie wieder ein, als sie in dem stickigen Tresorraum stand und auf den geschlossenen Metallkasten hinunterblickte: »Rosinen im Kopf, Charlie, das war das Einzige, was er hatte.« Aber bei Eric war es nicht bei den Rosinen im Kopf geblieben. Er hatte Ernst gemacht. Er war zweiundvierzig Jahre alt gewesen und hatte den größten Teil seines Lebens hinter sich. Er hatte seine Chance gesehen und sie ergriffen. Nur *ein* Geschäft und dann einen Riesenhaufen Geld. So vieles ergab plötzlich einen Sinn. Dinge, die er gesagt hatte. Dinge, die er getan hatte. Das, was aus ihm geworden war.

Charlie sperrte den Kasten ab und schob ihn in sein Fach im Tresor. Ihr war elend zumute, aber wenigstens war sie jetzt der Wahrheit über ihren Mann auf der Spur.

Für sie blieb nur noch eine Frage: Was hatte Eric bei Biosyn gestohlen? Und es schien nur eine Antwort drauf zu geben: Nichts.

Er hatte Geld – vielleicht eine Anzahlung – für etwas genommen, was er zu liefern versprochen hatte. Aber er hatte nicht geliefert, und deshalb war er gestorben. Nach seinem Tod hatte man in ihrem Haus eingebrochen, in der Hoffnung, das Präparat zu finden, und das bedeutete Gefahr für sie, solange die Leute, die bezahlt hatten, die versprochene Substanz nicht in Händen hielten. Charlie war sich im Klaren darüber, dass sie an das Mittel herankommen und es aushändigen musste, wenn sie ihre eigene Sicherheit gewährleisten wollte. Da das jedoch unmöglich war, konnte sie nur versuchen, die Leute ausfindig zu machen, die bezahlt hatten, um ihnen ihr Geld zurückzugeben.

Sharon Pasternak schien ihr als Informationsquelle am ehesten geeignet zu sein. Sie war die Erste gewesen, die sich für Erics Arbeitszimmer interessiert hatte. Und nach der unerwarteten Entdeckung des Geldes war Charlie klar, dass es naiv von ihr wäre, zu glauben, Sharon hätte nach irgendetwas gesucht, das *nicht* mit dem Geld im Schließfach zu tun hatte.

Sie verließ die Bank und fuhr in Richtung Freeway.

Die Firma Biosyn hatte ihren Sitz an einem Stück des Highways, das »der Ortega« genannt wurde und, über das Küstengebirge führend, das spießige Städtchen Lake Elsinore mit dem schickeren San Juan Capistrano verband. Es war eine staubige Straße, die an Sonntagen die Radfahrer zu Tausenden anlockte. Während der Woche verkehrten auf der baumlosen Durchgangsstraße vor allem Pendler, die in den Restaurants und teuren Hotels an der Küste arbeiteten.

Das Pharmaunternehmen lag ungefähr zwanzig Kilometer weit in den Bergen, ein hässlicher niedriger Bau von schmutzigbrauner Farbe, der durch einen hohen, von Stacheldraht gekrönten Maschendrahtzaun von seiner Umwelt abgegrenzt war. Charlie war nie vorher bei Biosyn gewesen und hätte die Abzweigung übersehen, hätte sie nicht wegen eines FedEx-Lieferwagens abbremsen müssen, der, aus der versteckt liegenden Zufahrt zu Biosyn kommend, rasant auf den Highway hinausschoss.

Ein merkwürdiger Standort für ein Pharmaunternehmen, dachte Charlie, als sie in die schmale Einfahrt einbog. Für jede Firma ein merkwürdiger Standort. Die meisten Industriebetriebe waren kilometerweit entfernt in hässlichen Gewerbegebieten zusammengeballt, die sich wie faule Zähne an den vielen Freeways des Bezirks aneinander reihten.

Ungefähr fünfzig Meter die Einfahrt hinauf befanden sich ein Wachhäuschen und ein eisernes Tor, das allen unangemeldeten Besuchern die Zufahrt verwehrte. Charlie hielt an und nannte neben ihrem eigenen Namen den Namen Sharon Pasternak. Sie wartete nervös eine Minute, während der Wächter in dem weitläufigen Gebäude anrief, das auf dem Hügel vor ihr lag. Vielleicht war der Name Sharon Pasternak ja erfunden, gut vorstellbar, wenn die Frau an Erics heimlichem Geschäft beteiligt war.

Aber so war es offenbar nicht. Der Wachmann kam

mit einem Passierschein zu Charlies Wagen und sagte: »Sie erwartet Sie im Foyer. Parken Sie auf dem Besucherparkplatz und gehen Sie direkt rein, okay? Wandern Sie nicht hier herum.«

Was, um alles in der Welt, sollte sie locken, hier herumzuwandern?, fragte sich Charlie, als sie den Passierschein entgegennahm. Das ganze Gelände war nichts als eine Felsenwüste, in der nur Kakteen und dorniger kalifornischer Chaparral wuchsen.

Sie hielt vor dem Haupteingang des Gebäudes an und ging hinein. Es war unangenehm kühl, und sie fröstelte. Einen Moment lang sah sie gar nichts, geblendet vom Gegensatz zwischen dem grellen Licht draußen und den dunkel gestrichenen Wänden hier drinnen.

»Ja?«, sagte jemand aus einer düsteren Ecke. »Kann ich Ihnen behilflich sein?«

Ehe Charlie sich an das dämmrige Licht gewöhnen konnte, hörte sie von der anderen Seite des Raums noch eine Stimme. »Sie möchte zu mir, Marion. Die Dame ist Eric Lawtons Frau.«

»Mr. Lawtons –? Oh! Tut mir schrecklich Leid. Wie geht es Ihnen. Mein Beileid, Mrs. Lawton. Er war – ein so netter Mann.«

»Danke, Marion. Mrs. Lawton?«

Jetzt endlich konnte Charlie ihre Umgebung deutlich erkennen: die weißhaarige Frau hinter einem mahagonibraunen Empfangstresen und, vom Spiegel dahinter wiedergegeben, Sharon Pasternak, die gerade durch eine massive Stahltür in den Empfangsraum herausgekommen war. Sie trug einen weißen Laborkittel über schwarzen Leggings, Nike-Laufschuhe und Tennissöckchen.

Sie trat an Charlies Seite und legte ihr die Hand auf den Arm. »Haben Sie die Unterlagen, mit denen wir gearbeitet haben, tatsächlich gefunden?«, fragte sie, den Blick beinahe beschwörend auf Charlie gerichtet. »Sie retten mir das Leben, wenn Sie ja sagen.« Dabei drückte sie Charlies Arm. Es fühlte sich an wie eine Warnung, darum nickte Charlie und zwang sich zu einem Lächeln.

»Toll!«, sagte Sharon. «Das ist wirklich eine Erleichterung. Kommen Sie mit nach hinten.«

»Sie ist nicht zugelassen, Dr. Pasternak«, protestierte Marion.

»Das geht schon in Ordnung, Mar. Machen Sie sich keine Sorgen. Wir setzen uns in die Kaffeebar.«

»Dr. Cabot wird –«

»Schon gut«, sagte Sharon. »Wir brauchen höchstens fünf Minuten. Sie können ja die Zeit stoppen.«

Sharon führte Charlie durch das Foyer, aber nicht zu der Stahltür, durch die sie herausgekommen war, sondern zu einer weniger gesicherten Tür, durch die sie in eine Art Kantine gelangten, die um diese Tageszeit völlig leer war. Sobald sich die Tür hinter ihnen geschlossen hatte, sagte sie ohne Umschweife: »Sie haben es rausbekommen. Es hat wohl jemand bei Ihnen angerufen? Hat der Betreffende einen Namen hinterlassen? Oder eine Nummer, wo ich anrufen kann?«

»Es hat jemand bei mir *eingebrochen*«, korrigierte Charlie, »und mein Haus verwüstet, nachdem Sie da gewesen waren.«

»Was?!« Sharon sah sich hastig um. »Das ist ernst. Dann können wir uns hier nicht unterhalten. Hier haben die Wände Ohren. Wenn Sie mir den Namen nennen, nehme ich selbst Kontakt auf. Das hätte Eric so gewollt.«

»Ich habe keinen Namen.« Charlie war sehr heiß. Ihre Verwirrung wuchs mit jedem Wort. »Ich dachte, *Sie* hätten ihn. Sie waren im Haus und sind gegangen, ohne irgendetwas mitzunehmen; als danach das Haus erneut durchsucht wurde, nahm ich an … Was haben Sie eigentlich gesucht? Wessen Name ist das, der Sie interessiert? Das Einzige, was ich habe, ist das …« Sie brachte es nicht über sich, es auszusprechen, so entsetzlich und charakterlos erschien es ihr, dass ihr Mann – ein Mensch, den sie tief geliebt und zu kennen geglaubt hatte – seinen Arbeitgeber bestohlen hatte. »Ich möchte das Geld zurückgeben«, stieß sie schnell hervor, ehe ihr eine Entschuldigung dafür einfallen konnte, nichts zu sagen.

»Was für Geld?«, fragte Sharon.

»Ich muss es zurückgeben. Diese Leute werden nicht locker lassen, wenn ich es nicht tue. Wer auch immer es ist. Sie haben das Haus schon einmal auseinander genommen und werden wieder kommen. Ich weiß es. Niemand bezahlt so eine Riesenmenge Geld, ohne den Erhalt der – wie sollen wir es nennen? – der *Ware* zu erwarten.«

»Aber so läuft das doch gar nicht«, entgegnete Sharon. »Sie bezahlen *nie*. Wenn da also irgendwo Geld herumliegt –«

»Wer sind *sie*?« Charlie hörte selbst, wie mit zunehmender Angst ihre Stimme lauter wurde. »Wie setze ich mich mit ihnen in Verbindung?«

»Schschsch!«, machte Sharon. »Bitte! Wir können hier nicht sprechen.«

»Aber Sie sind doch zu mir gekommen. Sie haben gesucht. Sie wollten –«

»Ihre Namen. Verstehen Sie denn nicht? Ich wusste nicht, mit wem Eric verhandelt hatte. Er sagte nur, es sei CBS. Aber CBS wo? In LA? New York? Und in welcher Sendung – nationale Nachrichten oder Lokalnachrichten?«

Charlie starrte sie verblüfft an. »Nachrichten?!«

»Reden Sie nicht so laut, um Gottes willen! Es geht hier um mich und meine Karriere! Ich kann jederzeit meinen Job verlieren oder in den Knast wandern oder weiß der Himmel, was, und wozu bin ich dann noch nütze?« Sie blickt zur Tür, als erwartete sie, dass gleich ein Kamerateam hereinstürmen würde. »Sie müssen jetzt gehen.«

»Ich gehe erst, wenn Sie mir gesagt haben –«

»Wir treffen uns in einer Stunde. Im Los-Rios-Bezirk, in San Juan. Kennen Sie die Gegend? Hinter dem Amtrak-Bahnhof. Da ist eine Teestube. Den Namen weiß ich nicht, aber man sieht sie gleich, wenn man über die Gleise kommt. Halten Sie sich rechts. Es ist auf der linken Seite. Okay? In einer Stunde. Hier kann ich nicht sprechen.«

Sie drängte Charlie zur Tür der Kantine und führte sie eilig zum Empfang zurück. »Sie haben mir ungefähr zehn Tage Arbeit gespart. Ich weiß gar nicht, wie ich Ihnen danken soll«, sagte sie laut und mit falscher Herzlichkeit und beförderte sie unnachgiebig ins Sonnenlicht hinaus. Dort murmelte sie leise: »In einer Stunde«, bevor sie wieder im Gebäude verschwand.

Charlie stand da und starrte auf das dunkel getönte Glas und empfand ihren Körper als eine schwere, sperrige Masse, die sie jetzt irgendwie zu ihrem Auto bugsieren musste. Sie versuchte, sich klar zu machen, was Sharon gesagt hatte – CBS, nationale Nachrichten oder Lokalnachrichten –, und eine Verbindung zu dem herzustellen, was geschehen war und was sie bereits wusste. Aber es ergab alles keinen Sinn. Sie kam sich vor wie im falschen Film.

Mit schleppenden Schritten ging sie zu ihrem Wagen. Dort überfiel sie ein so heftiger Schüttelfrost, dass sie einen Moment lang nicht im Stande war, den Schüssel ins Zündschloss zu schieben. Aber schließlich gelang es ihr, und sie ließ den Motor an.

Als sie die lange Einfahrt hinter sich gelassen hatte und wieder auf dem Highway war, nahm sie die Richtung zur Küste. Beim Fahren musste sie an die vielen Geschichten denken, die sie im Lauf der Jahre ihres Aufenthalts in Südkalifornien über dieses Stück Straße gehört hatte: Dass es der ideale Ort wäre, um Leichen loszuwerden, von berüchtigten Serienmördern, wie zum Beispiel Randy Kraf, frequentiert; dass in den Parkbuchten gedungene Mörder ihre Aufträge erledigten und in den Schluchten zu beiden Seiten Fahrzeuge in Brand gesetzt würden; dass häufig Betrunkene von der Straße abkämen und am Fuß der Felsen tödlich verunglückten; dass ihre Leichen meist monatelang nicht geborgen wurden; dass manchmal riesige Sattelschlepper die doppelte gelbe Linie überfuhren und Frontalzusammenstöße verursachten, bei denen sie alles niederwalzten, was ihnen im Weg war. Was hatte es zu bedeuten, dass die Firma

Biosyn ausgerechnet hier ihren Sitz hatte? Und was hatte es zu bedeuten, dass Eric Lawton mit jemandem von CBS verhandelt hatte?

Charlie hatte keine Antworten auf diese Frage, nur weitere Fragen. Und ihre einzige Möglichkeit, mehr zu erfahren, bestand darin, die Teestube im Los-Rios-Bezirk von San Juan Capistrano zu finden und zu hoffen, dass man sich auf Sharon Pasternaks Wort verlassen konnte.

Man konnte. Genau einundsiebzig Minuten, nachdem Charlie bei Biosyn weggefahren war, betrat Erics Mitarbeiterin den Tea-Room in einem Gebäude aus dem frühen zwanzigsten Jahrhundert, in dem einst einer der Stadtgründer mit seiner Familie gelebt hatte. Sie hatte das Lokal gut gewählt für ihr heimliches Rendez-vous, der unverdächtigste Ort, den man sich vorstellen konnte. Gefällig mit Spitzenvorhängen, alten Teekannen, Antiquitäten, Hutständern mit altmodischen Hüten zum Ergötzen der Gäste herausgeputzt, bot es, zu unverschämten Preisen, eine amerikanische Version des englischen Nachmittagstees an.

Sharon Pasternak warf einen argwöhnischen Blick über ihre Schulter, als sie in den Raum kam, in dem Charlie an einem Zweiertisch neben der Tür saß. Sonst war nur noch ein Tisch besetzt, ein runder, an dem fünf Frauen mit Hüten auf den Köpfen, die sie sich vom Lokal ausgeliehen hatten, einen munteren Geburtstag feierten. Mit ihren anachronistischen Kopfbedeckungen sahen sie aus, als würden gleich Alice und der Märzhase zu ihnen stoßen.

»Wir brauchen einen anderen Tisch«, erklärte Sharon sofort. »Kommen Sie.« Sie ging Charlie voraus in einen zweiten und dann einen dritten Raum im hinteren Teil des Hauses. Hier standen fünf kleine Tische, aber sie waren alle frei, und Sharon hielt schnurstracks auf den zu, der von der Tür am weitesten entfernt war.

»Sie dürfen auf keinen Fall noch einmal zu Biosyn kommen«, sagte sie mit leiser Stimme zu Charlie. »Besonders wenn Sie etwas von *mir* wollen. Das ist viel zu riskant und auffällig. Wenn Sie zu einem Gespräch mit den Leuten von der Personalabteilung gekommen wären – um über Erics Pension oder Versicherung zu sprechen –, hätte sich das vielleicht vertreten lassen. Wir hätten uns zufällig im Korridor treffen können oder so was. Aber so ein Besuch wie heute – nie wieder. Marion vergisst das bestimmt nicht und wird es brühwarm an Cabot weitergeben. Sie arbeitet seit fünfunddreißig Jahren mit ihm zusammen – seit seinem Studienabschluss, ob Sie's glauben oder nicht – und ist ihm treuer ergeben als ihrem eigenen Ehemann. Sie nennt ihn David und fängt immer an zu glühen, wenn sie ihn sieht. Er weiß inzwischen von Ihrem Besuch und hat nach mir gefragt.«

»Sie sagten CBS«, begann Charlie. »Sie sprachen von Nachrichtensendungen.«

»Er kam wegen Exantrum zu mir. Sein Labor arbeitete an etwas anderem, aber er wusste von Exantrum. Jeder in Abteilung zwei wusste davon. Jeder *weiß* davon, auch wenn alle so tun, als hätten sie keine Ahnung.«

»Sein Labor? Wessen Labor?«

»Erics.«

»Was reden Sie da?«

»Wie meinen Sie das?«

»Wieso sprechen Sie von Erics Labor? Er war Verkaufsdirektor. Er musste im ganzen Land herumreisen, zu Besprechungen und Konferenzen. Was reden Sie da von einem Labor? Er ist nicht – er war nicht...«

»Verkaufsdirektor?«, wiederholte Sharon. »Das hat er Ihnen erzählt? Sie wissen es gar nicht?«

»Was?«

»Er war Molekularbiologe.«

»Molekular– nein, das stimmt nicht. Er war Verkaufsdirektor. Das hat er mir doch selbst gesagt.« Aber was hatte er ihr denn tatsächlich gesagt? Und was hatte sie einzig aus seinem Verhalten und seinen Bemerkungen geschlossen?

»Er ist Biologe, Mrs. Lawton. Ich meine, er *war* Biologe. Ich muss es wissen, ich habe schließlich mit ihm zusammengearbeitet. Und er – bitte nehmen Sie es mir nicht übel, aber ich muss das fragen. Es tut mir Leid, aber ich weiß nicht, wie ich mir sonst Gewissheit verschaffen soll... Ist er so gestorben, wie bekannt gegeben wurde? Er wurde nicht...? Ich würde es Cabot durchaus zutrauen, dass er ihn beseitigen ließ. Er ist ein echter Freak, wenn es um die Geheimhaltung geht. Und selbst wenn es nicht darum ginge – dieses Zeug hat es wirklich in sich, und wenn Cabot gewusst hatte, dass Eric damit zu CBS wollte, hätte er garantiert etwas unternommen, um ihn daran zu hindern, das können Sie mir glauben.«

»Um ihn woran zu hindern?«

»An der Veröffentlichung. Eric wollte Biosyn an den Pranger stellen. Er hatte eine Scheißangst – wir hatten beide eine Scheißangst –, aber er war fest entschlossen.

Ich habe an einem Abend eine Probe Exantrum rausgeschmuggelt – und Sie haben keine Ahnung, was für einen Horror ich davor hatte, das Zeug zu transportieren, ohne einen Schutzanzug zu tragen – und sie Eric gebracht. Er wollte sich mit den Journalisten treffen und ihnen den Stoff übergeben, damit sie es selbst in Atlanta testen lassen könnten und dann ... Das war vor drei Wochen. Es ist möglich, dass er sich mit den Leuten getroffen hat, aber er hat nichts erzählt, und dann war er auf einmal tot. Bei Biosyn gibt es nicht das geringste Anzeichen dafür, dass irgendwas nicht in Ordnung ist, darum kam mir allmählich der Verdacht, dass Eric nie Kontakt aufgenommen hat, und ich wollte mir den Namen des Journalisten beschaffen, um nachzufragen. Deswegen war ich bei Ihnen im Haus. Ich hoffte, entweder den Namen des Journalisten zu finden oder das Exantrum. Denn wenn er nie mit den Leuten zusammengekommen ist, muss ich das Zeug ins Sicherheitslabor zurückbringen. Schnellstens.«

Charlie sah die Frau fassungslos an. Sie konnte das, was sie soeben gehört hatte, nicht schnell genug verarbeiten, um eine vernünftige Antwort zu geben.

»Ich sehe Ihnen an, dass er Ihnen nichts von alledem gesagt hat. Er wollte Sie sicher schützen. Ich bewundere das. Es war anständig von ihm und typisch für ihn. Er war ein großartiger Mensch. Aber ich wünschte doch, er hätte mit Ihnen über alles gesprochen, dann wüssten wir jetzt wenigstens, woran wir sind, und könnten eventuell etwas tun. So aber – entweder liegt das Zeug irgendwo lose herum, und wir können darauf warten, dass es den ganzen Staat Kalifornien in Angst und Schrecken versetzt, oder es liegt sicher im Zentrum für Seuchenkontrolle. Aber ganz gleich, wo es sich befindet, ich muss es wissen.«

Das Zentrum für Seuchenkontrolle. »Was ist das für ein Mittel?«, fragte Charlie, und die Worte klangen dumpf in ihren Ohren und brannten in ihrer Kehle. »Ich dachte, Biosyn stellt Pharmaka her – Krebsmittel, Medikamente gegen Asthma und Arthritis, vielleicht auch Schlaftabletten und Antidepressiva.«

»Sicher, ja, das ist ein Teil davon. Das ist Abteilung eins. Aber das große Geld steckt in Abteilung zwei, wo Eric gearbeitet hat, wo ich arbeite. Wo Exantrum hergestellt wird.«

»Was ist das für ein Mittel?«, wiederholte Charlie, der der Schrecken hochkam wie Galle.

Sharon schaute sich um. »Wir müssen etwas zu essen und zu trinken bestellen«, sagte sie. »Sonst fallen wir vielleicht auf. Wir müssen sehen, dass wir eine Kellnerin erwischen.«

Als ihnen das gelungen war, bestellten sie beide Tee und Scones und wussten, dass sie nichts davon anrühren würden. Sharon schenkte Tee ein, als die Bedienung das Bestellte gebracht hatte, und sagte: »Exantrum ist Cabots Schlüssel zur Unsterblichkeit. Es ist ein Virus, der in stehendem Wasser in einer Höhle entdeckt wurde – vor ungefähr zwei Jahren. Ein Wanderer wollte eine Höhle in den Blue Ridge Mountains erforschen. Es war ein heißer Tag. Er stieß auf eine Wasserpfütze und benetzte sich das Gesicht. Einundzwanzig Tage später war er tot: hämorrhagisches Fieber. Die Ärzte in Nord-Carolina wussten nicht, woher der Virus stammte, aber er hatte genug Ähnlichkeit mit dem Ebola-Erreger, um die Leute in höchste Alarmbereitschaft zu versetzen. Atlanta schaltete sich ein, und alle versuchten verzweifelt, die letzten Tage dieses Mannes zu rekonstruieren. Wo er gewesen war, was er getan hatte, mit wem er zusammen gewesen war. Man nahm alle seine Bekannten genauestens unter die Lupe, prüfte seinen Pass, um festzustellen, ob er außer Landes gewesen war, und knöpfte sich seine Verwandtschaft vor, um zu sehen, ob nicht einer den anderen angesteckt hatte. Aber sie kamen zu keinem Ergebnis. Cabot verfolgte die Ereignisse und stellte gleichzeitig seine eigenen Nachforschungen an, weil er überzeugt war, dass es sich *nicht* um den Ebola-Erreger handelte, und weil er seit dem Tag seiner Abschlussprüfung an der Uni nichts anderes wollte, als eine weltbewegende Entdeckung zu machen, um seinen Namen in einem Atemzug mit Jonas Salk, Louis Pasteur und Alexander Fleming genannt zu hören. Vermutlich dachte er anfangs an ein Heilmittel, aber als sich dann, nachdem es ihm gelungen war, das Zeug zu isolieren, die Regierung bei ihm meldete, wurde aus dem Heilmittel eine Seuche. Onkel Sam zahlt hervorragend für eine Waffe wie Exantrum. Man kann es ins Wasser kippen und trinken, man kann es sich ins Gesicht und in die Augen spritzen, man kann es in die Nase bekommen, in eine offene Wunde am Körper, es braucht nur ein kleiner Kratzer zu sein, man kann hineintreten, es einatmen – alles ist möglich. Wie man damit in Kontakt kommt, spielt keine Rolle, weil der Krankheitsverlauf immer derselbe ist und man letztendlich stirbt. Es ist gut zur biologischen Kriegsführung. Zum Einsatz gegen die Iraker, wenn sie nicht spuren, oder gegen die Chinesen, wenn sie mit dem Säbel rasseln, oder gegen die Nordkoreaner. Cabot kann mit dem Zeug ein Vermögen verdienen, und Eric wollte dies an die Öffentlichkeit bringen.«

Sharon starrte auf ihre Teetasse und drehte sie auf der Untertasse. »Er war wirklich ein guter Mensch, ein anständiger und guter Mensch. Ich wünschte, ich hätte seine Courage. Aber sie fehlt mir leider. Darum muss ich das Exantrum umgehend ins Labor zurückbringen, wenn Eric noch nicht mit dem Journalisten Verbindung aufgenommen hatte.«

»Er – aber er hatte das Gift doch bestimmt nicht zu Hause aufgehoben«, sagte Charlie, weil sie das unbedingt glauben wollte. »Ich meine, wenn es so gefährlich ist, wie Sie sagen, dann hätte er es doch nicht mit nach Hause genommen, oder?«

»Nein, nie im Leben. Darum habe ich, als ich bei Ihnen war, auch nur nach dem Namen des Journalisten gesucht und nicht nach der Probe. Die hätte er irgendwo in Sicherheit gebracht, bis ein Treffpunkt und ein Datum vereinbart gewesen wären. Und *wenn* er sie an irgendeinem sicheren Ort aufbewahrt hat, dann muss ich wissen, wo. Oder aber ich muss die Bestätigung haben, dass sie in Atlanta ist, und die kann ich mir nur holen, indem ich mit dem Journalisten spreche, mit dem Eric in Verhandlung stand.«

Charlie hörte die Worte, aber sie dachte an etwas anderes: an das, was Terry über die Midlife-Krise gesagt und Linda ihr über Erics letzten Besuch in der Bank berichtet hatte. Sie dachte an das viele Geld im Tresor, an den Einbruch in ihrem Haus und den Ausdruck im

Gesicht ihres Mannes, als sie ihm zerknirscht ihren Verdacht bezüglich der Geliebten gestanden hatte, die er nie gehabt hatte. Vor allem Letzteres hielt Charlie sich vor Augen, und dazu die grauenvollen Möglichkeiten, die es beinhaltete.

»Wie haben Sie das Exantrum bei Biosyn hinausgeschmuggelt?«, fragte sie Sharon Pasternak, sich innerlich wappnend.

»Ich habe den Schutzanzug übergezogen und das Zeug in eine Hustensaftflasche gegossen«, antwortete Sharon. »Es war verdammt riskant, aber wenn man irgendwas anderes als diese harmlose Flasche bei mir entdeckt hätte, als ich abends ging, wär's aus gewesen mit mir.«

»Ja«, sagte Charlie. »Das verstehe ich.« Und nicht nur das verstand sie. Sie verstand jetzt auch ganz klar, dass für Charlie Lawton das Ende bevorstand.

Charlie wollte in die alte Missionsstation gehen. Zu Sharon sagte sie: »Ich fahre zu unserer Bank und sehe im Schließfach nach. Vielleicht hat Eric die Flasche dort aufbewahrt.«

Sharon war dankbar. »Das wäre eine ungeheure Erleichterung«, sagte sie. »Aber wenn sie wirklich dort ist, dann öffnen Sie sie auf keinen Fall. Am besten versuchen Sie, die Flasche überhaupt nicht zu berühren. Rufen Sie mich einfach an. Hier, ich schreibe Ihnen meine Privatnummer auf. Und hinterlassen Sie eine Nachricht, okay? Sagen Sie, Sie rufen vom Sav-on Drugstore an, nur für den Fall, dass Cabot mein Telefon angezapft hat. Sagen Sie: ›Wir haben Ihr Medikament jetzt da‹, dann weiß ich, was los ist, und komme zu Ihnen. Okay? Ist alles klar?«

»Ja«, antwortete Charlie schwach. »Sav-on. Alles klar.«

»Gut.«

Und damit trennten sie sich. Sharon brauste in Richtung Dana Point davon, und Charlie ging nicht zu ihrem Wagen im öffentlichen Parkhaus, sondern bog um die Ecke und folgte der Straße zur Missionsstation San Juan Capistrano.

Sie ging langsam den unebenen Fußweg hinter den Missionsmauern entlang, an dem ungestaltete Kakteen und durstiger Mohn standen. Sie schlenderte einfach so dahin, ohne Ziel, weil ihr Ziel keine Bedeutung mehr hatte. Schließlich gelangte sie in die schmale Kapelle, die drei Jahrhunderte zuvor von den kalifornischen Indianern unter Anleitung des gestrengen Zuchtmeisters Junipero Serra erbaut worden war.

Das Licht im Inneren war gedämpft – oder vielleicht, schoss es ihr durch den Kopf, lag es an ihren Augen, die ihr wie der Rest ihres Körpers bald den Dienst versagen würden. Vielleicht war auch dies eine Wirkung des Kontakts mit Exantrum – Verlust der Sehkraft –, oder vielleicht hatte sie an diesem Verlust von dem Moment an gelitten, als sie angefangen hatte zu glauben, ihr Mann hätte eine Geliebte.

Wie klar jetzt alles war. Wie nahtlos Terry Stewarts Beschreibung der männlichen Midlife-Krise sich mit dem zusammenfügte, was Eric Lawton getan hatte. Wie offenkundig jetzt Erics Gründe dafür waren, nicht nur seine Gegenwart zu fälschen, sondern auch seine Vergangenheit. Wie leicht es zu verstehen war, warum er sich seiner ersten Frau, seiner Tochter und dem Rest seiner Familie entfremdet hatte, die zweifellos genau gewusst hatte, womit er sich seinen Lebensunterhalt verdiente. Es war besser, vorzugeben, man hätte keine Familie; besser, das arme Opfer zu spielen; besser, *irgendwas* zu tun, als sich dazu zu bekennen, dass man ein Wissenschaftler war, der sein Geld damit verdiente, dass er tödliche Waffen entwickelte. Und nicht etwa Kriegswaffen, die von Soldaten gegen Soldaten eingesetzt wurden, sondern Waffen zur Ermordung unschuldiger Zivilisten oder – in den Händen anderer, in den Händen von Terroristen, zum Beispiel – um ein ganzes Volk in die Knie zu zwingen.

Nach dem Gespräch mit Sharon Pasternak wusste Charlie zwei Dinge: Sie wusste, dass Eric – der davon gesprochen hatte, dass sie nicht mehr lang in dieser Gegend leben würden, der von schnellen Autos und Börsengeschäften und Segeljachten geredet hatte – nie mit einem Journalisten Kontakt aufgenommen und auch nie die Absicht gehabt hatte, es zu tun. Er hatte genau das getan, was sie von Anfang an geargwöhnt hatte: Er hatte eine von Biosyn entwickelte Substanz verkauft. Nur war es kein Heilmittel gegen AIDS oder Krebs oder sonst was gewesen, wie sie angesichts des Geldes vermutet hatte. Ob ihn das zu einem schlechten Menschen machte, zu einem fehlgeleiteten oder habgierigen Menschen oder gar zum Teufel selbst, war für Charlie ohne Bedeutung. Denn Eric Lawton war tot, und auch für seinen Tod wusste sie endlich den Grund.

Sie schob sich in einen der steiflehnigen Kirchenstühle

und setzte sich. Sie hätte auch niederknien und beten können, aber den Himmel mit Bitten zu bestürmen, darüber war sie hinaus. Für das, woran sie litt, gab es keine Hilfe – weder göttliche noch andere. Und Eric hatte es in dem Moment gewusst, als sie ihm gestanden hatte, zu welchen Niedrigkeiten sie sich in ihrem Argwohn gegen ihn hatte hinreißen lassen. Sie hatte ihm beichten müssen – sie hatte das dringende Bedürfnis gehabt –, als er beim Nachhausekommen triumphierend vom »größten Verkaufserfolg in meiner ganzen Karriere« gesprochen hatte. »Warte nur, bis du hörst, wie hoch der Bonus ist, Char! Wie wär's mit einer Luxuskreuzfahrt zur Feier des Ereignisses? Oder sollen wir einfach unser ganzes Leben umkrempeln? Das können wir uns jetzt leisten. Wir können uns alles leisten. Es tut mir wirklich Leid, dass ich in letzter Zeit immer so daneben war.«

Da hatte sie gewusst, dass ihre Befürchtungen unbegründet gewesen waren, dass es keine andere Frau in seinem Leben gab.

Und in der Hoffnung auf Absolution von der Sünde des Zweifels an ihm hatte sie ihm alles gestanden.

»Du lieber Gott, Char, da waren wir doch schon einmal. Ich *habe* keine Geliebte«, hatte er mit einer Ernsthaftigkeit gesagt, die es in Verbindung mit der Freude, mit der er ihr von seinem Glück erzählt hatte, gar nicht zugelassen hatte, an seinen Worten zu zweifeln. »Du bist die Einzige … du warst immer die Einzige. Wie konntest du etwas anderes glauben? Ich weiß, ich war zerstreut und unaufmerksam und bin oft erst spät nach Hause gekommen. Aber das war alles wegen dieses Geschäfts, und du darfst niemals etwas anderes glauben – *niemals*,

Char! Für dich habe ich das alles getan. Damit wir uns ein besseres Leben leisten können. Für uns, für unsere Kinder. Etwas Besseres als die Vorstadt. Du verdienst es. Ich verdiene es. Und jetzt, wo diese Sache, auf die ich mich so sehr konzentriert habe, geklappt hat... Ich wollte aus Aberglauben nicht darüber sprechen, ich hatte Angst, dann würde die Sache platzen. Ich habe überhaupt nicht daran gedacht, dass es dich so fertig machen würde. Komm zu mir, Char. Mensch, Baby, es tut mir Leid.«

Am Klang seiner Stimme hatte sie gehört, dass er die Wahrheit sagte. Der Klang seiner Stimme und der Ausdruck seiner Augen hatten ihr die tröstliche Gewissheit gegeben, dass ihre Ängste unbegründet waren. Und so hatte sie sich in dieser Nacht ganz seiner Liebe überlassen und später, bei Morgengrauen, ihre restlichen Sünden gebeichtet. Sie schuldete ihm diese Beichte, fand sie. Nur indem sie ihm offen sagte, wie tief sie gesunken war, würde sie sich selbst vergeben können.

»Aber als ich dann in deinem Badezimmer die Flasche mit Hustensaft zu Boden geworfen habe, war Schluss!« Sie lachte über sich selbst und ihre albernen Ängste. »Es war, als hätte ich plötzlich das Bewusstsein wiedererlangt, als ich da in dieser Robitussin-Pfütze stand.«

Er lächelte und küsste ihre Fingerspitzen. »Robitussin? Char! Was war denn *das*?«

»Der Wahnsinn«, antwortete sie. »Ich war so sicher. Ich dachte, irgendwo muss es einen Beweis geben. Für irgendwas. Also habe ich überall gesucht. Sogar in deinem Apothekerschränkchen. Und da ist mir die Flasche mit dem Hustensaft aus der Hand gefallen und kaputtgegangen. Es tut mir Leid.«

Er lächelte immer noch, aber jetzt – in der Rückschau, in der Kapelle in San Juan Capistrano – konnte Charlie erkennen, wie starr dieses Lächeln geworden war. Und sie erkannte jetzt auch, wie er versuchte hatte, sich Klarheit zu verschaffen.

»In meinem Bad war doch gar kein Hustensaft, Char. Du musst in –«

»Doch. Du hast es wahrscheinlich nur vergessen. Das Etikett war uralt. Wahrscheinlich ist es gut, dass die Flasche zerbrochen ist. Es heißt doch immer, Medikamente, die älter als sechs Monate sind, soll man nicht mehr nehmen.«

Hatte sein Mund angespannt gewirkt? War das starre Lächeln geblieben? Er sagte: »Ja, ich glaube, da hast du Recht.«

»Tut mir trotzdem Leid, dass ich die Flasche zerbrochen habe.«

Hatte er da den Blick abgewendet? »Und wie hast du die Bescherung wieder sauber gemacht?«

»Auf Händen und Knien, um Buße zu tun.«

Hatte er gelacht? Künstlich oder natürlich? »Hoffentlich hattest du wenigstens Gummihandschuhe an.«

»Nein, ich wollte meine Sünden auf der Haut spüren. Warum? War es in Wirklichkeit gar kein Hustensaft? Hast du vielleicht Gift in der Hustensaftflasche versteckt, für den Fall, dass du mal Lust haben solltest, deine Frau um die Ecke zu bringen?« Sie hatte ihn gekitzelt, um eine Antwort aus ihm herauszulocken. Und sie hatten beide gelacht und begonnen, sich noch einmal zu lieben.

Er hatte nicht gekonnt.

»Ich werde eben alt«, sagte er. »Nach vierzig geht's bergab. Tut mir Leid.«

Und von da an war es immer schlimmer geworden. Er war häufiger weg als vorher; er war wieder geistesabwesend und verschlossen – in stärkerem Maß als je zuvor; er sperrte sich ein und verbrachte Stunden am Telefon; er investierte Tage, wie es schien, um über das Internet zu »recherchieren«, wie er ihr erklärte, als sie fragte. Und schließlich, als eines Abends das Telefon klingelte, hörte sie ihn sagen: »Heute Abend kann ich nicht, okay? Meiner Frau geht es nicht gut«, und ihr Argwohn erwachte von neuem.

Zwei Tage später fand er sie bei der Heimkehr von der Arbeit unter einer Wolldecke auf dem Sofa liegend, erschöpft von Kopf- und Gliederschmerzen, die sie sich ihrer Meinung nach wegen einer übertrieben anstrengenden Wanderung auf dem Saddleback Mountain zugezogen hatte. Sie schlief und erwachte nicht, als er kam. Erst als er neben dem Sofa niederkniete, fuhr sie in die Höhe.

»Was fehlt dir denn?«, fragte er. War das Furcht in seiner Stimme gewesen und nicht Besorgnis, wie sie damals geglaubt hatte. »Char, was ist los?«

»Ach, mir tut alles weh«, antwortete sie. »Ich bin gestern zu viel gelaufen. Und Kopfweh habe ich auch.«

»Ich mach dir einen Teller Suppe«, sagte er.

Sie hörte ihn in der Küche rumoren. Zehn Minuten später kam er mit einem Tablett wieder ins Wohnzimmer.

»Das ist lieb«, murmelte sie. »Aber ich kann aufstehen. Ich kann mit dir zusammen essen.«

»Ich esse nicht«, sagte er. »Jedenfalls jetzt nicht. Bleib liegen.« Behutsam und liebevoll fütterte er sie geduldig Löffel um Löffel mit der Suppe. Er tupfte ihr sogar den Mund mit einer Papierserviette ab. Und als sie lachte und sagte: »Also, wirklich, Eric, ich bin kerngesund«, antwortete er nicht.

Weil er es gewusst hat, dachte Charlie jetzt. Der Prozess hatte begonnen. Zuerst Kopf- und Muskelschmerzen, begleitet von erhöhter Temperatur. Danach Schüttelfrost und Appetitlosigkeit.

Und weiter? Das, was sie für körperliche Manifestierungen zuerst der Trauer und dann der Verleugnung gehalten hatte: Halsschmerzen, Schwindelgefühl, Übelkeit, Erbrechen. Aber sie hatte nicht auf den Tod ihres Mannes reagiert. Sie hatte auf das reagiert, was er zu seinen Lebzeiten getan hatte. Oder was er hatte tun wollen und getan hätte, wenn sie nicht die Flasche mit dem Virus zerbrochen hätte, bevor er sie dem Käufer übergeben konnte.

Er musste aufs Schrecklichste hin und her gerissen gewesen sein. Es war alles schief gegangen, alle seine wohl überlegten Pläne waren zunichte gemacht worden. Er hatte nichts, was er als Gegenleistung für die Anzahlung bieten konnte, die er für das Exantrum erhalten hatte, und er hatte eine Frau, die sich mit einem tödlichen Virus infiziert hatte, den er selbst gestohlen hatte. Er hatte gewusst, dass seine Frau sterben würde, wie er zweifellos auch gewusst hatte, dass Tausende – Millionen – anderer gestorben wären, hätte nicht das Schicksal in Gestalt von Charlies Eifersucht eingegriffen, um das zu verhindern.

Er fütterte sie mit der Suppe und betrachtete so aufmerksam ihr Gesicht, als wollte er ihr Bild mit ins Grab nehmen. Als sie mit dem Essen fertig war, als sie nichts mehr hinunterbrachte, legte er den Löffel in die Schale und stellte die Schale auf das Tablett. Er beugte sich vor und küsste Charlie auf die Stirn und zog ihr die Decke bis zum Kinn hinauf.

»Vergiss nicht, dass ich dich immer lieben werde«, sagte er.

»Warum sagst du mir das? Aus heiterem Himmel?«

»Behalte es einfach im Gedächtnis.«

Er trug das Tablett hinaus. Sie hörte, wie er es in der Küche auf die Arbeitsplatte stellte. Dann kam er zurück und setzte sich ihr gegenüber in einen Sessel, mit einem Kissen hinter dem Kopf.

»Weißt du es noch?«, fragte er.

»Was?«

»Was ich gesagt habe. Vergiss nicht, dass ich dich immer lieben werde.«

Bevor sie antworten konnte, zog er den Revolver unter seinem Jackett hervor. Er steckte den Lauf in den Mund und zerfetzte sich mit einem Schuss den Hinterkopf.

So ist das also, dachte Charlie, wenn man weiß, dass man sterben muss. Dieses Gefühl, dahinzutreiben. Nicht Panik, wie sie sich das vorgestellt hatte bei dem Gedanken, man würde ihr eröffnen, sie hätte eine tödliche Krankheit, stattdessen Gefühllosigkeit, automatisches Funktionieren: im Kirchenstuhl der Missionskapelle aufstehen, sich dem Altar nähern, vor dem Standbild eines in Gelb und Grün gewandeten Heiligen Halt machen, um eine

Kerze anzuzünden, dann still vor dem Heiligtum stehen und wissen, dass es nichts mehr gab, worum man Gott bitten konnte.

Was, fragte sie sich, hatte Eric sich gedacht? Er war zweiundvierzig Jahre alt gewesen. Hatte er gedacht: Das war's, mehr wird aus meinem Leben nie mehr werden, wenn ich nicht diese eine Gelegenheit ergreife, alles zu ändern, mehr zu haben und mehr zu sein, die Welle zu reiten, die sich vor mir erhebt, und zu entdecken, an welche Küsten sie mich tragen wird? Wenn ich nur ein gewisses Risiko auf mich nehme, ein einziges kleines Risiko, und im Grunde genommen nicht einmal ein Risiko, wenn ich es richtig einfädele und mich nach allen Seiten absichere: Ich lasse Sharon Pasternak die Substanz beschaffen, und wenn dann jemand beim Hinausschmuggeln aus der Firma geschnappt wird, ist es Sharon und nicht ich. Ich spiele den großen Enthüller, damit Sharon glaubt, ich hätte edle Ziele. Ich nehme Kontakt zu einem Interessenten auf, bestehe aber bei den Geschäftsverhandlungen erstens auf einer Anzahlung, zweitens einer Lieferfrist, um alles für eine Flucht vorbereiten zu können, sollte mein Geschäftspartner versuchen, mich aus dem Weg zu räumen, und drittens bestehe ich auf einem zweiten Zusammentreffen zur Übergabe des Exantrum, dem dann ein schneller Abgang und die Flucht nach – ja, wohin? Tahiti, Belize, Südfrankreich, Griechenland – folgen werden. Es hatte bestimmt keine Rolle gespielt. Für Eric war die Hauptsache gewesen, dass der »Rest seines Lebens« einen neuen Sinn bekäme, der über eine Harley Davidson und ein Schlangentattoo auf dem Arm hinausging.

»Eric, Eric«, flüsterte Charlie. Wo, wann und warum hatte diese schreckliche Wandlung stattgefunden?

Sie wusste es nicht. Sie hatte ihn nicht gekannt. Sie war nicht einmal sicher, dass sie sich selbst kannte.

Sie verließ die Kapelle und kehrte schnellen Schritts zu ihrem Wagen zurück, der im Parkhaus neben dem Bahnhof stand. Sie stieg ein, müde und mit einem Gefühl, als wäre der Virus in ihrem Blut etwas, das sie spüren konnte. Und er war ja wirklich da. Um das zu wissen, brauchte sie nicht in ein Krankenhaus zu gehen oder zu Biosyn hinauszufahren, um sich Dr. Cabot als Beweis dafür anzubieten, dass seine Waffe so wirkungsvoll war, wie er gehofft hatte.

Eric hatte gewusst, dass sie sterben würden. Er hatte gewusst, wie der Virus angreifen würde. Er hatte gewusst, dass dieser Angriff nicht abgewehrt werden konnte, und hatte sich der Verantwortung für das schreckliche Unheil, das er über sie beide gebracht hatte, entzogen.

Was kann man da noch tun?, fragte sie sich. Aber sie wusste die Antwort. Sie musste alles klar und deutlich niederschreiben, damit niemand durch ihren Leichnam in Gefahr geriet. Und danach würde sie tun, was Eric getan hatte, aber aus völlig anderen Gründen. Es war keine noble Lösung, auch wenn sie vielleicht als solche erschien. Es war die einzige Lösung. Sie hatte den Revolver noch. Sie würde eine Schweinerei anrichten, und eine Schweinerei war gefährlich für andere, aber durch den Brief, den sie zu schreiben und an die Tür zu kleben gedachte, damit niemand ihn übersehen konnte, würde die Situation erklärt werden.

Merkwürdig, dachte sie, sie war nicht wütend, sie hatte keine Angst, sie empfand nichts. Vielleicht war das gut.

Auf dem Freeway fuhr sie vorsichtiger als sonst. Jedes Auto, das an ihr vorüberbrauste, war ein Hindernis, das sie um jeden Preis meiden musste. Es begann dunkel zu werden, und im grellen Licht der Scheinwerfer entgegenkommender Fahrzeuge sah sie nicht mehr gut, aber sie schaffte es ohne Zwischenfall nach Hause. Sie stellte den Wagen in der Einfahrt ab und spürte, wie eine Schwere sich über sie senkte, in dem Wissen dessen, was sie tun musste, wenn sie im Haus war.

Mehr als alles andere wünschte sie sich, sie könnte einfach schlafen. Aber dazu war keine Zeit mehr. Wenn sie acht Stunden vergeudete, blieb dem Virus diese Zeit, um in ihrem Körper zu wirken. Wer konnte sagen, in was für einem Zustand sie morgen sein würde, wenn sie heute der Erschöpfung nachgab.

Sie stieg aus dem Wagen, schleppte sich den Weg hinauf. Das Licht auf der Veranda brannte nicht, darum sah sie die Gestalt, die sich aus dem Schatten löste, erst, als sie direkt vor ihr stand. Und sie sah auch den schwachen Widerschein der Straßenbeleuchtung auf einem metallischen Gegenstand, den die Gestalt, ein Mann, in der Hand hielt. Eine Schusswaffe? Ein Messer? Sie konnte es nicht erkennen.

»Mrs. Lawton«, sagte der Fremde, »ich glaube, Sie haben etwas in Ihrem Besitz, das mir gehört.« Seine Stimme war so dunkel wie sein Teint, und sein Ton so schwarz wie seine verhüllten Augen.

Sie fürchtete ihn nicht. Was gab es denn noch zu

fürchten? Er konnte ihr nicht mehr tun, als das Exantrum ihr bereits antat.

Sie sagte: »Ja, das ist richtig. Aber ich habe es nicht in der Form, wie Sie es sich erhoffen. Kommen Sie doch herein, Mr. –?«

»Namen tun nichts zu Sache. Ich möchte nur das, was mir vereinbarungsgemäß zusteht.«

»Ja, das weiß ich. Kommen Sie also herein, Mr. Namen-tun-nichts-zur-Sache. Ich gebe es Ihnen gern.«

Vorher, dachte sie, muss ich den Brief schreiben. Und ihr Instinkt sagte ihr, dass Mr. Namen-tun-nichts-zur-Sache so dringend haben wollte, weshalb er gekommen war, dass er bereit sein würde, ihr die Zeit zu geben, die erforderlich war, um den Brief zu schreiben.

Vorbemerkung zu
Ich, Richard …

Die Person Richards III., einer der umstrittensten Könige von England, fasziniert mich, seit ich in Collegetagen an meinem ersten Shakespeare-Seminar teilgenommen habe. Wir lasen damals das Drama *Richard der Dritte* – interessanterweise als Tragödie bezeichnet –, und im Verlauf dieser Lektüre schloss ich erste Bekanntschaft mit einer Gruppe faszinierender historischer Gestalten, die mir seit jenem Herbst im Jahr 1968, als wir im Kurs über sie sprachen, nie mehr aus dem Kopf gegangen sind.

Gesehen habe ich das Stück zum ersten Mal wenig später beim Los Gatos Shakespeare Festival, aber erst als ich Josephine Teys bekannten Roman *Alibi für einen König* las, begann ich den viel geschmähten König Richard anders zu sehen, als Shakespeare ihn uns in seinem berühmten Drama zeigt. Meine Faszination wuchs, und es folgte die Lektüre weiterer einschlägiger Werke: *Richard III.*; *The Road to Bosworth Field*; *The Year of Three Kings 1483*; *The Mystery of the Princes*; *Richard III; England's Black Legend*; *The Deceivers* und *Royal Blood*. Sie alle stehen in meiner Bibliothek. Und als ich die Personen entwickelte, die in allen meinen Kriminalromanen einen festen Platz haben, beschloss ich, einen der männlichen Protagonisten als einen Verteidiger Richards zu entwerfen. Auf diese Weise schuf ich mir bessere Möglichkeiten, immer wieder einmal mit Seitenhieben den Mann aufs Korn zu nehmen, der nach meiner Überzeugung bei den Ereignissen des Jahres 1485 der wahre Schurke war: Heinrich Tudor, Graf von Richmond, später König Heinrich VII.

Ich wollte schon lange meine eigene Geschichte darüber schreiben, was damals den jungen Prinzen im Tower geschah; eine Geschichte, die Richard reinwaschen und die Schuld demjenigen zuweisen würde, dem sie gebührte. Das Problem war nur, dass alle die Autoren, deren Bücher zu diesem Thema ich gelesen hatte, unterschiedliche Auffassungen darüber vertraten, wer der wahre Schuldige sei. Einige hielten es für wahrscheinlich, dass Heinrich Tudor die Knaben töten ließ, nachdem er den Thron bestiegen hatte. Andere meinten, der Herzog von Buckingham, der sich selbst den Weg zum Thron freimachen wollte, trage die Verantwortung. Wieder andere sahen die Stanleys, den Bischof von Ely und Margaret Beaufort in den Fall verwickelt. Einige behaupteten, hinter dem Verschwinden und dem Tod der Knaben habe ein Komplott gesteckt. Andere behaupteten, es sei das Werk eines Einzelnen gewesen. Und manche vertraten hartnäckig die Überzeugung, dass die Tat von dem Mann begangen worden war, dem man seit fünfhundert Jahren die Schuld zuschreibt: dem Buckligen selbst, Richard, Graf von Gloucester, später König Richard III.

Ich wusste, dass ich weder einen historischen Roman schreiben noch den Beruf wechseln und Spezialistin für mittelalterliche Geschichte werden wollte. Ich wollte eine Erzählung über Menschen schreiben, die sich, wie ich, für diese Epoche interessieren, und wollte ihr, abgeleitet von der Anfangsfloskel auf Urkunden, die von den regierenden Monarchen jener Zeit verfasst wurden, den Titel *Ich, Richard…* geben.

Die Herausforderung für mich bestand darin, eine Geschichte zu schreiben, die in der Gegenwart spielt, jedoch mit einer anderen aus der Vergangenheit verwoben ist. Ich wollte mich diesem Unternehmen nicht auf die Weise annähern, wie Josephine Tey das tut, die einen Protagonisten im Krankenbett einführt, der dadurch von seinem Leiden abgelenkt wird, dass er einen rätselhaften Fall lösen muss. Andererseits aber wollte ich eine Geschichte schaffen, in der es etwas gibt – etwas Erfundenes natürlich –, das unwiderlegbar beweist, dass Richard am Tod seiner Neffen schuldlos war.

Meine erste Aufgabe war es, mir zu überlegen, was für ein Beweisstück das sein könnte.

Meine zweite Aufgabe war es, mir auszudenken, in was für eine Geschichte aus moderner Zeit sich dieses Beweisstück einarbeiten ließe.

Ich näherte mich der Handlung, so wie ich es immer tue: Ich beschloss, den Ort aufzusuchen, an dem ich meine Erzählung ansiedeln wollte. An einem kalten Februartag wanderte ich also in Begleitung einer Freundin aus Schweden nach Market Bosworth hinauf. Zusammen marschierten wir um das Schlachtfeld, Bosworth Field, herum, auf dem Richard III. durch die Treulosigkeit, den Verrat und die Habgier anderer den Tod fand.

Bosworth Field hat sich seit jenem August 1485, als hier die feindlichen Heere aufeinander prallten, nur wenig verändert. Es wurde nicht zur Errichtung von Wohnsiedlungen freigegeben, und Walmart hat es nicht geschafft, einen hässlichen Megakaufmarkt irgendwo in seine Nähe zu bauen. Es ist heute noch ein gottverlassenes Stück Land, über das der Wind streicht, gekennzeichnet nur durch Fahnenmasten, die dem Besucher zeigen, wo die einzelnen Streitmächte ihre Lager aufgeschlagen hatten, und durch Tafeln, die, einer vorgezeichneten Route folgend, genau erklären, was sich an den einzelnen Schauplätzen abspielte.

Als ich die Tafel erreichte, die meinen Blick zum fernen Dorf Sutton Cheney lenkte, wo König Richard am Vorabend der Schlacht in der St.-James-Kapelle betete, sah ich meine Geschichte zum ersten Mal Gestalt annehmen. Und das, was mir geschah, als ich vor dieser Tafel stand, war mir noch nie vorher geschehen und ist mir seither nicht wieder geschehen:

Ich las den Text, der mich aufforderte, die etwa anderthalb Kilometer entfernte Windmühle zu suchen, das Wahrzeichen des Dorfes Sutton Cheney, wo König Richard am Vorabend der Schlacht gebetet hatte. Als ich meinen Blick wandern ließ und die Windmühle entdeckte, hatte ich mit einem Mal die ganze Erzählung im Kopf, die Sie gleich lesen werden, von Anfang bis Ende, völlig mühelos.

Ich brauchte die Geschichte nur noch meinem kleinen Kassettenrecorder zu erzählen, während der Wind an mir zerrte und die Kälte es mir schwer machte, längere Zeit im Freien zu bleiben.

Als ich wieder zu Hause in Kalifornien war, entwarf ich die Protagonisten, die die kleine Welt von *Ich, Richard…* bevölkern sollten. Danach schrieb sich die Geschichte praktisch von selbst.

Die Frage nach Schuld oder Unschuld der historischen Parteien wird unbeantwortet bleiben, solange nicht ein Dokument entdeckt wird, dessen Richtigkeit nicht in Zweifel gezogen werden kann. Aber mir ging es gar nicht darum, zu beweisen, dass dieser oder jener dies oder jenes getan hat. Mir ging es darum, über einen Mann zu schreiben, der von einem toten König besessen war und vor nichts zurückschreckte, um unter dem Banner des geschlagenen weißen Ebers seine eigenen Interessen voranzutreiben.

Ich, Richard …

Malcolm Cousins entfuhr ein Ächzen. Er konnte es nicht unterdrücken, obwohl es der Situation überhaupt nicht angemessen war. Ein Seufzer der Wonne oder ein Stöhnen der Befriedigung wären angebrachter gewesen. Aber die Wahrheit war einfach, und er musste ihr ins Auge sehen: Er war nicht mehr der Tausendsassa, der er im Bett einmal gewesen war. Es hatte Zeiten gegeben, da hatte er es mit den Besten aufnehmen können. Aber diese Zeiten waren wie sein Haupthaar den Weg alles Vergänglichen gegangen, und heute, mit seinen neunundvierzig Jahren, konnte er sich glücklich preisen, wenn er das Gerät zweimal in der Woche hochbekam.

Er wälzte sich von Betsy Perryman herunter und ließ sich stöhnend auf den Rücken fallen. In seinen Lendenwirbeln hämmerte es wie unter den Schlägen eines ganzen Trommlerregiments, und die stets zweifelhaften Wonnen, die Betsys üppige, mit Parfum getränkte Reize ihm bereitet hatten, waren bald nur noch blasse Erinnerung. Heiliger Himmel, dachte er, krampfhaft nach Luft schnappend. Da brauchst du keine Rechtfertigung mehr. Frag dich lieber, ob der Zweck diese gottverdammte Anstrengung überhaupt *wert* ist.

Zum Glück nahm Betsy das Stöhnen und das heftige

Atmen so auf, wie sie die meisten Dinge aufnahm. Sie hievte ihre Massen herum, so dass sie auf der Seite zu liegen kam, stützte den Kopf in die offene Hand und betrachtete ihn mit einer Miene, die kokett sein sollte. Keinesfalls wollte sie ihn merken lassen, wie verzweifelt sie hoffte, dass er sie aus ihrer derzeitigen Ehe – der vierten – retten würde, und Malcolm unterstützte ihre diesbezüglichen Fantasien nur zu gern. Manchmal wurde es ein wenig schwierig, sich zu merken, was ihm bekannt sein durfte und was nicht, aber er wusste mittlerweile, wenn sich bei Betsy argwöhnische Zweifel an seiner Aufrichtigkeit regten, gab es ein einfaches und wirksames, wenn auch für den Rücken etwas strapaziöses Mittel, diese Zweifel zum Schweigen zu bringen.

Sie griff nach der zur Seite gerutschten Bettdecke, zog sie hoch und hob ihre dralle Hand. Seinen kahlen Scheitel liebkosend, sah sie ihn mit trägem Lächeln an. »Mit einem Kahlköpfchen hab ich's noch nie getan. Hab ich dir das schon mal gesagt, Malc?«

Jedes Mal sagte sie das, wenn sie es – wie sie es so ungeheuer blumig ausdrückte – miteinander getan hatten. Dann dachte er an Cora, die Spanielhündin, die er in seiner Kindheit so geliebt hatte, und bei der Erinnerung an den Hund bekam sein Gesicht einen angemessen liebevollen Ausdruck. Er zog Betsys Finger zu seinem Mund und küsste sie einen nach dem anderen.

Sie rutschte auf seine Seite des Betts hinüber, immer näher, bis ihr wogender Busen keine drei Zentimeter mehr von seinem Gesicht entfernt war. Aus dieser Nähe betrachtet, glich der Einschnitt zwischen ihren Brüsten der Cheddar-Schlucht und war etwa ebenso reizvoll. Du lieber Gott, noch eine Runde?, dachte er. Wenn das so weiterging, würde er seinen fünfzigsten Geburtstag nicht mehr erleben. Und sein Ziel nie erreichen.

Er drückte sein Gesicht in die erstickenden Tiefen ihres Busens und produzierte die Laute sehnsüchtigen Begehrens, die sie hören wollte. Dann nuckelte er noch ein wenig, bevor er mit großem Theater so tat, als fiele sein Blick zufällig auf seine Armbanduhr auf dem Nachttisch.

»Oh, verflixt!« Er packte die Uhr und hielt sie sich demonstrativ vor die Augen. »Mensch, Betsy, es ist elf Uhr. Ich hab diesen Austro-Richie-Freaks versprochen, dass ich sie um zwölf auf dem Bosworth Field erwarte. Ich muss schleunigst los.«

Und er sprang aus dem Bett, bevor sie protestieren konnte. Während er in seinen Morgenrock schlüpfte, bemühte sie sich, aus seinen Worten klug zu werden. Sie krauste die Stirn und sagte: »Astoritschifrieks? Was soll denn das sein?« Sie setzte sich auf. Ihr blondes Haar war wirr und strähnig, die Schminke in ihrem Gesicht verschmiert.

»Nicht *Astor*, Austro«, erklärte Malcolm. »Aus Australien. Richard-Freaks aus Australien. Ich habe dir doch letzte Woche von ihnen erzählt, Betsy.«

»Ach, die!« Sie zog eine Schnute. »Ich dachte, wir machen heute Mittag ein kleines Picknick.«

»Bei dem Wetter?« Er war schon auf dem Weg ins Bad. Er konnte nicht nach Sex und Shalimar stinkend zu der Führung erscheinen. »Wo wolltest du denn mitten im Januar ein Picknick veranstalten? Hörst du nicht den Wind? Es hat bestimmt mindestens minus zehn Grad draußen.«

»Ein Picknick im Bett«, erklärte sie. »Mit Honig und Sahne. Du hast doch gesagt, das wäre dein Traum. Oder weißt du das nicht mehr?«

Er blieb an der Schlafzimmertür stehen. Ihm gefiel der Ton ihrer Frage nicht. Er hatte etwas Forderndes, das ihn an alles erinnerte, was er an Frauen hasste. Natürlich wusste er längst nicht mehr, was er als seinen Traum von Honig und Sahne ausgegeben hatte. In den vergangenen zwei Jahren ihres Verhältnisses hatte er vieles gesagt. Das meiste davon hatte er vergessen, sobald er gemerkt hatte, dass sie ihn so sah, wie er von ihr gesehen werden wollte. Aber er musste natürlich trotzdem auf sie eingehen.

»Hm, Honig und Sahne«, sagte er seufzend. »Du hast Honig und Sahne mitgebracht? Ach, Betsy ...« Ein Spurt zurück zum Bett. Eine züngelnde Inspektion ihrer Zahnfüllungen. Eine hitzig grapschende Hand zwischen ihre Beine. »Gottogott, du treibst mich noch in den Wahnsinn, Weib. Ich seh schon, ich werde heute den ganzen Tag mit stocksteifem Schwanz in Bosworth rumlaufen.«

»Geschieht dir recht«, sagte sie neckisch und wollte zupacken.

Er hielt ihre Hand fest. »Du bist ganz heiß drauf«, sagte er.

»Nicht heißer als du.«

Er nuckelte wieder an ihren Fingern. »Später«, sagte er. »Erst muss ich diese blöden Australier auf dem Schlachtfeld herumführen, und wenn du danach noch hier bist ... Du weißt, was dir dann blüht.«

»Nein, das ist zu spät. Bernie glaubt, ich wäre nur zum Metzger gegangen.«

Er warf ihr einen gequälten Blick zu, um sie wissen zu lassen, wie sehr ihn der Gedanke an ihren ahnungslosen Mann, diesen Unglücksraben – seinen alten Busenfreund Bernie –, schmerzte.

»Dann eben ein andermal. Wir haben noch endlos viele Tage vor uns. Mit Honig und Sahne. Mit Kaviar. Mit Austern. Habe ich dir schon einmal gesagt, was ich mit den Austern tun werde?«

»Was denn?«, fragte sie.

Er lächelte. »Wart's ab!«

Dann floh er ins Badezimmer und drehte die Dusche auf. Wie gewöhnlich tröpfelte nur ein dünnes Rinnsal lauwarmen Wassers aus der Brause. Malcolm legte fröstelnd seinen Morgenrock ab und verwünschte die Umstände, in denen er lebte. Seit fünfundzwanzig Jahren stand er im Klassenzimmer und versuchte, pickeligen Halbstarken, die sich für nichts anderes interessierten als die Erfüllung ihrer feuchten Träume, die Geschichte der Zivilisation nahe zu bringen, und was hatte er davon? Ein schäbiges kleines Reihenhaus in der Nähe der Schule, einen alten Vauxhall ohne Ersatzreifen, eine Geliebte mit Heiratsplänen und einer Vorliebe für abartigen Sex. Und eine Leidenschaft für einen lang verstorbenen König, die ihm, wenn es nach ihm ginge, zum sprudelnden Quell einer weit reicheren Zukunft werden sollte. Die Möglichkeiten lagen so nahe, nur wenige herausfordernde Zentimeter außer Reichweite. Und wenn er sich erst einmal einen Namen gemacht hatte, würden die Buchverträge, die Vortragsreisen und die Angebote zu lukrativer Erwerbstätigkeit von selbst folgen.

»Scheiße!«, brüllte er, als das Wasser aus der Dusche ohne Übergang plötzlich kochend heiß herabschoss. »Gott verdammt.« Er griff nach den Hähnen.

»Geschieht dir recht«, sagte Betsy von der Tür her. »Du bist ein böser Junge, und böse Jungen brauchen eine Strafe.«

Er wischte das Wasser aus seinen Augen und blinzelte, um sie erkennen zu können. Sie hatte sein bestes Flanellhemd an – ausgerechnet das, welches er sich für die Führung zurecht gelegt hatte, verdammte Person! – und stand in bemüht verführerischer Pose lässig an den Türpfosten gelehnt. Er ignorierte sie und fuhr fort, sich zu waschen. Er konnte ihr ansehen, dass sie entschlossen war, ihren Kopf durchzusetzen und ihn noch einmal ins Bett zu lotsen, bevor er ging. Vergiss es, Bets, sagte er sich. Treib's nicht zu weit, meine Liebe.

»Ich versteh dich nicht, Malc Cousins«, sagte sie. »Du bist der einzige Mann auf Erden, der lieber mit einem Haufen Touristen im Morast herumrennt, als es sich mit der Frau, die er angeblich liebt, im Bett gemütlich zu machen.«

»Nicht angeblich«, korrigierte Malcolm automatisch. Diese postkoitalen Dialoge waren von einer Eintönigkeit, die ihn zu deprimieren begann.

»Ach was? Tatsächlich? Ich hätte gesagt, dieser komische König, wie heißt er gleich wieder, ist dir viel wichtiger als ich.«

Nun, er ist auf jeden Fall weit interessanter, dachte Malcolm, sagte aber: »Na, hör mal! Das bedeutet für uns, Geld auf der hohen Kante zu haben.«

»Wir brauchen kein Geld auf der hohen Kante«, entgegnete sie. «Das hab ich dir bestimmt schon hundert Mal gesagt. Wir haben das –«

»Außerdem«, fiel er ihr hastig ins Wort, denn je weniger zwischen ihnen zum Thema von Betsys Erwartungen gesagt wurde, desto klüger. »Außerdem ist es eine nützliche Erfahrung. Wenn das Buch erst mal fertig ist, werden Interviews, öffentliche Auftritte und Vorträge auf mich zukommen. Ich brauche die Übung. Ich brauche« – ein entwaffnendes Lächeln in ihre Richtung – »mehr als ein Eine-Frau-Publikum, mein Schatz. Stell dir nur mal vor, wie das sein wird, Bets. Cambridge, Oxford, Harvard, die Sorbonne. Meinst du, Massachusetts wird dir gefallen? Und Frankreich?«

»Bernie hat wieder Probleme mit dem Herzen, Malc«, sagte Betsy und strich mit dem Finger den Türpfosten hinauf.

»Wirklich?«, sagte Malcolm erfreut. »Der arme alte Bernie. Er ist schon ein armer Teufel, Bets.«

Das Problem Bernie musste natürlich geregelt werden. Aber Malcolm vertraute darauf, dass Betsy Perryman der Aufgabe gewachsen war. Beschwingt von Sex und billigem Champagner, hatte sie ihm einmal erklärt, jede ihrer vier Ehen sei nach der jeweils vorausgegangenen ein Schritt nach oben gewesen, und man brauchte wahrhaftig kein Genie zu sein, um zu wissen, dass ein Schritt aus einer Ehe mit einem unverbesserlichen Alkoholiker – mochte er noch so gutmütig sein – in eine Beziehung mit einem Oberschullehrer, der auf dem besten Weg war, mit seiner Korrektur der mittelalterlichen Geschichte das ganze Land aufhorchen zu lassen, zweifellos ein Schritt in die richtige Richtung war. Folglich konnte man sich darauf verlassen, dass Betsy die Sache mit Bernie regeln würde. Es war nur eine Frage der Zeit.

Scheidung kam selbstverständlich nicht in Frage. Malcolm hatte Betsy von Anfang an klar gemacht, dass er ihr bei allem heißen, leidenschaftlichen, wahnsinnigen Verlangen und so weiter, mit ihr zusammenzuleben, niemals zumuten würde, in die bescheidenen Verhältnisse abzusteigen, die das Einzige waren, was er ihr derzeit bieten konnte. Er würde es ihr nicht nur nicht zumuten, er würde es ihr strikt verbieten. Betsy – seine geliebte Betsy – verdiene so viel mehr, als er ihr, so wie es im Augenblick um ihn bestellt war, bieten könne. Aber wenn erst der Erfolg sich einstellt, liebster Schatz... oder wenn, was Gott verhüten möge, Bernie etwas zustoßen sollte... Dies, hoffte er, würde ausreichen, um in der schwammigen grauen Masse ihres Gehirns ein Licht aufgehen zu lassen.

Malcolm verspürte keinerlei Schuldgefühle bei dem Gedanken an Bernie Perrymans Hinscheiden. Gewiss, sie kannten einander seit ihrer Kindheit, da ihre Mütter Jugendfreundinnen gewesen waren. Aber am Ende der Pubertät hatten ihre Wege sich getrennt, da sein völliges Versagen bei der Schulabschlussprüfung den armen Bernie zu einem Leben auf dem Hof der Familie verbannt hatte, während Malcolm ein Universitätsstudium aufgenommen hatte. Und danach – nun ja, Unterschiede im Bildungsniveau machten es in der Tat schwierig, mit Leuten zu kommunizieren, denen es an gewissen Grundlagen fehlte, auch wenn man einmal mit ihnen befreundet gewesen war. Im Übrigen hatte Malcolm bei der Heimkehr von der Universität sehr schnell erkannt, dass sein alter Freund seine Seele an den Black-Bush-Teufel verkauft hatte. Und was hätte er davon gehabt, eine Freundschaft mit dem berüchtigtsten Säufer der Umgebung zu erneuern? Trotzdem, sagte sich Malcolm gern, hatte er Bernie ein gewisses Mitgefühl nicht verweigert. Jahrelang war er einmal im Monat auf den Hof gekommen – natürlich immer nur im Schutz der Dunkelheit –, um mit seinem früheren Freund Schach zu spielen und sich seine whiskyseligen Betrachtungen über ihre Kindheit und das, was hätte sein können, anzuhören.

Auf diese Weise hatte er zum ersten Mal vom »Erbe« gehört, wie Bernie es bezeichnet hatte. Und nur um an das »Erbe« heranzukommen, bumste er seit zwei Jahren unermüdlich Bernies Ehefrau. Betsy und Bernie hatten keine Kinder. Bernie war der Letzte seiner Familie, also würde das Erbe Betsy zufallen. Und Betsy würde es Malcolm überlassen.

Das allerdings wusste sie noch nicht. Aber sie würde es bald genug erfahren.

Malcolm lächelte, als er daran dachte, wie gut Bernies Erbe seiner Karriere tun würde. Seit nahezu zehn Jahren schrieb er mit fanatischem Eifer an dem Werk, dem er den Spitznamen *Richies Reinwaschung* gegeben hatte – seine Ehrenrettung Richards III. –, und wenn sich das Erbe erst mal in seinen Händen befand, brauchte er sich um seine Zukunft keine Sorgen mehr zu machen. Auf der Fahrt zum Bosworth Field, wo die australische Gruppe ihn erwartete, deklamierte er laut den ersten Satz des vorletzten Kapitels seines *opus magnum*: »Bei dem angeblichen Verschwinden Eduards, des Lord Bastard, Grafen von Pembroke und March, und Richards, des Herzogs von York, beginnen die Historiker traditionell, aus Quellen zu schöpfen, die von ihrem Eigeninteresse verunreinigt sind.«

Wunderbar, diese Formulierung, dachte er. Und das Beste daran war, dass es auch noch die Wahrheit war.

Der Reisebus war schon da, als Malcolm auf den Parkplatz bei Bosworth Field brauste. Die Fahrgäste waren törichterweise ausgestiegen, anscheinend alles Frauen und niederschmetternd betagt. Wie eine Herde Schafe standen sie fröstelnd zusammengedrängt im Wind, der mit Sturmstärke tobte. Als Malcolm aus seinem Wagen stieg, löste sich eine der Frauen aus der Herde und ging mit großen Schritten auf ihn zu. Sie war kräftig gebaut und wesentlich jünger als die anderen, was Malcolm zu der Hoffnung veranlasste, es werde ihm gelingen, sich mit einer gehörigen Portion Charme aus der Affäre zu ziehen. Aber dann bemerkte er ihr kurz gestutztes Haar, die plumpen Fesseln und die strammen Waden... ganz zu schweigen von dem Klemmbrett, das sie im Gehen gegen ihre offene Hand schlug. Eine lesbische Fremdenführerin, die eine Stinkwut im Bauch hat, dachte er. Das kann ja heiter werden.

Aber er erwartete sie mit einem strahlenden Lächeln. »Es tut mir wirklich Leid«, flötete er. »Ich hatte Ärger mit dem Wagen.«

»Ich will Ihnen mal was sagen, Kumpel«, begann sie im breitesten australischen Slang, »wenn wir von ›Der romantische Zauber Großbritanniens‹ für eine Führung um zwölf Uhr mittags bezahlen, dann erwarten wir, dass die beschissene Führung auch punkt zwölf Uhr beginnt. Wieso kommen Sie zu spät? Verdammt noch mal, hier draußen ist es ja wie in Sibirien. Man kommt fast um vor Kälte. Los, fangen wir endlich an.«

Sie machte auf dem Absatz kehrt und winkte ihre Schützlinge zum Rand des Parkplatzes, wo der Fußweg rund um das Schlachtfeld begann.

Malcolm rannte der Truppe hinterher. Es ging um sein Trinkgeld, da musste er sich bemühen, seine Säumigkeit durch eine glanzvolle Zurschaustellung seines Wissens wettzumachen.

»Ja, ja«, sagte er mit geheuchelter Jovialität, als er die Reiseleiterin eingeholt hatte. »Es ist wirklich ein unglaublicher Zufall, dass Sie Sibirien erwähnen, Miss –?«

»Sludgecur«, sagte sie kurz.

»Ah. Ja. Miss Sludgecur. Natürlich. Wie ich eben sagte, es ist ein unglaublicher Zufall, dass Sie Sibirien erwähnen. Auf diesem Stück englischen Bodens haben wir nämlich die höchste Erhebung westlich des Ural. Darum leiden wir hier unter diesen Moskauer Witterungsverhältnissen. Sie können sich vorstellen, wie es im fünfzehnten Jahrhundert gewesen sein muss, als –«

»Wir wollen keinen Kurs in Meteorologie«, blaffte sie. »Fangen Sie endlich an, ehe meine Damen hier sich den Arsch abfrieren.«

Ihre Damen kicherten und stemmten sich, aneinander geklammert, gegen den Wind. Sie hatten die runzligen Apfelbäckchen Achtzigjähriger und betrachteten Miss Sludgecur mit der ehrfürchtigen Bewunderung von Kindern, die erlebt haben, dass ihre Eltern es mit jedem aufnehmen und ihn ohne viel Federlesens niederstrecken.

»Ja, natürlich«, sagte Malcolm. »Das Wetter ist der Hauptgrund dafür, dass das Schlachtfeld im Winter geschlossen ist. Wir haben für Ihre Gruppe eine Ausnahme gemacht, weil die Damen Richardianerinnen sind, und wenn Richardianer Bosworth aufsuchen, kommen wir ihnen gern entgegen. Das ist die beste Art, dafür zu sorgen, dass die Verbreitung der Wahrheit gefördert wird, da sind Sie doch sicher meiner Ansicht.«

»Was, zum Teufel, labern Sie da?«, fragte Miss Sludgecur. »Richa-was?«

Woran Malcolm hätte merken müssen, dass der Rundgang nicht so glatt verlaufen würde, wie er gehofft hatte. »Richardianer«, erklärte er und strahlte die alten Frauen an, die um Miss Sludgecur herumstanden. »Die Menschen, die an die Unschuld Richards III. glauben.«

Miss Sludgecur starrte ihn an, als wäre er von einem anderen Stern. »Was? Wir schauen uns hier den romantischen Zauber Großbritanniens an, Kumpel. Ich sage nur, Jane Eyre, Mr. Rochester, Heathcliff und Cathy, Maxim de Winter. Liebe auf dem Schlachtfeld heißt das Motto von heute, und wir wollen was sehen für unser Geld. Ist das klar?«

Einzig um ihr Geld ging es. Nur weil sie bezahlten, war Malcolm hier. Aber, Herrgott noch mal, wussten diese Frauenzimmer auf der Suche nach dem romantischen Zauber überhaupt, wo sie sich hier befanden? Wussten sie – interessierte es sie? –, dass der letzte König, der in einer kriegerischen Schlacht fiel, nur einen Kilometer von ihrem jetzigen Standort entfernt von seinem Schicksal ereilt worden war? Und dass dieses Schicksal ihn infolge von Aufstand, Verrat und Treulosigkeit ereilt hatte? Offensichtlich nicht. Sie waren nicht zu Richards Unterstützung hergekommen. Sie waren hierher gekommen, weil es Teil ihrer Pauschalreise war. Die grüblerische Liebe, die hoffnungslose Liebe und die treue Liebe waren bereits abgehakt. Nun sollte er ihnen eine Version der tödlichen Liebe aus dem Ärmel schütteln, die sie hinreichend begeistern würde, um am Ende des Nachmittags ein paar Pfund locker zu machen. Na schön. Das würde er gerade noch schaffen.

Betsy kam Malcolm erst wieder in den Sinn, als er an der ersten Markierungsmarke des Rundgangs Halt machte, dort, wo Richards Heer zu Beginn der Schlacht gestanden hatte. Während seine Schäfchen das Banner mit dem weißen Eber fotografierten, das an der Fahnenstange vom Wind gepeitscht wurde, blickte Malcolm über sie hinweg zu den heruntergekommenen Gebäuden der Windsong Farm, die auf der Höhe des nächsten Hügels zu erkennen waren. Er konnte das Haus sehen und auch Betsys Wagen im Hof. Den Rest konnte er sich vorstellen – und seinen diesbezüglichen Fantasien nachhängen.

Bernie hatte bestimmt nicht gemerkt, dass seine Frau dreieinhalb Stunden gebraucht hatte, um in Market Bosworth ein Päckchen Hackfleisch zu besorgen. Es war schließlich fast halb eins, da hockte er zweifellos wie gewöhnlich am Küchentisch und versuchte, eines seiner Formel-I-Modellrennautos zusammenzubasteln. Die einzelnen Teile würden ausgebreitet vor ihm liegen, und er hatte es vielleicht geschafft, eines an ein anderes zu kleben, bevor er den Tatterich bekommen hatte und ihn mit einer Dosis Black Bush beruhigen müsste. Ein Glas Whisky hatte garantiert zum nächsten geführt, und wie immer würde es damit geendet haben, dass er nicht einmal mehr die Tube mit dem Kleber halten konnte.

Es sprach alles dafür, dass er bereits volltrunken über seinem Modellauto zusammengesunken war. Es war Samstag, da musste er eigentlich seiner Arbeit in der St.-James-Kirche nachgehen, um diese für den Sonntagsgottesdienst zu schmücken. Aber dem armen alten Bernie würde erst einfallen, was für einen Tag man schrieb, wenn Betsy nach Hause kam und neben ihm das Hackfleisch mit solcher Wucht auf den Tisch knallte, dass es ihn aus seinem Rausch riss.

Wenn er dann mit einem Ruck den Kopf hob, würde Betsy den Abdruck des Autonamens auf seiner Haut sehen und zu Recht angewidert sein. Malcolms Umarmungen noch frisch im Gedächtnis, würde sie die Ungerechtigkeit ihrer Situation umso bitterer empfinden.

»Warst du schon in der Kirche?«, würde sie Bernie fragen. Es war die einzige Arbeit, die er hatte, da seit acht Generationen kein Perryman mehr Hof und Land bewirtschaftet hatte. »Bei Pater Naughton kommst du mit solchen Mätzchen nicht durch, Bernie. Der lässt sich das nicht gefallen, nur weil du ein Perryman bist. Du musst dich heute um die Kirche *und* den Friedhof kümmern. Und es wird langsam Zeit, dass du's anpackst.«

Bernie wurde nie aggressiv, wenn er betrunken war,

und er würde es auch jetzt nicht werden. Er würde sagen: »Ich geh ja schon, mein kleines Mamilein. Aber Durst hab ich zum Gotterbarmen. Meine Kehle ist so trocken wie ein Sandhaufen, Mami-Mädel.«

Er würde sie mit dem gleichen gutmütigen Lächeln anschauen, mit dem er in Blackpool, wo sie einander das erste Mal begegnet waren, ihr Herz gewonnen hatte. Und das Lächeln würde sie trotz Malcolms vorangegangener Minnedienste an ihre Pflicht als treu sorgende Ehefrau erinnern. Aber das war völlig in Ordnung. Es lag überhaupt nicht in Malcolm Cousins' Interesse, dass Betsy Perryman ihre Pflicht versäumte.

Sie würde ihren Mann also fragen, ob er seine Tabletten genommen habe, und da Bernie Perryman außer Trinken nichts tat, wenn man ihn nicht mindestens zehnmal daran erinnerte, würde er sie natürlich nicht genommen haben. Daraufhin würde Betsy sie holen und die vorgeschriebene Dosis in ihre offene Hand schütten. Und Bernie würde gehorsam seine Tabletten nehmen und dann aus dem Haus torkeln – wie immer ohne Jackett –, um sich zur St.-James-Kirche und seiner Arbeit zu begeben.

Betsy würde ihm nachrufen, er solle seine Jacke mitnehmen, aber er würde abwinken. Sie würde schreien: »Bernie! Du holst dir noch den Tod –«, und bei dem Gedanken, der ihr bei diesen Worten durch den Kopf schoss, abrupt innehalten. Denn eben Bernies Tod war nötig, damit sie für immer an der Seite ihres Geliebten sein konnte.

Sie würde also den Blick zu dem Fläschchen mit den Tabletten in ihrer Hand senken und das Etikett lesen: ›Digitoxin. Nehmen Sie ohne Absprache mit Ihrem Hausarzt nicht mehr als eine Tablette täglich ein.‹

An diesem Punkt würde sie sich vielleicht auch der Erklärung des Arztes erinnern: »Es ist wie Digitalis. Davon haben Sie schon gehört, nicht? Eine Überdosis würde seinen Tod bedeuten, Mrs. Perryman, darum müssen Sie immer Acht geben und dafür sorgen, dass er niemals mehr als eine Tablette einnimmt.«

Mehr als eine Tablette, würde es ihr in den Ohren dröhnen. Sie würde sich des morgendlichen Beischlafs mit Malcolm erinnern. Sie würde eine Tablette aus dem Fläschchen schütteln und sie nachdenklich betrachten. Endlich würde ihr eine Möglichkeit einfallen, die Zukunft zurechtzubiegen.

Vergnügt wandte Malcolm den Blick vom Haus der Perrymans ab und richtete seine Aufmerksamkeit wieder auf seine Richardianerinnen *in spe*. Alles ging nach Plan.

»Von hier aus«, verkündete er der Gruppe von Frauen, die trotz ihrer Betagtheit mit begierigem Eifer die Liebe auf dem Schlachtfeld suchten, »können wir im Nordosten das Dorf Sutton Cheney erkennen.«

Aller Köpfe wandten sich in die besagte Richtung. Möglich, dass sie sich, wie die Reiseleiterin so drastisch erklärt hatte, die alten Ärsche abgefroren hatten, aber sie waren konzentriert bei der Sache, das musste man ihnen lassen. Außer dieser Sludgecur, deren Arsch bestimmt in einem wollenen Schlüpfer steckte. Sie sah ihn so herausfordernd an, als wollte sie sagen, na, nun versuch mal, aus der Schlacht von Bosworth eine Romanze zu machen. Das wäre ja gelacht, dachte er und nahm den

Fehdehandschuh auf. Er würde ihnen von romantischer Liebe erzählen. Und er würde ihnen eine Lektion in Geschichte geben, die sie so schnell nicht vergessen würden. Diese australischen Omas waren vielleicht keine Richardianerinnen gewesen, als sie am Bosworth Field angekommen waren, aber sie würden überzeugte Jüngerinnen sein, wenn sie wieder abfuhren. Und sie würden in den australischen Busch heimkehren und ihren Enkeln berichten, dass Malcolm Cousins – *der* Malcolm Cousins – ihnen zum ersten Mal die Augen dafür geöffnet hatte, welch großes Unrecht die Welt am Andenken eines redlichen Königs begangen hatte.

»Dort drüben, in der St.-James-Kirche des Dorfes Sutton Cheney, sprach König Richard am Vorabend der Schlacht ein inbrünstiges Gebet«, sagte Malcolm. »Versuchen Sie sich vorzustellen, was für ein Abend das gewesen sein muss.«

Von da an lief es von selbst. In den vielen Jahren seiner Tätigkeit als Führer von Reisegruppen in Bosworth Field hatte er die Geschichte schon tausendmal erzählt. Jetzt brauchte er nur noch den Schwerpunkt auf die romantischen Aspekte zu legen und diese entsprechend auszuschmücken. Das war kein Problem.

Die Truppen des Königs – zwölftausend Mann – hatten auf der Höhe des Albion Hill gelagert, wo jetzt Malcolm Cousins und seine Schar fröstelnder Nicht-Richardianerinnen standen. Der König wusste, dass der kommende Tag über sein Schicksal entscheiden würde: Ob er weiterhin als Richard III. regieren würde oder ob ihm die Krone mit Gewalt entrissen und ein Emporkömmling sie sich aufs Haupt setzen würde, der den größten Teil seines Lebens auf dem Kontinent verbracht hatte, sicher versteckt und gehätschelt von jenen, deren Ehrgeiz es schon seit langem war, das Haus York zu vernichten. Der König wusste zweifellos auch, dass sein Schicksal in der Hand der Brüder Stanley lag – Sir William und Lord Thomas Stanley. Sie waren mit einer großen Streitmacht in Bosworth eingetroffen und hatten ihr Lager im Norden aufgeschlagen, nicht weit entfernt von dem des Königs, aber auch – und das verhieß nichts Gutes – in der Nähe von Richards heimtückischem Feind Heinrich Tudor, Graf von Richmond, der zugleich Lord Stanleys Stiefsohn war. Um die Loyalität des Vaters zu erzwingen, hatte Richard einen der leiblichen Söhne Lord Stanleys als Geisel genommen und gedroht, das Leben des jungen Mannes wäre verwirkt, wenn sein Vater Englands gesalbten König verriete und sich in der bevorstehenden Schlacht auf Tudors Seite schlüge. Die Stanleys jedoch waren eine falsche Sippschaft und hatten unzählige Male bewiesen, dass sie nur ihren eigenen Interessen treu waren; der König muss sich also im Klaren darüber gewesen sein, welch ein ungeheures Risiko er einging – ob er nun George Stanley in seiner Gewalt hatte oder nicht –, wenn er die Sicherheit seines Throns der Unberechenbarkeit von Männern anvertraute, die sich vor allem durch ihre Eigennützigkeit auszeichneten.

Am Abend vor der Schlacht hatte Richard gesehen, dass die Stanleys im Norden lagerten, in Richtung von Market Bosworth. Er hatte einen Boten ausgesandt, um sie daran zu erinnern, dass sie angesichts der Tatsache, dass George Stanley sich noch immer in des Königs Gewalt befand und hier, im Lager des Königs, gefangen gehalten wurde, klug daran täten, am folgenden Tag dem König die Treue zu halten.

Richard war unruhig gewesen, hin und her gerissen. Kann es einen Zweifel daran geben, dass er, der während seiner kurzen Regierungszeit zuerst seinen Sohn und Erben und dann seine Frau verloren hatte, der von Freunden, die ihm einst nahe standen, verraten worden war, sich Gedanken darüber machte – wenn auch vielleicht nur flüchtig –, wie viel Zeit ihm noch bestimmt war? Kann es einen Zweifel daran geben, dass er, der in der Religion seiner Zeit verwurzelt war, wusste, wie schwer die Sünde der Verzweiflung wog? Und kann es unter diesen Voraussetzungen einen Zweifel daran geben, was der König am Vorabend der Schlacht zu tun beschlossen hatte?

Malcolm ließ seinen Blick über die Gruppe schweifen. Ja, hier und dort war ein befriedigend umflorter Blick zu sehen. Sie erkannten das Potenzial für Liebe und Romantik in der Geschichte eines verwitweten Königs, der nicht nur seine Frau und seinen Erben verloren hatte, sondern obendrein nur noch Stunden von seinem eigenen Tod entfernt war.

Malcolm richtete einen triumphierenden Blick auf Miss Sludgecur. Ihre Miene besagte: Verlass du dich nur nicht zu sehr auf dein Glück.

Er hätte ihr gern erklärt, dass es mit Glück überhaupt nichts zu tun hatte, sondern einzig mit der unwiderstehlichen Faszination der Wahrheit. Der Wind blies stärker, und es war noch um einige Grad kälter geworden, aber seine kleine Schar stand ganz im Bann jenes Augustabends des Jahres 1485.

Am Vorabend der Schlacht, erklärte Malcolm seinen Zuhörerinnen, habe Richard – sicher, dass er sterben würde, wenn der Feind ihn besiegte – vermutlich das Bedürfnis gehabt, die Beichte abzulegen. Die Geschichte berichtet uns, sagte er, dass es in Richards Heer keine Priester oder Militärgeistlichen gab, und so wird er die St.-James-Kirche aufgesucht haben, um einen Beichtvater zu finden. In der Kirche war es still gewesen bei Richards Eintritt. Im Schiff brannte vielleicht eine Votivkerze oder ein Binsenlicht, sonst war es dunkel. Hörbar waren einzig die Geräusche, die Richard selbst verursachte, als er vom Portal zum Altar ging und dort niederkniete: das Rascheln seines Barchentwamses (satingefüttert, führte Malcolm aus, der wusste, welchen Wert Romantiker aufs Detail legten), das Knarren des Leders, aus dem seine dicksohligen Kampfstiefel und die Scheide seines Degens gefertigt waren, das Klirren des Schwerts und des Degens, als er –

»Aber um Gottes willen«, rief eine der romantischen Neo-Richardianerinnen, »was war das für ein Mann, der Schwert und Degen in eine Kirche mitnahm?«

Malcolm lächelte gewinnend. Er dachte: Ein Mann, der die Waffen verdammt gut gebrauchen konnte, weil sie bestens dafür geeignet waren, eine lose Steinplatte anzuheben. Aber er sagte: »Ja, ungewöhnlich, gewiss. Man kann sich nicht vorstellen, dass jemand bewaffnet eine Kirche betritt, nicht wahr? Aber es war der Abend vor der Schlacht. Überall wimmelte es von Richards Feinden. Er wäre niemals ungeschützt in die Dunkelheit hinausgegangen.«

Ob der König bei dem Kirchgang an diesem Abend

seine Krone getragen habe, wisse niemand, fuhr Malcolm fort. Wenn aber ein Priester in der Kirche gewesen sei, um ihm die Beichte abzunehmen, dann habe dieser Priester Richard seinen Gebeten überlassen, nachdem er ihm die Absolution erteilt hatte. Und dort in der Dunkelheit, die nur von dem kleinen Binsenlicht im Schiff der Kirche erhellt wurde, habe Richard mit seinem Gott Frieden geschlossen und sich auf das Schicksal vorbereitet, das der nächste Tag verhieß.

Malcolm musterte seine Zuhörerinnen, um ihre Reaktionen und ihre Aufmerksamkeit einzuschätzen. Sie waren gefesselt. Er hoffte, sie überlegten, wie viel Trinkgeld sie ihm dafür geben sollten, dass er ihnen bei diesem mörderischen Wind eine derartig bravouröse Vorstellung geboten hatte.

Nach dem Gebet, fuhr Malcolm fort, habe der König Schwert und Degen gezogen und auf die roh gezimmerte Holzbank gelegt, auf der er sich niedersetzte. Dort in der Kirche habe König Richard seine Pläne zur Vernichtung Heinrich Tudors geschmiedet, sollte dieser Emporkömmling aus der bevorstehenden Schlacht als Sieger hervorgehen. Denn Richard habe gewusst, dass er Heinrich Tudor überlegen sei – es immer schon gewesen war. Im Leben war er ihm als erfahrener und siegreicher Feldherr überlegen. Im Tod würde er ihm insofern überlegen sein, als er die einzige Kraft war, die den Thronräuber vernichten konnte.

»Du meine Güte«, murmelte jemand beifällig. Ja, Malcolms Zuhörerinnen standen im Bann der tragischen Romantik des Moments. Gott sei Dank.

Richard, erklärte er ihnen weiter, sei sich der Intrigen

bewusst gewesen, die zwischen Heinrich Tudor und Elisabeth Woodville gesponnen wurden – Witwe seines Bruders Eduard IV. und Mutter der beiden jungen Prinzen, die er früher im Tower in sicherem Gewahrsam hatte.

»Die Prinzen im Tower«, ließ eine andere Stimme sich vernehmen. »Das sind doch die zwei kleinen Jungs, die –«

»Genau die«, bestätigte Malcolm feierlich. »Richards leibliche Neffen.«

Der König habe zweifellos gewusst, dass Elisabeth Woodville, getreu ihrer Gewohnheit, sich die Butter nicht vom Brot nehmen zu lassen, Heinrich Tudor die Hand ihrer ältesten Tochter versprochen hatte für den Fall, dass er die englische Krone für sich erobern sollte. Ebenso habe Richard gewusst, dass alle Männer, Frauen und Kinder, in deren Adern nur ein Tropfen York'schen Blutes floss, Gefahr liefen – als mögliche Anwärter auf den Thron –, beseitigt zu werden, falls Heinrich Tudor die Krone Englands erobern sollte. Und zu diesen Bedrohten gehörten auch Elisabeth Woodvilles Kinder.

Er selbst war dem Erbfolgegesetz gemäß der rechtmäßige Herrscher über das Land. Als direkter – und legitimer – Abkömmling Eduards III. hatte er nach dem Tod seines Bruders Eduard IV. den Thorn bestiegen, nachdem bekannt geworden war, dass der sittenlose Eduard lange vor seiner Heirat mit Elisabeth Woodville heimlich einer anderen Frau ein Heiratsversprechen gegeben hatte. Dieses Versprechen, das vor einem Bischof der Kirche abgelegt worden war, besaß die gleiche Rechtsgültigkeit wie eine mit Pracht vor tausend Zuschauern vollzogene Eheschließung. Dies machte Eduards spätere Heirat mit Elisabeth Woodville ungültig und ihre gemeinsamen Kinder zu Bastarden.

Henry Tudor hatte natürlich gewusst, dass die Kinder durch das Gesetz für illegitim erklärt worden waren und dass im Fall seines Sieges über Richard die Ehe mit der illegitimen Tochter eines toten Königs nicht dazu beitragen würde, seinen wackeligen Anspruch auf Englands Thron abzusichern. Er hätte sich also gezwungen gesehen, etwas zu unternehmen.

König Richard seinerseits wäre das klar gewesen, sobald er erfahren hätte, dass Tudor dem Mädchen die Ehe versprochen hatte. Und er hätte gewusst, dass die Legitimierung Elisabeths von York zugleich die Legitimierung aller ihrer Schwestern – und Brüder – bedeuten würde. Man konnte nicht das älteste Kind eines toten Königs für legitim erklären und gleichzeitig behaupten, seine Geschwister wären Bastarde.

Malcolm legte eine bedeutungsschwangere Pause ein. Er wartete, ob die begierigen alten Damen, die um ihn versammelt waren, reagieren würden. Sie lächelten und nickten und schenkten ihm freundliche Blicke, aber keine sagte ein Wort. Also half Malcolm ihnen auf die Sprünge.

»Ihre Brüder«, fuhr er geduldig und langsam fort, um sicher zu sein, dass sie jedes romantische Detail aufnahmen. »Wenn Heinrich Tudor Elisabeth von York vor seiner Heirat mit ihr für legitim erklären ließ, würden auch ihre Brüder für legitim erklärt werden. Und dann würde der ältere der beiden Jungen –«

»Ach, du lieber Gott!«, rief eine Frau. »Dann wäre *er* nach Richards Tod der rechtmäßige König gewesen.«

Gott segne dich, mein Kind, dachte Malcolm. »Sie haben den Nagel auf den Kopf getroffen!«, rief er.

»Jetzt hören Sie mal her, Kumpel«, fuhr Miss Sludgecur dazwischen, als es in ihrem spinnwebverhangenen Hirn plötzlich licht zu werden schien. »Die Geschichte kenne ich. Richard hat die armen kleinen Kerle umbringen lassen, während sie unschuldig im Tower saßen.«

Wieder ein Fisch an Tudors Angel, dachte Malcolm. Fünfhundert Jahre waren vergangen, und dieser intrigante walisische Emporkömmling führte sie immer noch alle mit Erfolg an der Nase herum.

Die Geduld in Person, fuhr er mit seiner Erklärung fort. In der Tat behaupte man, der Tradition folgend, seit langem, Richard III. habe die Prinzen im Tower – die beiden Söhne Edwards IV., seine Neffen – ermorden lassen, um seine Position als König zu sichern. Aber niemand habe den Mord bezeugen können, und im Übrigen habe Richard, der nach Recht und Gesetz herrschte, keinen Anlass gehabt, die Knaben zu töten. Im Gegenteil, da er keinen direkten Erben hatte – sein leiblicher Sohn war ja gestorben, wie die Damen eben gehört hatten –, hätte er doch das Recht des Hauses York auf den englischen Thron nicht besser absichern können, als wenn er dafür gesorgt hätte, dass die beiden Prinzen für legitim erklärt würden – natürlich erst nach seinem eigenen Tod. Eine solche Entscheidung konnte damals nur durch päpstlichen Erlass erfolgen, aber Richard hatte zwei Beauftragte nach Rom entsandt, und warum hätte er das tun sollen, wenn nicht, um für die Legitimierung der beiden Knaben Sorge zu tragen, denen durch das sittenlose Verhalten ihres Vaters alle angestammten Rechte geraubt worden waren?

»Es gab tatsächlich Gerüchte, die Knaben seien tot.« Malcolm bemühte sich um einen liebenswürdigen Ton. »Aber diese Gerüchte kamen interessanterweise erst unmittelbar vor Heinrich Tudors Invasion in England in Umlauf. Er wollte König werden, aber er hatte keinerlei rechtlichen Anspruch auf den Thron. Deshalb musste er den regierenden Monarchen in Verruf bringen. Was hätte wirkungsvoller sein können, als das Gerücht auszustreuen, dass die Prinzen – die aus dem Tower verschwunden waren – tot seien? Und nun stelle ich Ihnen eine Frage, meine Damen: Was, wenn sie nicht tot waren?«

Anerkennendes Gemurmel erhob sich in der Gruppe. Malcolm hörte eine der Alten sagen: »Hübsche Augen hat er«, und folgte mit dem Blick dem Klang der Stimme. Sie sah aus wie seine Großmutter. Und schien gut betucht zu sein. Er versprühte noch ein paar mehr Spritzer seines Charmes.

»Angenommen, Richard selbst hatte die beiden Knaben aus dem Tower holen lassen, um sie zum Schutz vor einem Aufruhr in Sicherheit zu bringen? Er wusste, dass die beiden in große Gefahr geraten würden, wenn Heinrich Tudor in Bosworth Field siegte. Tudor hatte sich mit ihrer Schwester verlobt. Um sie heiraten zu können, würde er sie für legitim erklären lassen müssen. Damit aber wären für die beiden Prinzen erneut ihre Rechte wieder gültig geworden, und Eduard, der Ältere, wäre der rechtmäßige Thronfolger gewesen. Das konnte Tudor nur verhindern, indem er die beiden ausschaltete. Für immer.«

Malcolm machte eine Pause, um das wirken zu lassen. Er beobachtete, wie die Schar grauer Köpfe sich in Richtung Sutton Cheney drehte. Dann zum Tal im Norden, wo an der Fahnenstange das Banner der treulosen Stanleys flatterte. Dann hinüber zur Höhe des Ambion Hill, wo der gnadenlose Wind Richards Weißen Eber peitschte. Dann den Hang abwärts in Richtung der Eisenbahngleise, wo einst Tudors Söldner sich zu einer dürftigen Front aufgereiht hatten. Richards Truppen an Zahl und Waffen weit unterlegen, hatten sie auf die Entscheidung der Stanleys gewartet: für Richard oder gegen ihn. Und wenn die Stanleys sich nicht auf Tudors Seite schlügen, wäre die Schlacht verloren.

Die Grauköpfe, stellte Malcolm fest, fraßen ihm aus der Hand. Aber Miss Sludgecur war nicht so leicht einzuwickeln. »Wie hätte Tudor die beiden umbringen sollen, wenn sie nicht mehr im Tower waren?« Sie hatte angefangen, sich mit den Händen auf die Arme zu klopfen, und wünschte dabei zweifellos, sie könnte sein Gesicht bearbeiten.

»Er hat sie nicht umgebracht«, erwiderte Malcolm freundlich, «wenn auch das Verbrechen allenthalben seine machiavellistischen Spuren trägt. Nein, Tudor hatte nicht unmittelbar damit zu tun. Die Situation ist leider um einiges hässlicher. Wollen wir weitergehen, meine Damen, und dabei unser Gespräch fortsetzen?«

»Der Hintern ist auch ganz knackig«, murmelte eine aus der Gruppe. »Ein richtiger Wonneproppen, der Junge.«

Ah ja, er hatte sie in der Tasche. Malcolm war begeistert von seinen Verführungstalenten.

Er wusste, dass Betsy ihn vom Haus aus beobachtete, aus dem Schlafzimmer im ersten Stock, von dessen Fenster aus sie das Schlachtfeld sehen konnte. Ausgeschlossen, dass sie sich das nach ihrem gemeinsamen Morgen versagte. Sie würde beobachten, wie Malcolm seine kleine Schar von Schauplatz zu Schauplatz lotste; sie würde wahrnehmen, dass die Frauen förmlich an seinen Lippen hingen; und sie würde daran denken, wie sie selbst keine zwei Stunden zuvor an ihm gehangen hatte. Und der Kontrast zwischen ihrem versoffenen Trottel von Ehemann und ihrem von männlicher Kraft strotzenden Geliebten würde sie intensiv und schmerzlich beschäftigen.

Sie würde erkennen, welch eine Verschwendung es war, ihr Leben mit Bernie Perryman zuzubringen. Sie war, würde sie sich sagen, vierzig Jahre alt und stand in der Blüte ihres Lebens. Sie verdiente etwas Besseres als Bernie. Sie verdiente einen Mann, der Gottes Plan, als er Mann und Frau erschuf, zu würdigen wusste. Gott hatte die Frau aus der Rippe des Mannes geschaffen und damit anschaulich gemacht, dass Frauen und Männer untrennbar miteinander verbunden waren: Die Frauen gewannen Form und Substanz durch ihre Männer, lebten ihr Leben im Dienst ihrer Männer und wurden zum Lohn dafür von ihren Männern mit ihrer überlegenen Körperkraft beschützt und behütet. Aber Bernie Perryman sah immer nur eine Hälfte der Gleichung. Sie – Betsy – hatte für ihn zu schuften und für sein seelisches und leibliches Wohl zu sorgen. Er – Bernie – brauchte nichts zu tun. Gut, ab und zu unternahm er einen schwachen Versuch, mit ihr zu schlafen, wenn er gerade mal in

Stimmung war und ihn lange genug hochkriegte. Aber der Whisky hatte ihn längst aller Fähigkeit beraubt, eine Frau zu befriedigen. Und was das Verständnis für ihre feineren Bedürfnisse und seine Pflicht, sie zu stillen, betraf – das konnte man völlig vergessen.

Malcolm stellte sich Betsy gern so vor: oben im sexlosen Schlafzimmer ihres Hauses, voll des gerechten Zorns gegen ihren Ehemann. Aus diesem Zorn würde die Erkenntnis erwachsen, dass er, Malcolm Cousins, der Mann war, dem sie bestimmt war, und sie würde erkennen, dass alle anderen Beziehungen in ihrem Leben nur das Vorspiel zu der innigen Verbindung mit ihm gewesen waren. Sie und Malcolm, würde sie folgern, waren in jeder Hinsicht füreinander geschaffen.

Während sie ihn draußen auf dem Schlachtfeld beobachtete, würde sie sich ihrer ersten Begegnung erinnern und des Feuers, das vom ersten Tag an, als Betsy im Sekretariat der Schule zu arbeiten angefangen hatte, zwischen ihnen loderte. Sie würde den heißen Funken spüren wie damals, als Malcolm: »Bernie Perrymans Frau?« gesagt und sie mit unverhohlen bewunderndem Blick angestarrt hatte. »Da hat der gute Bernie mir aber einiges verheimlicht! Und ich dachte immer, wir hätten keine Geheimnisse voreinander.« Sie würde sich erinnern, wie sie, noch selig in ihrem jungen Glück und ohne eine Ahnung davon, wie sehr Bernies Trunksucht es beeinträchtigen würde, gefragt hatte: »Sie kennen Bernie?«

Und sie würde sich auch an Malcolms Antwort erinnern. »Seit Ewigkeiten. Wir sind zusammen aufgewachsen, haben zusammen die Schulbank gedrückt und in den Ferien die Nachbarschaft unsicher gemacht. Wir haben uns sogar die erste Frau geteilt.« Und sie würde sich seines Lächelns entsinnen. »Wir sind also praktisch Blutsbrüder. Aber ich sehe schon, unsere Beziehung könnte in Zukunft gewisse Einschränkungen erfahren, Betsy.« Und er hatte ihr gerade lang genug in die Augen gesehen, um ihr bewusst zu machen, dass ihr junges Glück nicht halb so heiß war wie der Blick, mit dem er sie ansah.

Von diesem oberen Schlafzimmer aus würde sie sehen, dass die Gruppe, die Malcolm rund um das Schlachtfeld führte, aus Frauen bestand, und würde unruhig werden. Bei der Entfernung zwischen Haus und Schlachtfeld würde es ihr nicht möglich sein, zu erkennen, dass Malcolms Schar kollektiv mit einem Bein bereits im Grab stand, und sie würde unweigerlich beginnen, sich Gedanken zu machen. Was sollte eine dieser Frauen daran hindern, in seinen unwiderstehlichen Bann zu geraten?

Diese Überlegungen würden sie zum Äußersten treiben, und genau darauf hatte Malcolm seit Monaten hingearbeitet, wenn er in den zärtlichsten Momenten geflüstert hatte: »O Gott, wenn ich gewusst hätte, wie es sein würde, dich endlich für mich zu haben. Betsy, ich will dich ganz…«, und dann die heißen Tränen in ihr Haar geweint hatte, die Geständnisse furchtbarer Schuldgefühle und Hoffnungslosigkeit, die ihn angeblich quälten, wenn er in den Armen der Frau seines alten Freundes lag. »Ich kann es nicht ertragen, ihm wehzutun, Betsy, Liebstes. Wenn du dich von ihm scheiden ließest… Ich könnte nie mehr in den Spiegel sehen, wenn er je erführe, wie ich unsere Freundschaft verraten habe.«

Daran würde sie sich erinnern, während sie oben in ihrem Schlafzimmer stand und die heiße Stirn an die kalte Fensterscheibe presste. Sie waren an diesem Morgen drei Stunden zusammen gewesen, aber ihr würde bewusst werden, dass das nicht genügte. Es würde niemals genügen, sich ständig heimlich treffen zu müssen, Gleichgültigkeit gegenüber dem anderen vorzutäuschen, wenn sie sich in der Schule begegneten. Solange sie nicht vor dem Gesetz ein Paar waren – so wie sie es bereits geistig, seelisch und körperlich waren –, solange würde sie keinen Frieden finden.

Aber Bernie stand ihrem Glück im Weg, würde sie denken. Bernie Perryman, in die Alkoholsucht getrieben von der Angst, dass das Erbleiden, das seinen Großvater, seinen Vater und seine beiden Brüder vor ihrem fünfundvierzigsten Geburtstag dahingerafft hatte, auch ihn vorzeitig ins Grab bringen würde. »Schwaches Herz«, hatte Bernie ihr zweifellos erklärt, die Ausrede, die er seit dreißig Jahren für alles gebrauchte, was er getan oder nicht getan hatte. »Es arbeitet nicht richtig. Es flattert nur, wo es eigentlich pumpen sollte. Ich muss vorsichtig sein. Immer meine Tabletten nehmen.«

Aber wenn Betsy ihren Mann nicht täglich an seine Tabletten erinnerte, konnte man damit rechnen, dass er nicht nur den Grund für ihre Einnahme, sondern ihr Vorhandensein überhaupt vergessen würde. Es war beinahe so, als hätte er einen Todeswunsch, der gute Bernie Perryman. Es war beinahe so, als wartete er nur auf den richtigen Moment, ihr die Freiheit zurückzugeben.

Und wenn sie erst frei wäre, würde Betsy sich sagen, dass das Erbe ihr gehörte. Und das Erbe war der Schlüssel zur Zukunft mit Malcolm. Denn mit dem Erbe in der Hand würden sie und Malcolm endlich heiraten und Malcolm seine schlecht bezahlte Anstellung an der Schule aufgeben können. Glücklich und zufrieden mit seiner Forschungsarbeit, seiner schriftstellerischen Tätigkeit und seinem Lehrauftrag an der Universität, würde er ihr ewig dankbar dafür sein, dass sie ihm dieses neue Leben ermöglicht hatte. Und in seiner Dankbarkeit wäre er ganz versessen darauf, alle ihre Bedürfnisse zu erfüllen.

Und genau so, würde sie sich denken, soll es sein.

Im Plantagenet Pub in Sutton Cheney zählte Malcolm das Trinkgeld, das ihm die harte mittägliche Arbeit eingebracht hatte. Er hatte alles gegeben, aber die australischen Omas hatten sich als eine Bande von Geizhälsen entpuppt. Am Ende hatte er vierzig Pfund für Führung und Vortrag – ein Hungerlohn, wenn man bedachte, welch umfassende Informationen er weitergegeben hatte – und fünfundzwanzig Pfund an Trinkgeldern. Gott sei Dank für die Ein-Pfund-Münze, dachte er finster. Sonst hätten diese knickrigen alten Weiber ihn wahrscheinlich mit Fünfzig-Pence-Stücken abgespeist.

Er steckte das Geld ein, als die Tür zur Straße geöffnet wurde und ein eisiger Windstoß in den Gastraum fegte. Die Flammen des Feuers neben ihm flackerten heftig. Asche aus dem offenen Kamin stob auf und rieselte zu Boden. Malcolm blickte hoch. Bernie Perryman – nur in Cowboystiefeln, Blue Jeans und einem T-Shirt mit dem Aufdruck *Team Ferrari* auf der Brust – torkelte ins Pub. Malcolm versuchte, irgendwo im Hintergrund zu verschwinden, aber das war nicht möglich. Nach dem Wind und der Kälte auf dem Bosworth Field hatte ihn das Verlangen nach Wärme an das lodernde Buchenfeuer geführt. Und direkt in Bernies Blickfeld.

»Malkie!«, grölte Bernie erfreut und sagte, was er immer sagte, wenn sie einander begegneten. »Malkie, alter Kumpel! Wie wär's mit 'ner Partie Schach? Mir fehlen unser Schachabende, ehrlich!« Er schüttelte sich vor Kälte und schlug sich mit den Händen auf die Arme. Seine Lippen waren blau gefroren. »Scheiß die Wand an, ist das eine Affenkälte da draußen. Hey, gieß mir 'nen Blackie ein«, rief er dem Wirt zu. »Gleich einen Doppelten.« Er lachte und ließ sich auf einen Hocker an Malcolms Tisch fallen. »Also. Was macht das Buch, Malkie? Bist du schon berühmt? Hast du schon einen Verlag gefunden?« Er kicherte wie ein altes Weib.

Malcolm vergaß das schlechte Gewissen, das ihn manchmal plagte, weil er die Ehefrau dieses Säufers bumste, wann immer sein abgeschlaffter Körper mitmachte. Bernie Perryman verdiente die Hörner, sie waren seine Strafe für die Art und Weise, wie er Malcolm seit zehn Jahren ständig piesackte.

»Diese letzte Partie hast du wohl nie überwunden, was?« Bernie kicherte wieder. Er bekam seinen Black Bush und kippte ihn mit einem Zug hinunter. Er prustete blubbernd. »Das war gut«, sagte er und bestellte den nächsten. »Also, wie geht die ganze Geschichte gleich wieder, Malkie? Bist du schon an der spannenden Stelle angekommen? Wird natürlich 'ne harte Sache, das zu beweisen, was, Kumpel?«

Malcolm zählte bis zehn. Bernie bekam seinen zweiten doppelten Whisky, der den gleichen Weg wie der vorige nahm.

»Aber ich bin gemein zu dir, obwohl ich gar keinen Grund dazu hab«, sagte Bernie unerwartet zerknirscht, wie das die Art von Betrunkenen war. »Du hast mir nie was Böses getan – außer damals bei der Abschlussprüfung –, und darum will ich dir auch nichts Böses. Ich wünsch dir nur das Beste. Ehrlich, du kannst mir's glauben. Aber es läuft eben nie so, wie man's gern hätte, stimmt's?«

Und genau das, dachte Malcolm, ist der gottverdammte springende Punkt. Es war – wie Bernie es gern ausdrückte – an jenem verhängnisvollen Morgen auf dem Bosworth Field auch für Richard nicht gut gelaufen. Der Graf von Northumberland hatte ihn im Stich gelassen, die Stanleys hatten ihn rundweg verraten, und ein unausgegorener kleiner Emporkömmling, der weder die Fertigkeiten noch den Mut besaß, um dem König im entscheidenden Kampf selbst gegenüberzutreten, hatte die Schlacht gewonnen.

»Komm, erklär deinem alten Freund deine Theorie noch mal, Malkie. Ich finde die Geschichte unheimlich spannend, wirklich, glaub's mir. Ich wünschte, du könntest die Sache irgendwie beweisen, dann wärst du ein gemachter Mann. Mit so 'nem Buch! Wie lang machst du schon an dem Manuskript rum?« Bernie wischte das Innere seines Whiskyglases mit einem schmutzigem Finger aus und leckte diesen ab. Dann fuhr er sich mit dem Handrücken über den Mund. Er hatte sich am Morgen nicht rasiert, und er hatte seit Tagen kein Bad genommen. Einen Moment lang hatte Malcolm beinahe Mitleid mit Betsy, die mit diesem verhassten Kerl unter einem Dach leben musste.

»Ich bin jetzt bei Elisabeth von York angelangt«, sagte Malcolm so freundlich, wie ihm das bei der Aversion, die er gegen Bernie hatte, möglich war. »Das ist die Tochter Eduards IV. Die zukünftige Frau des Königs von England.«

Bernie feixte und zeigte Zähne, die ewig keine Zahnbürste mehr gesehen hatten. »Hey, die Tussie vergess ich immer wieder, Malkie. Was meinst du, woher das kommt?«

Das kommt daher, dass jeder Elisabeth vergisst, antwortete Malcolm im Stillen. Die älteste Tochter Eduards IV. war den Historikern im Allgemeinen nicht mehr als eine Fußnote wert, eine Frau ohne Bedeutung, älteste Schwester der Prinzen im Tower, gehorsame Tochter der Elisabeth Woodville, bloße Schachfigur im politischen Machtkampf, spätere Ehefrau des Usurpators Heinrich VII. Ihre Aufgabe war es, für den Erhalt der Dynastie zu sorgen und dann von der Bildfläche zu verschwinden.

Aber diese Frau war eine Woodville. In ihren Adern floss das schwere Blut dieser intriganten und ehrgeizigen Sippe. Dass sie angestrebt hatte, Königin von England zu werden wie vorher ihre Mutter, war im siebzehnten Jahrhundert nachgewiesen worden, als Sir George Buck in seinem Werk *History of the Life and Reigne of Richard III* von einem Brief der jungen Elisabeth berichtete, mit dem sie den Herzog von Norfolk bat, die Rolle des Vermittlers zum Zweck einer Heirat zwischen ihr und König Richard zu übernehmen. Sie sei, schrieb sie ihm, mit Herz und Gedanken des Königs. Dass sie so gewissenlos war wie ihre Eltern, beweist die Tatsache, dass ihr Brief an Norfolk noch vor dem Tod von Richards Ehefrau, Königin Anne, geschrieben worden war.

Vor Heinrich Tudors Invasion hatte man die junge Elisabeth aus London fortgeschafft und nach Yorkshire hinaufgebracht, allem Anschein nach um ihrer Sicherheit willen. Dort hielt sie sich in Sheriff Hutton auf, einer Hochburg der Yorks mitten auf dem Land, wo Treue zu König Richard eine Konstante im Leben der Bürger war. Hier würde Elisabeth gut beschützt und gut bewacht sein. Wie ihre Geschwister.

»Hast du's immer noch so mit der guten Lizzie?«, erkundigte sich Bernie grinsend. »Mann, von der konntest du gar nicht genug kriegen damals.«

Malcolm schluckte seine Wut hinunter, ließ es sich aber nicht nehmen, dem anderen im Stillen Tod und Verdammnis zu wünschen. Bernie hegte eine tiefe Abneigung gegen jeden, der versuchte, etwas aus seinem Leben zu machen. Solche Menschen erinnerten ihn daran, in welchem Maß er selbst sein Leben vergeudet hatte.

Bernie hatte Malcolm offenbar etwas angemerkt, denn als er nach seinem dritten Whisky gerufen hatte, sagte er: »Komm, lass nur. Ich hab doch nur Spaß gemacht. Was treibst du überhaupt heute hier draußen? Warst du das auf dem Schlachtfeld, als ich vorhin vorbeigefahren bin?«

Bernie wusste zweifelsohne genau, dass er es gewesen war. Die Frage sollte nur dazu dienen, sie beide daran zu erinnern, wie stark Malcolms Leidenschaft war und welche Macht Bernie Perryman über sie besaß. O Gott! Am liebsten wäre Malcolm auf den Tisch gesprungen und hätte laut geschrien: »Ich vögel die Frau dieses Trottels zweimal in der Woche, drei- oder viermal, wenn ich es schaffe. Die beiden waren gerade mal zwei Monate verheiratet, als ich sie zum ersten Mal gevögelt hab, sechs Tage nach unserer ersten Begegnung.«

Aber genau das wollte Bernie Perryman ja erreichen – dass sein alter Freund Malcolm Cousins ausrastete: Damit wollte er ihm heimzahlen, dass er es einst abgelehnt hatte, Bernie zu helfen, sich durch das Abschlussexamen zu mogeln. Der Mann hatte ein Gedächtnis wie ein Elefant und eine unheimlich nachtragende Natur. Aber Malcolm konnte mithalten.

»Ich weiß nicht, Malkie«, sagte Bernie kopfschüttelnd, als ihm sein Whisky gebracht wurde. Er griff unsicher nach dem Glas, während er sich mit blutloser Zunge die Unterlippe leckte. »Ich kann mir nicht vorstellen, dass Lizzie die beiden Jungs hat umlegen lassen. Das wär doch unnatürlich gewesen. Es waren ihre Brüder. Nicht mal für den Titel Königin von England hätte sie das gemacht. Außerdem waren die beiden doch ganz woanders, oder? Also, für mich ist das reine Spekulation. Reine Spekulation und nicht der kleinste Beweis.«

Nie sollst du einem Säufer deine Geheimnisse und Träume verraten, dachte Malcolm zum tausendsten Mal.

»Es war Elisabeth von York«, behauptete er. »Sie trug letztlich die Verantwortung.«

Die Entfernung von Sheriff Hutton nach Rievaulx, Jervaulx und Fountains Abbey war nicht unüberwindlich. Und Menschen in Abteien oder Klöstern verschwinden zu lassen, war damals beste Tradition. Im Allgemeinen waren es die Frauen, die in einer Klosterzelle landeten. Aber zwei junge Knaben – als jugendliche Novizen eines Klosters getarnt – wären vor Heinrich Tudor sicher gewesen, sollte er Englands Thron mit Waffengewalt an sich bringen.

»Tudor muss gewusst haben, dass die Knaben am Leben waren«, sagte Malcolm. »Als er Elisabeth die Ehe versprach, muss er gewusst haben, dass die Knaben lebten.«

Bernie nickte. »Die armen kleinen Kerlchen«, sagte er mit geheuchelter Bekümmerung. »Und der arme alte Richard, dem sie die Schuld gegeben haben. Wie ist sie an die Jungs rangekommen, Malkie? Was meinst du? Hat sie zusammen mit Tudor was ausgeheckt?«

»Sie wollte unbedingt Königin werden. Sie war nicht zufrieden, nur die Schwester eines Königs zu sein. Aber wenn sie Königin werden wollte, gab es für sie nur einen Weg. Doch Heinrich hatte sich noch während seiner Verhandlungen mit Elisabeth Woodville anderswo nach einer Gemahlin umgesehen. Das wird das junge Mädchen gewusst haben. Und sie wird auch gewusst haben, was das bedeutete.«

Bernie nickte feierlich, als scherte es ihn nicht einen Pfifferling, was vor mehr als fünfhundert Jahren an einem Augustabend keine zweihundert Meter von dem Platz entfernt, wo er jetzt im Pub saß, geschehen war. Er trank seinen dritten doppelten Whisky und klatschte sich mit der flachen Hand auf den Magen wie nach einer sättigenden Mahlzeit.

»Hab die Kirche für morgen schon hergerichtet«, teilte

er Malcolm mit. »Wahnsinn, eigentlich, wenn man sich's mal überlegt, Malkie. Seit zweihundert Jahren kümmern sich die Perrymans um die St.-James-Kirche. Das ist fast so gut wie ein richtiger Stammbaum. Findest du nicht auch? Schon beachtlich, würd ich sagen.«

Malcolm betrachtete ihn ruhig. »Sehr beachtlich, Bernie«, sagte er.

»Hast du dir mal überlegt, wie anders dein Leben vielleicht ausgeschaut hätte, wenn deine Leute diejenigen gewesen wären, die seit Generationen in der alten St.-James-Kirche rummachen? Dann wär ich vielleicht du, und du wärst ich. Was meinst du dazu, hm?«

Was Malcolm dazu meinte, konnte er vor dem Mann, der ihm am Tisch gegenübersaß, nicht laut aussprechen. Stirb, dachte er. Stirb, bevor ich dich eigenhändig umbringe.

»Willst du mit mir zusammen sein, Darling?«, nuschelte Betsy ihm feucht ins Ohr. Wieder ein Samstag. Wieder drei Stunden Bumsen mit Betsy. Malcolm fragte sich, wie lange er die Farce noch würde durchhalten müssen.

Er hätte ihr gern gesagt, sie solle auf die andere Seite rutschen – die Frau konnte einem die Luft besser abschnüren als jede Plastiktüte –, aber er wusste, dass beim gegenwärtigen Stand ihrer Beziehung eine Demonstration postkoitaler Nähe zur Erreichung seines Ziels ebenso wesentlich war wie eine Spitzenleistung zwischen den Laken. Und da Alter, zunehmende Lustlosigkeit und schwindende Kräfte dafür sorgten, dass seine Leistung jedes Mal ein kleines bisschen nachließ, wenn er zwischen Betsys wohlgepolsterten Oberschenkeln versank, hielt er es für weise, sie kuscheln und klammern zu lassen, solange er es ertragen konnte, ohne laut zu schreien.

»Wir *sind* zusammen«, sagte er, ihr über das Haar streichelnd. Es fühlte sich drahtig an, das Resultat von zu viel Wasserstoffsuperoxid und noch mehr Haarspray. »Oder meinst du, dass du noch mal möchtest? Dafür brauche ich eine kleine Erholungspause, mein Schatz.« Er drückte seine Lippen auf ihre Stirn. »Du machst mich ganz schön fertig, Bets, mein Liebes. Du bist Frau genug für ein ganzes Dutzend Männer.«

Sie kicherte. »Du magst es.«

»Nicht es. Dich! Ich liebe und begehre dich und kann nicht ohne dich sein.« Manchmal überlegte er, wie er auf den Blödsinn kam, den er ihr erzählte. Es war, als würde automatisch ein primitiver Teil seines Gehirns, der auf Süßholzraspeln spezialisiert war, eingeschaltet, sobald er mit Betsy ins Bett stieg.

Sie grub ihre Finger in sein üppig wucherndes Brusthaar. Nicht zum ersten Mal fragte er sich, wieso bei einem Mann, wenn er kahl wurde, am ganzen restlichen Körper das Haar in doppelter Fülle wuchs. »Ich meine, richtig zusammen sein, Darling. Wünschst du dir das? Wir zwei. So wie jetzt? Auf immer und ewig? Wünschst du dir das mehr als alles andere auf der Welt.«

Allein der Gedanke beschwor Bilder von Betonmauern herauf. Aber er erwiderte: »Betsy, mein Liebstes«, und ließ seine Stimme ordentlich zittern. »Sag so etwas nicht. Bitte. Ich halte das nicht noch einmal aus.« Damit zog er sie ziemlich grob an sich, weil er wusste, dass sie sich das wünschte. Er drückte sein Gesicht in die Mulde von Hals und Schulter und atmete durch den Mund, um nicht den erstickenden Duft der Tagesration Shalimar in die Nase zu bekommen. Er produzierte Wimmergeräusche wie ein Mensch, der aus dem letzten Loch pfeift. Gott, was würde er nicht alles tun für König Richard.

»Ich hab mich ein bisschen im Internet umgeschaut«, flüsterte sie, während sie seinen Nacken massierte. »In der Schulbibliothek. Am Donnerstag und am Freitag. Die ganze Mittagspause, Darling.«

Er hörte auf zu wimmern, während er in dieser Mitteilung nach tieferer Bedeutung suchte. »Ach, was?« Er knabberte an ihrem Ohrläppchen, während er auf weitere Informationen wartete. Sie wurden ihm auf indirektem Weg gereicht.

»Du liebst mich doch wirklich, Malcolm, Liebster?«

»Was glaubst du denn?«

»Und du begehrst mich, ja?«

»Das liegt ja wohl auf der Hand.«

»Auf immer und ewig?«

Wenn es sein muss, dachte er und gab sich alle Mühe, es ihr zu beweisen, wenn auch sein Körper sich nicht zu einer Höchstleistung aufschwingen konnte.

Später, beim Ankleiden, sagte sie: »Was es da für eine Auswahl an Themen gibt! Ich konnte es gar nicht fassen. Im Internet kann man wirklich alles nachschlagen. Das musst du dir mal vorstellen, Malcolm. Einfach alles. Bernie spielt heute Abend im Plantagenet mit dem Verein Schach, Darling.«

Malcolm runzelte die Stirn und versuchte, zwischen diesen scheinbar zusammenhanglosen Bemerkungen eine Verbindung herzustellen.

Sie sprach weiter. »Du fehlst ihm als Partner. Er

wünscht sich immer, dass du am Vereinsabend mal vorbeikommen und eine Partie mit ihm spielen würdest, Liebster.« Sie ging auf nackten Füßen zur Frisierkommode und begann, ihr Make-up aufzufrischen. »Er spielt natürlich nicht gut. Er benützt Schach nur als zusätzlichen Vorwand, um ins Pub zu gehen.«

Malcolm beobachtete sie aus zusammengekniffenen Augen und wartete auf ein Zeichen.

Sie gab es ihm. »Ich mach mir Sorgen um ihn, Malcolm, Schatz. Irgendwann wird sein Herz einfach nicht mehr mitmachen. Ich begleite ihn heute Abend. Vielleicht kommst du ja vorbei. Malcolm, Liebster, liebst du mich? Wünschst du dir nichts mehr, als mit mir zusammen zu sein?«

Er bemerkte, dass sie ihn im Spiegel scharf beobachtete, während sie sich schminkte. Sie umrandete ihre Lippen mit dunklem Konturenstift und puderte sich die Wangen. Und dabei behielt sie ihn unablässig im Auge.

»Ich wünsche es mir mehr als das Leben«, sagte er.

Und als sie lächelte, wusste er, dass er die richtige Antwort gegeben hatte.

An diesem Abend gesellte sich Malcolm im Plantagenet Pub zu den Mitgliedern des Sutton-Cheney-Schachclubs, dem er auch einmal angehört hatte. Bernie Perryman freute sich wie ein Schneekönig, ihn zu sehen. Er ließ seinen regulären Partner – den siebzigjährigen Angus Ferguson, der wie er das Schachspiel zum Vorwand nahm, um sich voll laufen zu lassen – schnöde im Stich und drängte Malcolm zu einer Partie in die verqualmte Ecke des Gastraums. Betsy hatte natürlich Recht: Bernie ging es mehr ums Trinken als ums Schachspielen, und der Black Bush regte seine Redseligkeit an. Er quasselte ohne Punkt und Komma.

Er redete mit Betsy, die an diesem Abend die Bedienung für ihren Ehemann spielte. Von halb acht bis halb elf rannte sie unaufhörlich zwischen Tisch und Tresen hin und her und brachte Bernie einen Black Bush nach dem anderen, wobei sie jedes Mal in mahnendem Ton sagte: »Du trinkst zu viel«, und: »Das ist aber der Letzte, Bernie.« Aber er schaffte es, ihr immer noch einen abzuschwatzen, tätschelte ihr Gesäß, zwinkerte Malcolm zu und teilte allen, die es hören wollten, laut flüsternd mit, was er mit ihr vorhabe, sobald sie zu Hause seien. Schon glaubte Malcolm, er hätte Betsys verschlüsselte Botschaft am Morgen völlig missverstanden, da handelte sie endlich.

Um halb elf war es so weit, eine Stunde, bevor George, der Wirt, die letzte Runde ansagte. Das Pub war voll, und Malcolm hätte das Manöver vielleicht überhaupt nicht bemerkt, hätte er nicht geahnt, dass an diesem Abend etwas geschehen würde. Während Bernie mit gesenktem Kopf über dem Schachbrett hing und ewig über seinen nächsten Zug nachdachte, ging Betsy zum Tresen, um noch einen »doppelten Blackie« zu holen. Sie musste sich durch ein Gewühl von Dart-Club-Mitgliedern, Sängern des Kirchenchors, Frauen einer Selbsthilfegruppe aus Dadlington und eine Horde Teenager drängen, die am Spielautomaten ihr Glück versuchten. Sie blieb kurz stehen, um sich mit einer Frau zu unterhalten, der offensichtlich die Haare ausgingen und die Betsys Haar mit der künstlichen Begeisterung bewunderte, die Frauen solchen Geschlechtsgenossinnen gegenüber an den Tag zu legen pflegen, die sie auf den Tod nicht leiden können. Und Malcolm sah, wie sie während dieses Gesprächs den Inhalt eines Fläschchens in Bernies Whiskyglas kippte.

Ehrfürchtig staunend beobachtete er, mit welcher Routiniertheit sie das tat. Sie musste das tagelang geübt haben. Sie war so geschickt, dass sie es mit einer Hand mitten im Gespräch tat: Sie ließ das Fläschchen aus dem Ärmel ihres Pullis gleiten, schraubte es auf, kippte es aus und ließ es wieder unter ihrem Pulli verschwinden. Dann beendete sie ihre Unterhaltung und setzte ihren Weg zurück zum Tisch fort. Niemand außer Malcolm ahnte, dass sie ein klein wenig mehr getan hatte, als ihrem Mann an der Bar einen Whisky zu holen. Malcolm betrachtete sie mit neuem Respekt, als sie das Glas vor Bernie auf den Tisch stellte. Er war froh, dass er nicht die geringste Absicht hatte, sich mit dieser eiskalten Mörderin zusammenzutun.

Er wusste, was in dem Glas war: das Resultat von Betsys kurzem Ausflug ins Internet. Sie hatte mindestens zehn Digitoxin-Tabletten zu einem todbringenden Pulver zerstampft. Bernie würde eine Stunde nach der Einnahme ein toter Mann sein.

Brav trank Bernie seinen Whiskey. Er kippte ihn hinunter, wie er jeden doppelten Black Bush hinunterzuspülen pflegte, und wischte sich hinterher mit dem Handrücken den Mund ab. Malcolm wusste nicht, wie viele Whiskys Bernie an diesem Abend getrunken hatte, aber er meinte, wenn das Gift ihn nicht tötete, dann würde es gewiss der Alkohol tun.

»Bernie«, sagte Betsy nörgelnd, »lass uns nach Hause fahren.«

»Kann noch nicht, Betsy«, erwiderte Bernie. »Erst muss ich die Partie hier mit Malkie fertig spielen. Wir haben seit Jahren keine Session mehr gehabt. Das letzte Mal war…« Er grinste Malcolm mit glasigem Blick an. »Ha, ich erinnere mich noch an den Abend oben auf dem Hof. Du nicht, Malkie? Muss um die zehn Jahre her sein? Oder isses länger? Als wir die letzte Partie miteinander gespielt haben.«

Malcolm wollte sich auf dieses Thema nicht einlassen. Er sagte: »Du bist am Zug, Bernie. Oder willst du dich mit einem Unentschieden zufrieden geben?«

»Kommt nicht in Frage.« Bernie schwankte auf seinem Hocker und starrte aufs Brett.

»Bernie…«, sagte Betsy einschmeichelnd.

Er tätschelte ihre Hand, die auf seiner Schulter lag. »Fahr du mal schon vor, Bets. Ich finde schon heim. Malkie fährt mich, stimmt's, Malkie?« Er kramte seine Autoschlüssel aus der Hosentasche und drückte sie seiner Frau in die Hand. »Aber schlaf mir nicht ein, Mamilein. Wir haben noch was zu erledigen, wenn ich heimkomme.«

Betsy spielte Widerstreben und Besorgnis, dass Malcolm selbst zu viel getrunken haben könnte, um ihren kostbaren Bernie wohlbehalten nach Hause zu chauffieren, aber Bernie sagte: »Wenn er draußen auf dem Parkplatz nicht auf 'ner geraden Linie laufen kann, geh ich zu Fuß. Ich versprech dir's, Mamilein. Ehrenwort.«

Betsy sah Malcolm mit viel sagendem Blick an. »Dann pass mir gut auf ihn auf.«

Malcolm nickte. Betsy ging. Jetzt hieß es nur noch Warten.

Bernie Perryman schien trotz seines erblichen Herzfehlers die Konstitution eines Maulesels zu haben. Eine Stunde später, als Malcolm ihn in seinen Wagen bugsiert hatte, um ihn nach Hause zu fahren, quasselte er immer noch wie einer, dessen Lebensgeister neu erwacht sind. So wie er redete, konnte er es gar nicht erwarten, nach Hause zu kommen und seiner Frau die Kleider vom Leib zu reißen. Höchstens das Jüngste Gericht konnte Bernie davon abhalten, seiner Mama die tollste Nacht ihres Lebens zu bereiten.

Malcolm, der den größten Umweg zum Hof genommen hatte, der möglich war, ohne Bernies Verdacht zu erregen, begann allmählich zu glauben, dass seine Geliebte ihrem Mann gar keine Überdosis seines Herzmittels verabreicht hatte. Erst als Bernie vor der Einfahrt zum Haus aus dem Wagen stieg, regten sich Malcolms Hoffnungen von neuem.

Bernie sagte: »Mir geht's 'n bisschen mies, Malkie. Puh! Jetzt nichts wie ab in die Falle«, und torkelte in Richtung zum Haus davon. Malcolm beobachtete ihn, bis er kopfüber in die Hecke am Rand der Einfahrt stürzte. Als er sich danach nicht mehr rührte, wusste Malcolm, dass die Tat endlich vollbracht war.

Zufrieden fuhr er ab. Wenn Bernie nicht gleich tot gewesen war, dann würde er auf jeden Fall bis zum Morgen tot sein.

Wunderbar, dachte er. Die Ausführung hatte zwar Ewigkeiten gedauert, aber sein Plan würde aufgehen.

Malcolm hatte ein wenig Angst gehabt, dass Betsy ihren Part in dem nachfolgenden Drama vermasseln würde. Aber in den nächsten Tagen entpuppte sie sich als Schauspielern von beachtlichem Talent. Nachdem sie beim morgendlichen Erwachen das Bett an ihrer Seite leer vorgefunden hatte, tat sie, was jede vernünftige Ehefrau eines Trinkers getan hätte: Sie suchte ihren Mann. Als sie ihn weder im Haus noch in den Stallgebäuden fand, machte sie ein paar Anrufe. Sie fragte im Pub nach; sie fragte in der Kirche nach; sie fragte bei Malcolm nach. Hätte Malcolm nicht mit eigenen Augen gesehen, wie sie ihren Mann vergiftet hatte, er wäre überzeugt gewesen, eine Frau am Telefon zu haben, die außer sich vor Sorge um das Wohlergehen ihres Mannes war. Aber sie war natürlich wirklich besorgt. Sie brauchte einen Leichnam, um zu beweisen, dass Bernie tot war.

»Ich habe ihn an der Einfahrt abgesetzt«, sagte Malcolm, ganz Hilfsbereitschaft und rührende Besorgnis. »Als ich ihn zuletzt gesehen habe, war er auf dem Weg zum Haus, Bets.«

Daraufhin ging sie hinaus und fand Bernie genau an der Stelle, wo er in der vergangenen Nacht gestürzt war. Und mit der Auffindung seines Leichnams kam alles Notwendige ins Rollen.

Natürlich gab es eine gerichtliche Untersuchung. Sie erwies sich allerdings als reine Formalität. Auf Grund von Bernies bekanntem Herzleiden und seinen »Alkoholproblemen«, wie die Behörden es formulierten, in Verbindung mit der äußerst ungünstigen Witterung der vergangenen Tage, gelangte das Gericht zu einem höchst vernünftigen Urteil: Bernie Perryman habe nach übermäßigem Alkoholkonsum im Plantagenet Pub, wo sechzehn Zeugen beobachtet hatten, dass er in weniger als drei Stunden mindestens elf doppelte Whisky getrunken hatte, in der kältesten Nacht des Jahres auf dem recht langen Weg von der Straße zu seinem Haus das Bewusstsein verloren und sei an Unterkühlung gestorben.

Es gab keinen Anlass, sein Blut nach Giftstoffen zu untersuchen. Zumal nachdem der Arzt erklärt hatte, es sei in Anbetracht der Krankengeschichte seiner Familie und seiner »Alkoholprobleme« ein Wunder, dass der Mann überhaupt so alt geworden sei.

Bernie war an der Seite seiner Vorfahren auf dem Friedhof von St. James begraben worden, jener Kirche, um deren schmuckes Aussehen bei Gottesdiensten und anderen Anlässen sich die Männer seiner Familie seit Generationen verdient gemacht hatten.

Malcolm beruhigte die wenigen Gewissenbisse, die er wegen Bernies Tod hatte, indem er sie ignorierte. Bernie war kerzkrank gewesen. Bernie war ein Gewohnheitstrinker gewesen. Wenn Bernie im Suff in der Einfahrt zu seinem Haus, das keine fünfzig Meter entfernt war, das Bewusstsein verloren hatte und infolgedessen an Unterkühlung gestorben war – tja, wer konnte sich da die Schuld geben?

Zwar war es traurig, dass Bernie Perryman für Malcolms Suche nach der Wahrheit sein Leben hatte lassen müssen, aber er hatte sich sein vorzeitiges Hinscheiden selbst zuzuschreiben.

Malcolm wusste, dass er nach der Beerdigung nur noch Geduld brauchte. Er hatte nicht zwei Jahre fleißig den

Boden, sprich Betsy, beackert, um sich dann am Tag der Ernte durch unüberlegtes und überstürztes Handeln um die Früchte seiner Arbeit zu bringen. Außerdem war Betsy ungeduldig genug für sie beide, und ihm war klar, dass sie höchstens Tage – vielleicht sogar nur Stunden – warten würde, ehe sie sich zum langjährigen Rechtsberater der Familie Perryman begab, um sich über die Erbschaft informieren zu lassen, die sie zu erwarten hatte.

Malcolm hatte sich diesen Moment während seines Verhältnisses mit Betsy oft genug vorgestellt. Manchmal hatte ihn während der endlosen Beischlafübungen einzig die Vorstellung von dem Augenblick, wo Betsy die Wahrheit erfuhr, aufrechterhalten.

Howard Smythe-Thomas, in Nuneaton ansässig, würde sie in seine Kanzlei bitten und ihr die grausame Wahrheit zweifellos so schonend wie möglich beibringen. Und anfangs würde Betsy vielleicht glauben, seine Zurückhaltung sei dem traurigen Anlass angepasst. »Meine liebe Mrs. Perryman«, würde er sagen, und das müsste sie eigentlich warnen, dass eine schlechte Nachricht wartete, aber wie die schlechte Nachricht aussah, würde sie natürlich erst erfahren, wenn er ihr die bitteren Tatsachen eröffnete.

Bernie hatte kein Geld. Der Hof war bis übers Dach verschuldet; Ersparnisse oder Wertpapiere waren keine da. Inventar von Haus und Nebengebäuden gehörten selbstverständlich ihr, aber den völligen Bankrott könne sie nur durch den Verkauf aller Besitztümer und des Hofs abwenden. Und selbst dann noch würde es auf Messers Schneide stehen. Die Bank hatte nur deshalb die Versteigerung noch nicht anberaumt, weil die Familie Perryman seit mehr als zweihundert Jahren bei ihr Kunde war. »Loyalität«, würde Smythe-Thomas salbungsvoll sagen. »Bernard mag seine Schwierigkeiten gehabt haben, Mrs. Perryman, aber die Bank hat seine Familie immer hoch geachtet. Wenn schon Vater und Vorväter treue Kunden ein und desselben Bankunternehmens waren, ist man bereit, einen gewissen Spielraum zu gewähren, den man jemandem, der der Bank weniger gut bekannt ist, wahrscheinlich nicht einräumen würde.«

Mit anderen Worten, da es auf der Windsong Farm keine Perrymans mehr gab – und Smythe-Thomas würde Betsy bestimmt mit gebotener Behutsamkeit erklären, dass die Ehefrau eines trunksüchtigen Perryman nicht zählte –, war damit zu rechnen, dass die Bank Bernies Schulden eintreiben würde. Sie wäre klug, würde Smythe-Thomas vermutlich sagen, sich auf diese Eventualität einzustellen

Aber was ist mit dem Erbe?, würde Betsy fragen. »Bernie hat dauernd von einem Erbe palavert.« Und sie wäre fassungslos wegen der Falschheit ihres Mannes.

Smythe-Thomas würde natürlich nichts von einem Erbe wissen. Und in Anbetracht der Geschichte der Perrymans, die nie härter für ihren Lebensunterhalt gearbeitet hatten, als in der Kirche von Sutton Cheney herumzuwerkeln ... Er würde freundlich darauf hinweisen, dass mit solcher Hilfsarbeit wohl keiner ein Vermögen anhäufen könnte.

Betsy würde vielleicht einige Stunden – möglicherweise sogar einige Tage – brauchen, um diese Neuigkeit in ihren dicken Schädel hineinzubekommen. Zuerst würde sie glauben, es müsse ein Irrtum oder Missverständnis vorliegen. Ganz bestimmt war irgendwo wertvoller Schmuck oder Bargeld versteckt, Silber oder Gold oder Eigentumsurkunden für irgendwelche Immobilien oben auf dem Speicher. Sie würde anfangen zu suchen, also genau das tun, was Malcolm beabsichtigt hatte: zuerst suchen und dann in Tränen aufgelöst bei Malcolm aufkreuzen. Woraufhin Malcolm die Sache in die Hand nehmen würde.

Unterdessen arbeitete er frohgemut an seinem großen Werk. Auf erfreuliche Weise häuften sich links von seiner Schreibmaschine die Blätter, während er die Wiederherstellung des Ansehens von Englands meist geschmähtem König in Angriff nahm.

Viele aufrechte Männer fielen an jenem Morgen des 22. August 1485, unter ihnen auch der Herzog von Norfolk, der die Vorausabteilung von Richards Heer befehligte. Als der Graf von Northumberland sich weigerte, seine Truppen in den Kampf zu schicken, um Norfolks führerlosen Männern beizustehen, begann das Glück der Schlacht sich zu wenden.

Fahnenflucht, Treuebruch und Verrat auf dem Schlachtfeld waren damals an der Tagesordnung. Natürlich war das sowohl dem König als auch Tudor, seinem Feind, bekannt. Damit ist leicht erklärt, warum beide Männer die Stanleys brauchten und ihnen gleichzeitig misstrauten und warum Heinrich Tudor mitten im Schlachtgetümmel zu den Stanleys floh, die es bisher abgelehnt hatten, in den Kampf einzutreten. Heinrich Tudor, dessen Heer dem des Königs an Größe weit unterlegen war, wusste, dass er ohne das Eingreifen der Stanleys zu seinen Gunsten verloren wäre. Und er war sich nicht zu gut, ihre Hilfe zu erbitten. Nur darum unternahm er jenen verzweifelten Ritt über die Ebene zu den Truppen der Stanleys.

König Richard donnerte mit seinen Männern den Ambion Hill hinunter und fing ihn ab. Nur einen Kilometer vom Heerlager der Stanleys entfernt kam es zum Kampf zwischen den beiden kleinen Streitkräften. Schnell fielen Tudors Ritter unter dem Angriff des Königs: William Brandon und das Banner von Cadwallader stürzten zu Boden; der gewaltige Sir John Cheyney wurde von des Königs eigener Axt getroffen. Es war nur noch eine Frage von Minuten, dass Richard sich zu Heinrich Tudor selbst durchschlagen würde. Als die Stanleys das erkannten, beschlossen sie, die kleine Truppe des Königs anzugreifen.

Im folgenden Kampf wurde der König vom Pferd gestoßen und hätte fliehen können. Aber er erklärte, er würde als »König von England« untergehen, und kämpfte trotz schwerer Verletzungen weiter. Mehr als ein Mann waren nötig, um ihn in die Knie zu zwingen. Und er starb mit der Würde eines königlichen Prinzen.

Das Heer des Königs ergriff die Flucht, verfolgt vom Grafen von Oxford, der zweifellos entschlossen war, so viele Männer des Königs wie möglich zu töten. Sie flohen zum Dorf Stoke Golding, das in der entgegengesetzten Richtung von Sutton Cheney lag.

Das war entscheidend für die Ereignisse, die folgten. Wenn man um sein Leben bangen muss, wenn man mit dem geschlagenen König von England blutsverwandt ist, denkt man unweigerlich an die Rettung des eigenen Lebens. John de la Pole, Graf von Lincoln, Neffe König Richards, befand sich unter den flüchtenden Soldaten. Wäre er nach Sutton Cheney geritten, so wäre er dem Grafen von Northumberland in die Hände gefallen, der sich geweigert hatte, dem König Beistand zu leisten, und sich nur zu gern durch die Auslieferung von Richards Neffen die besondere Gunst Heinrich Tudors gesichert hätte. Also ritt er nach Süden anstatt nach Norden. Und mit dieser Entscheidung verdammte er seinen Onkel zu fünfhundert Jahren Verleumdung durch die Tudors.

Denn die Geschichte wird von den Siegern geschrieben, dachte Malcolm.

Aber manchmal wird sie auch neu geschrieben.

Und während er Geschichte neu schrieb, musste er immer wieder an Betsy und ihre wachsende Verzweiflung denken. Obwohl seit Bernies Tod mittlerweile zwei Wochen vergangen waren, war sie nicht wieder zur Arbeit gekommen. Der Direktor – der schniefende Samuel, wie Malcolm ihn mit Vorliebe nannte – berichtete, Betsy wäre völlig niedergeschmettert über den plötzlichen Tod ihres Mannes. Sie brauche Zeit, um sich mit ihrem Schmerz auseinander zu setzen und ihn zu verarbeiten, teilte er dem versammelten Lehrkörper bekümmert mit.

Malcolm wusste, dass sie sich in Wirklichkeit mit etwas ganz anderem auseinander setzen musste: Sie musste irgendetwas finden, das sie als »das Erbe« ausgeben konnte, um ihn an sich zu binden, obwohl die erwartete Erbschaft ausgeblieben war. Wie eine Furie durch das alte Bauernhaus tobend, würde sie in dem heftigen Bemühen, irgendetwas von Wert aufzustöbern, wahrscheinlich Bernies Kleiderschrank mit der Lupe durchsuchen, nach Landkarten, die zu verborgenen Schätzen führten, und Eigentumsurkunden über wertvollen Landbesitz. Sie würde sämtliche Bücher ausschütteln, den Inhalt der Truhen, die auf dem Speicher standen, von oben bis unten inspizieren. Sie würden in den Nebengebäuden Jagd machen, vor Kälte blau bis zu den Lippen. Und wenn sie gewissenhaft suchte, würde sie den Schlüssel finden.

Der Schlüssel würde sie zu dem Schließfach bei eben der Bank führen, deren Kunden die Perrymans schon seit zweihundert Jahren waren. Als Witwe Bernard Perrymans, mit seinem Testament und dem Totenschein gerüstet, würde man ihr gestatten, das Fach zu öffnen. Und da würde sie vor dem Ende all ihrer Hoffnungen stehen.

Malcolm fragte sich, was sie denken würde, wenn sie das schmutzige Blatt Papier erblickte, welches das immer wieder beschworene Erbe der Perrymans darstellte. So dicht beschrieben mit eng gesetzten Schriftzügen, dass diese fast nicht zu lesen waren, sah es für das ungeschulte Auge nach nichts aus. Und eben das würde Betsy glauben – dass sie *nichts* zu bieten hätte –, wenn sie sich endlich Malcolm auf Gnade und Ungnade auslieferte.

Aber Bernie Perryman hatte es besser gewusst an jenem lang vergangenen Abend, als er Malcolm das Schreiben gezeigt hatte.

»Hey, schau dir das mal an, Malkie«, hatte Bernie gesagt, »und verrat deinem alten Freund Bernie, was du davon hältst.«

Er war angetrunken wie immer, aber noch bei Verstand. Und Malcolm, der ihn soeben beim Schach vernichtend geschlagen hatte, war großzügiger Stimmung und bereit, sich das weitschweifige Gerede des Kindheitsfreunds anzuhören.

Im ersten Moment glaubte er, Bernie nähme ein Blatt aus einer großen alten Bibel, aber dann erkannte er, dass die vermeintliche Bibel ein altes Lederalbum irgendwelcher Art war, und das Blatt eine Urkunde, ein Brief, wie sich zeigte. Das Schreiben trug keine Anrede, aber es war unterzeichnet, und neben der Unterschrift waren Wachsreste eines Abdrucks von einem Siegelring zu erkennen.

Bernie beobachtete ihn auf diese durchtriebene Art, die Betrunkene an sich haben; er wollte seine Reaktion sehen. Daran merkte Malcolm, dass Bernie genau wusste, was er in seinem Besitz hatte. Und das machte ihn neugierig, aber auch vorsichtig.

Die Vorsicht gebot ihm, nach einem Blick auf das Schreiben zu sagen: »Ich weiß nicht, Bernie. Ich werde nicht recht klug daraus.« Während die Neugier ihn hinzuzufügen trieb: »Woher kommt das?«

Bernie zierte sich. »Der alte Boden, der hat denen doch immer Ärger gemacht, weißt du noch, Malkie? Eingesunken war er, die Steine zu grob, einfach keine ordentliche Arbeit. Aber was kann man anderes erwarten, wenn so ein Gebäude eine kleine Ewigkeit auf dem Buckel hat?«

Malcolm klopfte diese scheinbar unsinnige Bemerkung auf eine Bedeutung ab. Die alten Gebäude in der Gegend waren die Schule, das Plantagenet Pub, das Rathaus von Market Bosworth, die Fachwerkhäuser in der Rectory Lane, die St.-James-Kirche in…

Sein Blick wurde scharf, als er zuerst Bernie ansah und dann das Schreiben. Die St.-James-Kirche in Sutton Cheney, dachte er und schaute sich das Dokument genauer an.

Es gelang ihm, die erste Zeile des eng geschriebenen Texts zu entziffern – »Ich, Richard, Herrscher von Gottes Gnaden über Engelland, Frankreich und Herr über Irland…« An dieser Stelle flog sein Blick zu der eilig hingeworfenen Unterschrift, die er ebenfalls entziffern konnte. »Richard R.«

Heiliger Herr Jesus, dachte er, was war Bernie, dem Säufer, da in die Hände gefallen?

Er wusste, dass es jetzt wichtig war, ruhig zu bleiben. Nur ein Anzeichen von Interesse, und Bernie würde sich ein Vergnügen daraus machen, mit ihm Katz und Maus zu spielen. Darum sagte er: »Bei dieser Beleuchtung kann ich kaum was erkennen, Bernie. Hast du was dagegen, wenn ich mir das Ding zu Hause mal näher ansehe?«

Aber da biss er bei Bernie auf Granit. »Kann ich nicht aus der Hand geben, das Ding, Malkie«, sagte er. »Das ist ein Familienerbstück. Es ist schon seit Ewigkeiten in unserem Besitz, und jeder von uns hat geschworen, es sicher aufzubewahren.«

»Wie seid ihr…?« Aber Malcolm wusste, dass es keinen Sinn hatte, Bernie zu fragen, wie die Familie in den Besitz eines Schreibens von der Hand Richard III. gekommen war. Bernie würde ihm diese Frage nur beantworten, wenn er es für nötig hielt, Malcolm einzuweihen. Er sagte deshalb: »Schauen wir es uns doch mal in der Küche an. Ist dir das recht?«

Das war Bernie Perryman sehr recht. Er wollte seinem alten Kumpel schließlich genau zeigen, was das für eine Urkunde war. Sie gingen also in die Küche und setzten sich an den Tisch, und Malcolm beugte sich über das Schreiben.

Die Handschrift war nahezu unleserlich, nicht klar und gestochen scharf wie die eines amtlichen Schreibers, der die Korrespondenz seines Königs zu erledigen pflegte. Nein, dies war die Schrift eines Menschen in großer Erregung. Beinahe seit zwanzig Jahren sammelte Malcolm jedes Fetzchen Wissen über Richard Plantagenet, Herzog von Gloucester, später Richard III., genannt der Usurpator, Englands Schwarze Legende, die bucklige Kröte, und praktisch mit jedem anderen denkbaren Schimpfnamen bedacht. Er wusste daher, wie leicht möglich es tatsächlich war, dass er hier, in diesem alten Bauernhaus, keine zweihundert Meter vom Bosworth Field und anderthalb Kilometer von der St.-James-Kirche entfernt, das echte Schreiben vor sich hatte. Richard hatte die letzte Nacht seines Lebens in dieser Gegend verbracht. Er hatte hier eine Schlacht geschlagen. Er war hier gestorben. Sollte es also nicht vorstellbar sein, dass Richard irgendwo in der Nähe auch einen Brief geschrieben hatte, in einem Gebäude, wo er sich versteckt gehalten hatte, bis…

Malcolm rief sich alles ins Gedächtnis, was er von der Geschichte dieser Gegend wusste. Und er stieß auf die

Tatsache, die er brauchte. »Der Boden von St. James«, sagte er. »Er wurde vor zweihundert Jahren angehoben, nicht wahr?« Und einer der zahllosen Perryman-Taugenichtse war dabei gewesen, hatte wahrscheinlich bei der Arbeit geholfen und dieses Schreiben gefunden.

Bernie beobachtete ihn immer noch, und um seine Mundwinkel spielte ein arglistiges kleines Lächeln. »Was steht 'n drin, Malkie?«, fragte er. »Meinst du, mit dem Ding ließe sich was verdienen?«

Malcolm hätte ihm am liebsten den Kragen umgedreht, aber er fuhr ruhig fort, das kostbare Dokument zu studieren. Das Schreiben war nicht lang, nur ein paar Zeilen, die, wie er erkannte, den Lauf der Geschichte hätten ändern können und die, sobald sie dank dem Aufsatz, den er zu schreiben beschlossen hatte, publik würden, endlich das Ansehen des Königs wiederherstellen würden, der fünfhundert Jahre lang verleumderischen Anschuldigungen von Mord und Totschlag ausgesetzt worden war, für deren Richtigkeit es nie den Schatten eines Beweises gegeben hatte.

Ich, Richard, königlicher Herrscher von Gottes Gnaden über Engelland und Frankreich und Herr über Irland, beauftrage am heutigen Tage, dem 21. August 1485, die guten Mönche von Jervaulx, den Überbringer dieses Schreibens, Edward, genannt Lord Bastard, und seinen Bruder Richard, genannt Herzog von York, in Obhut zu nehmen. Der Besitz dieses Schreibens soll ausreichen, seinen Überbringer als John de la Pole, Graf von Lincoln, geliebter Neffe des Königs, auszuweisen. Niedergeschrieben in großer Eile in Sutton Cheney. Richard R.

Zwei Sätze nur, aber genug, den guten Ruf eines Mannes wiederherzustellen. Als der König an jenem 22. August 1485 in der Schlacht gefallen war, waren seine zwei jungen Neffen am Leben gewesen.

Malcolm sah Bernie unverwandt an. »Du weißt, was das ist, nicht wahr, Bernie?«, fragte er seinen alten Freund.

»Was? Ein Dummkopf wie ich«, erwiderte Bernie, »der nicht mal die Abschlussprüfung in der Schule geschafft hat? Woher sollte ich wohl wissen, was dieses Stück Scheißpapier ist? Aber was meinst du? Lässt sich damit Geld machen?«

»Du kannst dieses Dokument nicht verkaufen.« Malcolm sprach ohne Überlegung und viel zu hastig. Und damit verriet er sich.

Bernie packte das Schreiben und drückte es mit grober Hand an seine Brust. Es tat Malcolm weh, dies zu sehen. Wer konnte wissen, was für Schaden der Narr anrichten würde, wenn er betrunken war?

»Geh vorsichtig damit um«, sagte Malcolm. »Es ist sehr empfindlich.«

»Wie Freundschaft, richtig?« Bernie torkelte aus der Küche hinaus.

Kurz danach musste Bernie das Dokument an einem anderen Ort versteckt haben, denn Malcolm hatte es nie wieder gesehen. Aber das Wissen von seiner Existenz gärte in seinem Inneren. Und erst als Betsy auf der Bildfläche erschienen war, hatte er endlich eine Möglichkeit gesehen, dieses kostbare Stück Papier in seinen Besitz zu bringen.

Nun würde es bald so weit sein. Wenn Betsy all ihren Mut zusammennahm und ihn anrief, um ihm das Schreckliche mitzuteilen – dass das Erbe nichts weiter war als ein altes Stück Papier, das höchstens dazu taugte, einen Vogelkäfig auszulegen.

Während Malcolm auf ihren Anruf wartete, legte er letzte Hand an sein Werk, *Die Wahrheit über Richard und die Schlacht auf dem Bosworth Field*, an dem er zehn Jahre lang geschrieben hatte und zu dessen Vollendung nur ein einziges, bisher unbekanntes, historisches Dokument fehlte, das als Zeugnis der Richtigkeit seiner Theorie darüber dienen konnte, was den beiden jungen Prinzen geschehen war. Die Stunden, die er an der Schreibmaschine saß, flogen dahin wie Blätter, die der Wind von den Bäumen des Ambion Forest riss, wo einst ein Sumpf Richards Südflanke vor einem Angriff von Heinrich Tudors Söldnerheer geschützt hatte.

Das Schreiben bestätigte Malcolms Vermutung, dass Richard jemanden über den Aufenthaltsort der Knaben unterrichtet hatte. Im Fall eines Sieges Heinrich Tudors, das wusste Richard, würden die Prinzen in tödliche Gefahr geraten; darum hatte er am Vorabend der Schlacht schließlich einem anderen sein bestgehütetes Geheimnis anvertrauen müssen: Den Ort, an dem die beiden Knaben sich befanden. So konnten sie, wenn Tudor siegen sollte, aus dem Kloster geholt und außer Landes gebracht werden, um sie vor Schaden zu bewahren.

John de la Pole, der Graf von Lincoln und geliebte Neffe Richards III., kam für die Aufgabe am ehesten in Frage. Er hatte vermutlich Anweisung erhalten, wenn der König fiele, unverzüglich nach Yorkshire zu reiten, um das Leben der beiden Knaben zu retten, die für legitim erklärt wurden – und daher für den Usurpator die größte Bedrohung bedeuteten –, sobald Heinrich Tudor ihre Schwester heiratete.

John de la Pole war sich zweifellos der großen Gefahr, die den Knaben drohte, bewusst gewesen. Aber obwohl sein Onkel ihm gewiss gesagt hatte, wo die Prinzen versteckt waren, hätte man ihm ohne persönliche Anweisung des Königs an die Mönche niemals den Zugang zu ihnen gestattet und sie ihm erst recht nicht ausgeliefert.

Das Schreiben hätte ihm den gewünschten Zugang verschafft. Aber er hatte nach Süden fliehen müssen, weil der Norden nicht sicher gewesen war, und darum hatte er das Schreiben nie unter den Steinen von St. James hervorholen können, wo sein Onkel es am Vorabend der Schlacht versteckt hatte.

Dennoch verschwanden die Knaben, und es wurde nie wieder von ihnen gehört. Wer hatte sie entführt?

Auf diese Frage konnte es nur eine Antwort geben: Elisabeth von York, Schwester der Prinzen, aber auch Verlobte des neuen Königs, der sich hier auf dem Schlachtfeld hatte krönen lassen.

Als Elisabeth gehört hatte, dass ihr Onkel gefallen war, hatte sie ganz klar erkannt, welche Möglichkeiten ihr sein Tod eröffnete: Königin von England, sollte Heinrich Tudor den Thron behalten, oder bloß Schwester eines sehr jungen Königs, sollte ihr Bruder Eduard Anspruch auf den Thron erheben, sobald Heinrich sie für legitim erklären ließ oder das Gesetz aufhob, mit dem sie für illegitim erklärt worden war. Sie konnte also die Stammmutter eines königlichen Hauses werden oder nur eine Marionette, die aus machtpolitischen Gründen mit jedem Mann verheiratet werden konnte, der ihrem Bruder als Verbündeter wünschenswert erschien.

Sheriff Hutton, ihr vorübergehender Aufenthaltsort, war von keiner der Abteien weit entfernt. Als Lieblingsnichte ihres Onkels wohlvertraut mit seiner Neigung zum Religiösen, hatte sie, wenn Richard es ihr nicht selbst gesagt hatte, vermutlich erraten, wo er ihre Brüder versteckt hielt. Und die Knaben wären ihr bereitwillig gefolgt, schließlich war sie ihre Schwester.

»Ich bin Elisabeth von York«, hätte sie dem Abt in dem gebieterischen Ton erklären können, den sie so häufig bei ihrer schlauen Mutter gehört hatte. »Ich möchte meine Brüder gesund und wohlauf sehen. Auf der Stelle.«

Wie leicht musste dies alles zu bewerkstelligen gewesen sein. Die beiden jungen Prinzen, die ihre Schwester nach Gott weiß wie langer Zeit zum ersten Mal wieder sahen, waren ihr entgegengelaufen, hatten sie umarmt, sich voll Eifer dem Abt zugewandt, als sie ihnen mitteilte, dass sie gekommen sei, um sie endlich zu holen … Und wie hätte der Abt sich anmaßen können, einer königlichen Prinzessin – die ja offensichtlich von den Knaben erkannt worden war – ihre Brüder vorzuenthalten? Zumal in der gegebenen Situation, da Richard tot war und ein Mann den Thron bestiegen hatte, der seine Blutrünstigkeit bereits gezeigt hatte, indem er als eine seiner ersten Amtshandlungen als König alle diejenigen, die in der Schlacht von Bosworth auf Richards Seite gekämpft hatten, zu Verrätern erklären ließ! Tudor würde den Mönchen gegenüber keine Nachsicht zeigen, wenn bekannt würde, dass sie die Knaben versteckt gehalten hatten. Gott allein wusste, wie er sich rächen würde, sollte er sie finden.

Dem Abt schien es also nur vernünftig, Eduard, den Lord Bastard, und seinen Bruder Richard, Herzog von York, ihrer Schwester zu übergeben. Und Elisabeth wiederum übergab sie jemand anderem. Einem der Stanleys? Dem falschen Herzog von Northumberland, der Heinrich Tudor fortan im Norden diente? Sir James Tyrell, einem ehemaligen Gefolgsmann Richards, der zweimal in den Genuss einer allgemeinen Amnestie kam, die Tudor kein Jahr nach seiner Thronbesteigung erließ?

Ganz gleich, wer es war – sobald sich die Prinzen in der Gewalt des Betreffenden befanden, war ihr Schicksal besiegelt. Und danach hätte keiner, dem sein Leben lieb war, es gewagt, Anklage gegen die Gemahlin eines regierenden Königs zu erheben, der bereits Neigung gezeigt hatte, Untertanen zum Tode verurteilen und ihrer Ehrenrechte berauben zu lassen, um dann ihren Besitz zu konfiszieren.

Ein brillanter Plan von Elisabeth, fand Malcolm. Sie war eben doch die Tochter ihrer Mutter, und sie wusste, wie wichtig es war, die eigenen Interessen an die erste Stelle zu setzen. Außerdem hatte sie sich vermutlich gesagt, dass es die Kämpfe um den Thron, die bereits dreißig Jahre andauerten, nur verlängern würde, wenn man die Knaben am Leben ließ. Sie konnte dem Blutvergießen ein Ende bereiten, indem sie noch ein wenig mehr Blut vergoss. Welche Frau in ihrer Position hätte anders gehandelt?

Dass Betsy mehr als drei Monate brauchte, um den Mut zu finden, Malcolm die enttäuschende Nachricht beizubringen, bereitete ihm nun doch ab und zu eine gewisse Sorge. Nach dem Zeitplan, den er schon vor langer Zeit im Kopf aufgestellt hatte, wäre sie spätestens vierundzwanzig Stunden nach der grausamen Entdeckung, dass ihr Erbe nur ein voll geschmiertes altes Blatt Papier war, in Tränen aufgelöst zu ihm gekommen. Sie hätte sich ihm weinend in die Arme geworfen und auf Rettung gewartet. Um die schreckliche Situation, in der sie sich befand, zu illustrieren, hätte sie das Schreiben mitgebracht. So, hätte sie gesagt, hatte Bernie Perryman seine liebende Gattin hinters Licht geführt. Und er – Malcolm – hätte ihr das Papier aus der zitternden Hand genommen, hätte einen Blick darauf geworfen, hätte es zu Boden flattern lassen und, in ihre Klagen einstimmend, mit ihr gemeinsam den Tod ihrer schönsten Träume betrauert. Denn sie war finanziell am Ende, und er konnte ihr mit seinem kläglichen Gehalt von der Schule nicht das Leben bieten, das sie verdiente. Nach einer beherzten und unvergesslichen Runde im Bett wäre sie dann gegangen, und das Papier wäre auf seinem Teppich liegen geblieben. Das Schreiben hätte ihm gehört. Und wenn sein Werk dann veröffentlicht worden wäre und Vorträge, Fernsehinterviews, Talk-Show-Termine und Lesungen sich in seinem Terminkalender gedrängt hätten, wäre für eine biedere kleine Hausfrau, die zu blöd gewesen war, um zu erkennen, was sie in Händen gehabt hatte, keine Zeit mehr gewesen.

So sah der Plan aus. Und Malcolm verspürte – wie gesagt – ab und an ein Fünkchen Sorge, als er nicht mit der erwarteten Geschwindigkeit aufging. Doch er sagte sich, Betsys Widerstreben, ihm die Wahrheit zu enthüllen, sei Teil des großen Plans Gottes. So hatte er Zeit, sein Manuskript fertig zu stellen. Und er nutzte die Zeit gut.

Da er und Betsy sich einig gewesen waren, dass nach Bernies Tod Diskretion angebracht wäre, sahen sie einander nur in den Schulkorridoren, nachdem sie ihre Arbeit wieder aufgenommen hatte. In dieser Zeit rief Malcolm sie jeden Abend zu einer kleinen Telefonsex-Sitzung an, nachdem er gemerkt hatte, dass er sie so bei der Stange halten konnte, und korrigierte währenddessen die Anfangskapitel seines Werks.

Endlich dann, drei Monate und vier Tage nach Bernies unglücklichem Hinscheiden, flüsterte Betsy ihm im Korridor vor dem Direktorat etwas zu. Ob er am Abend zu ihr zum Essen kommen könne? Sie wirkte nicht so bedrückt, wie Malcolm es in Anbetracht ihrer Mittellosigkeit und enttäuschten Träume gern gesehen hätte, aber er dachte sich nichts weiter dabei. Betsy hatte sich ja bereits als erstaunlich begabte Schauspielerin erwiesen. Ganz klar, dass sie in der Schule nicht zeigen wollte, wie ihr zumute war.

Bevor Malcolm an diesem Nachmittag nach Hause fuhr, überreichte er in der herrlichen Gewissheit, dass sein Traum endlich wahr werden würde, dem Direktor seine Kündigung. Samuel Montgomery nahm sie mit einer etwas irritierenden Bereitwilligkeit an, was Malcolm nicht sonderlich gefiel. Obwohl der Direktor seine freudige Überraschung hinter heuchlerischem Bedauern darüber verbarg, dass der Schule ein Mann verloren ginge, der »zu einer wahren Institution« geworden sei, merkte Malcolm genau, wie froh er war, einen Lehrer los zu werden, den er für einen pädagogischen Dinosaurier hielt. So war die Kündigung für ihn mit mehr Genugtuung verbunden, als er für möglich gehalten hätte, da er wusste, wie groß sein eigener Triumph sein würde, wenn er sich erst in der Welt der englischen Geschichte einen Namen gemacht hatte.

Malcolm hätte nicht vergnügter sein können, als er an diesem Abend zur Windsong Farm hinausfuhr. Der lange Winter seines Missvergnügens war in einen herrlichen Frühling übergegangen, und in wenigen Minuten würde er nicht nur ein fünfhundert Jahre altes Unrecht endlich wieder gutmachen, sondern sich zugleich einen Platz im Pantheon der großen Historiker erobern. Gott ist gut, dachte er, als er in die lange Einfahrt des Hofs einbog. Schade, dass Bernie Perryman hatte sterben müssen, aber da sein Tod der Richtigstellung eines schweren historischen Irrtums gedient hatte, konnte man in diesem Fall wohl sagen, dass der Zweck die Mittel geheiligt hatte.

Als er aus dem Wagen stieg, riss Betsy die Haustür auf. Malcolm kniff die Augen zusammen, verwundert über ihre Kostümierung. Er brauchte einen Moment, um zu registrieren, dass sie einen beinahe bodenlangen Pelzmantel trug. Silbernerz, allem Anschein nach, oder möglicherweise Hermelin. Nicht gerade die klügste Garderobenwahl in Zeiten militanter Tierschützer, aber Betsy hatte noch nie weit über ihre eigenen Wünsche hinausgedacht.

Ehe Malcolm Gelegenheit hatte, sich zu fragen, wie Betsy den Kauf eines Pelzmantels hatte finanzieren können, schlug sie mit großer Geste den Mantel auseinander und stand splitterfasernackt in der offenen Tür.

»Darling!«, jubelte sie. »Wir sind reich, reich, reich. Und du errätst nie, was ich dafür verkauft habe.«

Ruth Rendell
bei BLANVALET

Das Verderben

Roman. 480 Seiten

Eigentlich gibt es auch gar keinen richtigen Fall.
Die Meldung über zwei verschwundene junge Mädchen,
die wenige Tage später scheinbar wohlbehalten
und ohne Erklärungen wieder auftauchen, reizt lediglich
Chief Inspector Wexfords Neugier.
Nicht einmal der scharfsinnige Wexford rechnet damit,
daß diese harmlosen Vorfälle mit der Entführung
eines Babys, dem Tod eines Polizisten und dem Mord
an einem Geschäftsmann zusammenhängen.

»Ruth Rendell ist die brillanteste Kriminalautorin unserer Zeit.«
(Patricia Cornwell)